UNE CONFESSION

—— John Wainwright ——

UNE CONFESSION

Traduit de l'anglais
par Laurence Romance

Directeur de collection : Arnaud Hofmarcher
Coordination éditoriale : Marie Misandeau et Marine Vauchère

Titre original : *Cul-de-Sac*
Éditeur original : St. Martin's Press, New York
© John and Avis Wainwright, 1984

© Sonatine Éditions, 2019, pour la traduction française
Sonatine Éditions
32, rue Washington
75008 Paris
lisezsonatine.com

Ouvrage réalisé par Cursives à Paris

ISBN 978-2-35584-739-4
N° d'édition : 739 – Dépôt légal : mars 2019

Pour Ralph et Eileen

PREMIÈRE PARTIE

LE JOURNAL DE JOHN DUXBURY

... *Et, tout bien considéré, pas une journée très agréable.*

DIMANCHE 31 OCTOBRE

C'est mon anniversaire aujourd'hui. Cinquante années très mitigées. J'ai connu des moments de plaisir. De bonheur, même. Mais beaucoup plus de périodes d'une profonde tristesse. Quant au reste... « médiocrité » est, je crois, le mot qui s'impose.

Quand mon fils lira ce journal intime, comme j'espère qu'il le fera une fois que je ne serai plus là, il y trouvera peut-être quelques miettes de sagesse. Quelques petites vérités qui pourraient l'aider à éviter le piège dans lequel je suis tombé. Je dois donc lui adresser ce journal. Penser à lui quand je l'écris. Son contenu doit être plus conséquent qu'avant. Pas seulement mes petites pensées et réflexions personnelles.

Je dois aussi expliquer les erreurs que j'ai commises. Dévoiler les fautes cachées d'un homme de cinquante ans moyennement aisé et en apparence respecté. Qui n'a jamais rien fait de mal, délibérément en tout cas, mais n'a jamais rien accompli d'important non plus. Un homme moyennement bien éduqué. Moyennement instruit. Moyennement doué en affaires. Moyennement bien vu de ses pairs. Moyennement...

Le diable soit de ce mot!

« Moyennement ». Qui d'un peu sensé voudrait n'être que « moyen » ? En quoi que ce soit. En *tout*. Ce mot trahit la médiocrité. Il indique un manque d'ambition. Pire encore, il expose au grand jour l'absence de tout véritable effort. À l'évidence, il vaut mieux viser une réussite éclatante, quitte à récolter un échec cuisant. Faire les gros titres avec une faillite est déjà une forme de succès. Au moins acquérez-vous une certaine renommée. Votre famille et votre entourage immédiat ne sont plus les seuls à savoir que vous avez vécu. Que vous avez *existé*. Ce n'est pas l'immortalité, bien sûr, mais déjà plus qu'une froide statistique anonyme sur un formulaire de recensement.

Mais revenons à des choses plus réjouissantes...

Comme mon anniversaire tombe le même jour qu'Halloween, Harry et Ben nous ont emmenés dîner. Dans un restaurant agréable servant une bonne cuisine. Je n'ai pas souvenir d'avoir connu meilleure soirée. Ben sera, j'en suis persuadé, une bonne épouse pour Harry. Je sais que Maude en doute ; mais Maude doute de tout ou presque et refuse de prendre en compte un autre avis que le sien. Je fais de mon mieux pour la comprendre, mais c'est parfois très difficile. Pourquoi, par exemple, insiste-t-elle pour appeler notre belle-fille « Benedicta » alors que tout le monde l'appelle Ben ? Elle *ressemble* à une « Ben ». Elle se *comporte* en « Ben ». Elle *préfère*, et de loin, qu'on l'appelle Ben. De ce que je sais, elle a été baptisée Benedicta pour contenter sa grand-mère italienne, mais depuis sa plus tendre enfance tout le monde l'appelle Ben. Maude est la seule à employer « Benedicta ». Ce qui crée un léger malaise, et dresse une invisible barrière entre mère et belle-fille.

Dans le même registre, pourquoi se sent-elle toujours obligée d'appeler Harry « Henry » ? Harry s'appelle ainsi depuis l'école. Pourquoi *pas* Harry ? C'est un très bon prénom. Pas vraiment un surnom. Les « Henry » sont la plupart du temps des « Harry ». Comme les « John » sont des « Jack ». Le roi Henry V était surnommé « Hal », donc si les diminutifs siéent aux personnes royales, pourquoi pas à la famille Duxbury ?

(Ou était-ce Henry VIII ? Ou les deux ?)

―――――― **Une confession** ――――――

Je n'en ai rien à faire. Je continuerai à les appeler Harry et Ben, a) parce que c'est ce qu'ils préfèrent et b) parce que cela reflète bien leur bonheur tranquille. Dieu fasse qu'ils gardent ce bonheur.

Au moment où j'écris ceci, Maude est au lit. Elle est partie se coucher il y a plus d'une heure. La routine habituelle. Je suis quasi certain qu'elle lit un de ses romans à l'eau de rose, entourée d'oreillers. Un livre de poche, bien entendu. Tel est le monde qu'elle semble habiter. Un pays imaginaire où les intestins et les vessies ne sont jamais remplis, où les bébés arrivent sans aucune copulation, où les femmes tombent en pamoison dès que de mâles lèvres effleurent leur bouche. Et si j'en conçois quelque amertume, je crois avoir de bonnes raisons.

Je me demande parfois combien de mariages ont été détruits par ces déversements de futilités ultra-sophistiquées. Combien de femmes respectables, normales (quoique pas très intelligentes) ces sornettes ont changées en « dames » imaginaires, et combien de maris ont souffert en conséquence.

Mais assez de pleurnicheries. J'ai plutôt passé une bonne journée. Les personnes qui comptent à mes yeux se sont souvenues de mon anniversaire et m'ont envoyé des cartes. Harry et Ben m'ont offert une nouvelle pipe. Une Dr Plumb. Ma marque préférée.

Au lit maintenant. Dans ma couche solitaire. Cinquante années d'existence, dont les trois dernières en célibataire. Ici, dans le secret de mon journal, je peux me livrer. Te parler, Harry, des inepties de ta mère. Et quelles inepties ! Nous dormons dans la même pièce, mais dans des lits séparés. La raison en est que (Dieu nous vienne en aide !) ta chère mère est persuadée qu'après quarante-cinq ans, un véritable gentleman – j'aurais dû écrire ces mots entre guillemets : un « véritable gentleman » – bannit de son esprit ce genre de pensées. Il apprend à « se maîtriser ».

Heureusement, je ne suis guère charnel. Par chance également, je peux me targuer d'un sens de l'humour teinté d'ironie. Car, mon fils, comme tu le découvriras bientôt, la situation requiert de posséder le sens de l'humour. De l'humour ou de l'indignation. Mais toute révolte ne serait que pure perte face à ta chère mère.

MARDI 2 NOVEMBRE
Quelle journée risible !

Je découvre qu'en tenant ce journal, je peux me débarrasser de ce qui autrement serait une exaspération confinant à la fureur. J'arrive (parfois difficilement) à rester calme dans l'attente de ce moment où, avant d'aller au lit, je peux coucher sur le papier ce qui, à l'aune de la normalité, dépasse tout en termes de mauvaises manières.

Je n'ai guère besoin de te rappeler que, lorsque l'envie lui en prend, ta chère mère possède une langue de vipère. Ce qu'elle nie, bien entendu. Elle croit (et je pense qu'elle le croit vraiment) que ses régulières sautes d'humeur, de plus en plus rapprochées ces temps-ci, ne sont absolument pas des sautes d'humeur. On peut lui rappeler ce qu'elle a dit. La citer, mot pour mot. Elle prendra un air choqué et blessé, puis déformera les mots, les réinterprétera à sa manière et réitérera ses propos d'une voix plus posée. « *Voilà* ce que j'ai dit », insistera-t-elle. Mais si elle avait réellement dit *ce* qu'elle affirme avoir dit, du ton pondéré qu'elle prétend avoir employé, personne n'aurait été choqué et, personnellement, je n'aurais ressenti aucun embarras.

Harry, mon fils, crois-moi.

J'aime profondément ta mère. Je n'aurais épousé aucune autre femme. Je n'aurais jamais voulu avoir d'autre fils que toi, pas plus que je n'aurais voulu qu'une autre femme que la mienne soit la mère de ce fils. Que cela soit bien clair. C'est la vérité vraie. Crois-moi sur ce point et ensuite tu pourras critiquer autant que tu le voudras.

Avec elle, un détail totalement insignifiant et stupide peut engendrer un énorme conflit (généralement unilatéral). Une

―――― **Une confession** ――――

légère fêlure dans une tasse à thé. Une fêlure pas plus large qu'un cheveu.

À midi, j'avais retrouvé Maude comme prévu. Pour de nouveaux rideaux pour le salon. Les choisir et les faire ourler. Ça a débuté comme ça. Elle n'était pas d'humeur, ou plutôt elle était de mauvaise humeur. Avions-nous les moyens d'acheter ceux-là ? À coup sûr nous ne pouvions nous les permettre ? En fait, elle monologuait. Décider ! Pourquoi, au nom du ciel, n'est-elle jamais capable de prendre la moindre décision ? Elle avait bien sûr totale liberté. Couleur, style, tout. Mon unique exigence était d'avoir des rideaux de bonne qualité, pouvant nous durer des années. J'ai suggéré du velours, et me suis entendu dire de ne pas être grotesque. Après quoi j'ai gardé mes opinions pour moi.

Il aura fallu cinq magasins avant qu'elle se décide et même alors sa décision manquait de conviction. Même moi, je pouvais le sentir. Aussi ai-je suggéré d'essayer un autre jour. Dans d'autres magasins. J'ai été ridiculisé devant le vendeur. Un homme ! Que pouvais-*je* y connaître en tissus ? Que pouvais-*je* savoir des assortiments de couleurs ?

Je crois que son choix s'est fait sur un coup de tête. J'espère me tromper. J'espère qu'elle *aime* ces rideaux. Quoi qu'il en soit, je n'ai pipé mot, j'ai signé le chèque et proposé un déjeuner rapide avant que je ne retourne au bureau et qu'elle ne prenne un taxi pour rentrer à la maison.

Bon sang, je vais parler d'un *bon* restaurant. Un restaurant propre. Impeccablement propre. J'y suis allé trop souvent pour ne pas en être certain. Je connais le directeur. Il vient parfois à ma table pour discuter. Nous nous intéressons tous deux à la photographie amateur et il est membre du club local. Il est désireux que je le rejoigne mais, entre les registres de la compagnie à tenir à jour et ces satanées déclarations de TVA à remplir en sus des heures passées au bureau, je n'ai guère le temps. Sans compter que je n'ai *jamais* appartenu à aucun club ni aucune société. Jamais. Ce n'est pas quelque chose qui me fait envie.

Pas quelque chose qui me manque. J'aime mon chez-moi. Son confort. Je suis parfaitement satisfait en compagnie de Maude... quand ses « humeurs » ne la prennent pas. Je suppose que je dois être du genre timide. Cela n'a aucune importance. Pour une raison ou une autre, je n'ai jamais fait partie de clubs ou autres.

Il n'empêche que je connais cet homme et que je le respecte. Il gère un bon établissement. On peut ajouter que je connais également les serveuses. La plupart d'entre elles. Pas de nom, bien sûr, mais de vue. Elles me considèrent comme un ami du patron et sont aux petits soins. Ce qui n'est pas pour me déplaire. Mais est-ce un crime ? Quelque chose dont je devrais avoir honte ?

J'ai commandé des toasts et des œufs brouillés. Maude a commandé un gâteau au chocolat. Nous avons tous deux demandé du thé.

J'ai eu le sentiment que quelque chose clochait lorsque Maude a claqué des doigts pour appeler la serveuse.

Elle a lancé d'un ton sec : « Je veux voir le directeur », et je me suis demandé ce qui pouvait bien ne pas aller.

La serveuse paraissait avoir moins de vingt ans (ou pas plus d'une petite vingtaine d'années) et, après nous avoir tout d'abord jeté un regard stupéfait, a parlé comme elle n'aurait jamais dû le faire à une femme comme Maude dans de telles circonstances.

« De quoi s'agit-il, chérie ? Je peux vous aider ? »

Dieux du ciel ! L'effet produit n'aurait pas été pire si la pauvre fille s'était mise à jurer comme une poissonnière. Qui au juste appelait-*elle* « chérie » ? Les jeunes d'aujourd'hui n'avaient-ils donc plus aucun respect pour leurs aînés ? Ne comprenait-elle pas un mot de bon anglais ? C'est le directeur qu'on demandait. Se cachait-il derrière l'insolence d'une pauvre petite mijaurée ?

La serveuse était au bord des larmes quand elle revint avec le directeur perplexe et troublé (bien entendu), qui me demanda à *moi* quel était le problème. Je n'en avais pas la moindre idée mais, avant que je ne puisse ouvrir la bouche, Maude avait pris la parole.

─────── **Une confession** ───────

Une tasse fêlée, pas moins. J'aurais sans doute dû écrire « pas *plus* ». Il a fallu trouver la fêlure. La chercher, véritablement. Elle n'était visible que si on observait la tasse dans une certaine position. Avec la lumière l'éclairant sous un angle précis. Sans aucun doute, la fêlure était fort loin d'être *évidente.*

Je crois que, pour la première fois de ma vie, j'avais véritablement honte de Maude. Et pour un homme (je t'assure, Harry) c'est une chose terrible que d'avoir honte de sa femme. S'il l'aime, bien entendu. Les excuses sont vides de sens. Elles ne résolvent rien, ce ne sont que des mots. La loyauté (enfin, je suppose qu'il s'agit de loyauté) exige en pareil cas de prendre le parti de son épouse ou de ne rien dire du tout. J'ai choisi de rester silencieux. C'est Maude qui avait ouvert le feu des récriminations. Des jérémiades, à *mon* sens. Elle avait décidé de causer un scandale, et je ne voulais rien avoir à faire avec ça. J'ai donc battu en retraite. J'ai donné cinq livres au directeur avant de quitter les lieux. Assez (et même plus qu'assez) pour payer et le repas *et* une nouvelle tasse. L'argent qui achète la bonne conscience, sans doute. Je doute fort de retourner un jour dans ce restaurant. Dommage. C'est un excellent petit restaurant, mais après l'esclandre de Maude...

Tandis que je lui tendais mon billet de cinq livres, le directeur m'a adressé un regard qui en disait long. Un regard à la fois empreint de pitié et de compassion.

Qu'il aille au diable ! Je ne veux pas de sa pitié. Je n'ai pas besoin de « compassion ». Je veux Maude, comme elle était autrefois. Comme elle était quand je l'ai épousée. Pas plus jeune. Ce n'est pas le problème. L'âge n'a rien à voir là-dedans. Je la veux heureuse. Moins querelleuse. Résolue à prendre la vie telle qu'elle est, sachant que rien ni personne n'est parfait. Je veux qu'elle connaisse la joie de vivre. Qu'elle rayonne de ce bonheur qui la fera à son tour le semer. Pas qu'elle lutte et se batte contre la vie comme elle le fait.

Peut-être ne suis-je qu'un idiot qui demande l'impossible. Parfois, j'en ai l'impression.

Ce soir, quand je suis rentré à la maison, elle était déjà couchée. Une salade de poulet froid m'attendait sur la table de la cuisine. C'était tout. Pas de mot. Rien. Je suis monté pour faire ma toilette, j'ai voulu entrer dans la chambre à coucher et l'ai trouvée fermée à clé. Pour la première fois depuis le début de notre vie maritale, je me suis retrouvé à la porte de notre chambre. Ce qui donne matière à réflexion. Un geste très blessant de sa part. Je pouvais l'entendre se déplacer à l'intérieur, j'ai frappé et appelé, mais elle a refusé de répondre. Que Dieu me vienne en aide, je l'ai même suppliée d'ouvrir la porte pour au moins discuter du problème, mais elle ne m'a pas répondu.

Quelle situation ridicule à notre âge. *Puérile. Déraisonnable.* Mais lorsque Maude est ainsi, elle *est* déraisonnable.

J'imagine que, dans la grande tradition de Hollywood (ou peut-être dans la tradition des héros évoluant dans ses maudits romans à l'eau de rose), j'aurais dû défoncer la porte. Peut-être s'attendait-elle à ce que je le fasse. *Voulait-elle* que je le fasse.

Mais ce n'est pas mon style, je le crains. Je ne suis pas un homme violent. Pas du genre qui casse tout. J'appartiens plutôt, je crois, à la catégorie de ceux qui sont prêts à tout pour préserver leur tranquillité. C'est une forme de faiblesse et elle me coûte. Parfois chèrement. Mais elle est dans ma nature et je n'y puis rien changer.

Je me suis autorisé une ridicule petite rébellion. Je n'aime pas particulièrement la salade de poulet froid, aussi je l'ai jetée à la poubelle et j'ai lavé l'assiette avant de marcher plus de trois kilomètres jusqu'au fish-and-chips le plus proche. Tout en revenant à pied à la maison, j'ai mangé mon fish-and-chips directement dans son emballage. Maude aurait été horrifiée. Mortifiée. Ce comportement, j'en suis persuadé, lui aurait confirmé le bien-fondé d'une pensée pas si secrète qu'elle rumine depuis longtemps : celle d'avoir commis l'erreur de prendre époux « en dessous » de sa classe sociale.

Et pourtant j'ai pris plaisir à avaler ce repas de fortune sur le chemin du retour. On pourrait même dire sans exagérer qu'en

―――― Une confession ――――

dépit des déconvenues de la journée, je me sentais heureux et satisfait. Seul. Satisfait. Appréciant une nourriture simple et chaude, indifférent à la morsure du froid de novembre. Dérisoire, mais pendant un bref moment j'ai oublié Maude. J'ai tout oublié. J'avais faim, je mangeais de la nourriture qui me plaisait et plus rien d'autre au monde ne comptait.

Souviens-toi de ça, Harry. Le cœur et la tête. Deux parties importantes du corps. Mais quand tu as faim (même si tu ne te rends pas compte que tu as faim), l'estomac prend le dessus, et tout le reste devient négligeable en comparaison. Tout est englouti par le plaisir de manger. Il ne s'agit que de sagesse. Le système digestif ne doit jamais être sous-estimé.

À présent, hélas, je dois m'arranger pour la nuit à venir. Ma fierté (pour ce que j'ai de fierté) me défend de supplier pour avoir la permission de dormir dans ma propre chambre à coucher. Un fauteuil, peut-être. Ou le sofa. Je crois que je suis parti pour passer une mauvaise nuit. Je pourrais dormir dans la chambre d'amis, mais cela révélerait notre stupidité à la femme de ménage. Une dispute conjugale. Je n'ai pas envie que cela fasse le tour du village. La femme de ménage raffole des ragots. Donc, le sofa, et tout remettre en ordre avant son arrivée.

Il est maintenant 3 h 15 du matin (pour être parfaitement exact nous sommes donc le 3 novembre). L'inconfort d'un sofa ne se compare qu'à celui d'un fauteuil qui lui-même ne s'apprécie qu'à l'aune de celui des coussins sur le tapis. Je suis épuisé, mais le sommeil ne vient pas. Mon esprit en ébullition et les positions inhabituelles que j'inflige à mes membres empêchent tout repos.

Je vais donc continuer à noter mes pensées (quelques-unes de celles qui m'ont torturé) depuis que j'ai refermé ce journal quelques heures plus tôt. J'ai à portée de main une bonne quantité de whisky. J'ai bourré ma pipe préférée et, malgré l'heure, le tabac est délicieux. Je cherche la vérité. Un semblant de vérité.

La vérité sur Maude. La vérité sur moi-même. La vérité sur notre mariage. La vérité sur *n'importe quoi*. Rien que la vérité, pas de faux-semblants.

Les faits.

Je ne dois pas un centime à quiconque. Pas de découvert à la banque. Pas d'hypothèque. Tout ce que j'ai acquis a été payé rubis sur l'ongle. L'imprimerie que j'ai achetée pour presque rien quand j'étais encore un jeune reporter jouit d'ores et déjà d'une solide réputation de sérieux et de savoir-faire. Les petites et moyennes maisons d'édition qui font appel à nos services sont satisfaites. Les plus importantes, essentiellement basées à Londres, nous portent un intérêt certain. Tout cela en trente ans. Le bon niveau de vie qui résulte de cette réussite pourrait bientôt, avec de la patience et le souci constant de l'excellence, devenir *très* bon. Pas d'autre associé que mon fils, Harry. J'ai fait de lui mon associé quand il s'est marié. Pas d'autres directeurs que Harry, Maude et moi-même. Maude (je n'en fais pas un secret) n'a été nommée directrice que pour des raisons fiscales. Elle n'a jamais mis un pied dans la boîte. Je ne l'en blâme nullement. Certains odorats sensibles ne supportent pas l'odeur de l'encre. Quoi qu'il en soit, elle ne connaît quasiment rien, voire rien du tout, à l'imprimerie et ne manifeste aucun intérêt pour ce domaine.

À l'inverse, Harry *montre* de l'intérêt pour l'imprimerie. Un grand intérêt. Sans que j'aie eu à le pousser, il a appris, et bien appris. Quand viendra pour moi l'âge de la retraite, je sais que la société passera en de bonnes et solides mains.

Voilà le principal. Aucun problème d'argent. Et aucune crainte à avoir de ce côté dans le futur.

Maude et moi. Je laisse le mariage de côté pour l'instant. Juste *nous*. Maude et John Duxbury. Au début. Quand nous sommes tombés amoureux. J'avais à peine quitté le lycée, mon père était un mineur. Le père de Maude était marchand de chaussures. Un commerçant. Qui possédait *deux* magasins. Pour parler

―――― Une confession ――――

franchement... Ce n'étaient pas de petites boutiques, mais elles n'étaient pas non plus particulièrement grandes. Ou même différentes l'une de l'autre. Mais, deux ! À ses yeux (et à ceux de la mère de Maude), il était un entrepreneur de province d'une certaine importance. Tout comme moi, Maude était enfant unique. Une enfant gâtée. Elle avait été envoyée dans une « école privée » locale pour apprendre à devenir une « dame ». Il faut reconnaître que ça ne l'a pas complètement perdue. Elle savait rigoler. En fait, ce dont je me souviens le mieux quand je repense à ce temps-là, c'est son rire contagieux. Elle ne l'aurait jamais admis (elle était bien trop dévouée à ses parents pour ça) mais je pense que la prétention absurde de son père comme de sa mère la faisait parfois glousser. En tout cas, elle était d'une compagnie délicieuse à l'époque, et nous avons passé ensemble des moments merveilleux. C'était toujours elle qui menait la barque, mais j'étais content d'être à bord.

Moi ? Comparé à elle, j'étais plutôt du genre insipide. Mon sens de l'humour était très limité. (C'est toujours le cas, j'en ai peur.) J'étais un grand lecteur. Je faisais beaucoup de vélo. Avant de rencontrer Maude, je roulais tout seul. Sur un Roger à trois vitesses avec un guidon de route. Pas de short ou de coupe-vent à la mode. Mes chaussures de cycliste étaient mes seuls accessoires, et encore, seulement parce que leur bout en cuir très dur s'adaptait mieux aux cale-pieds des pédales que celui de chaussures ordinaires. Je portais un ciré, un caleçon long et un suroît. Je me souciais peu des conditions météorologiques. J'étais bien protégé. J'ai découvert et parcouru les Yorkshire Dales sur cet excellent vélo. J'ai appris à les connaître et à les aimer. (Je les aime toujours aujourd'hui.) Je ne compte plus les fois où je me suis assis sur l'herbe d'un talus, à l'abri d'un chêne ou d'un orme, dévorant des sandwiches et sirotant le thé chaud de mon Thermos, indifférent à la pluie qui tombait autour de mon refuge improvisé. Je n'étais jamais trempé, et j'avais rarement froid. J'étais toujours heureux.

Peu après notre rencontre, Maude a acheté un vélo. Je l'ai aidée à le choisir. C'était une fois de plus un Roger. Après quoi, nous avons parcouru les Yorkshire Dales ensemble. C'était l'innocence. C'était le bonheur.

À cette époque, je venais de lire *Goodbye, Mr Chips* de James Hilton et, la jeunesse insouciante étant ce qu'elle est, je nous assimilais à Chips et sa jeune épouse. (Même si nous n'étions pas encore mariés.) Rétrospectivement, et sachant ce que je sais aujourd'hui, je me rends compte de la pertinence singulière du récit de l'auteur. Dans le livre, la jeune épouse décède. C'eût été une tout autre histoire si Hilton avait laissé son charmant personnage féminin atteindre la maturité, et l'amertume.

(Je dois rester prudent. Je crois que le whisky désinhibe ma pensée et me conduit vers des spéculations qui tendent à embrouiller mes efforts pour atteindre la vérité !)

Nous nous sommes mariés, contre l'avis des parents de Maude. Elle avait largement l'âge requis, moyennant quoi la seule chose qu'ils pouvaient faire était de tenter de la dissuader. Ou tenter de *me* dissuader. « Je vais être franc avec vous, John. Je vous aime bien – nous vous apprécions, ma femme et moi – mais nous espérions que Maude épouse quelqu'un correspondant à sa position sociale. » Il m'a fallu des années, et un discernement que j'étais loin d'avoir à l'époque, pour ne plus voir en cette insultante remarque que le verbiage d'un imbécile pompeux et obtus. Néanmoins, ces mots déplacés eurent pour effet de m'endurcir à bloc. Je travaillais comme je n'avais jamais travaillé auparavant, afin de faire prospérer l'imprimerie que je venais d'acquérir et, quand mon beau-père frôla la faillite et dut mettre en vente un de ses magasins pour payer ses dettes, j'étais (je l'avoue) secrètement ravi.

Cela te surprend, Harry ? Que ton père sans guère de caractère, que je sais que tu aimes mais que je te suspecte aussi de mépriser quelque peu, ait pu (et peut toujours) nourrir des pensées aussi vindicatives ? Et pourquoi pas ? Si un homme se montre faible en un domaine, alors il l'est en tous.

―――― **Une confession** ――――

(Je crains que ces écrits ne soient en train de prendre un tour quasi autobiographique. Ce n'est pas le sujet. Le sujet est la vérité.)

Notre union. Que peut bien dire un homme de son propre mariage ? À quelle aune le comparer ? D'après ce que je sais, les mariages des autres ressemblent au mien. Les deux parties gardent soigneusement pour elles (comme nous) leurs querelles. Des disputes dissimulées. Des humiliations cachées. En apparence, les autres sont heureux. Moyennement heureux. Tout du moins, ils ne s'affichent pas *ouvertement* comme malheureux.

Ce soir, ne parvenant pas à dormir (le confort de mon propre lit m'ayant été refusé), certains mots me sont venus à l'esprit. «Divorce». «Séparation». Des mots ridicules. Des mots vraiment absurdes.

J'appartiens à une certaine génération et à un certain milieu. Maude appartient également à cette génération et vient plus ou moins du même milieu. Je crois que nous sommes les gens que George Bernard Shaw avait en tête lorsqu'il a écrit *Pygmalion* et mis dans la bouche du père d'Eliza ses sarcasmes sur la «mentalité des classes moyennes».

D'autres divorcent et se séparent. Pas nous. Nous sommes les «gens respectables». Nous nous marions et *restons* mariés. Peu importe à quel point nos vies sont devenues tristes et pitoyables, nous «tenons le coup». Pourquoi ? Dieu seul le sait. De nos jours, alors que les lois du divorce obéissent à de simples principes humanitaires, *nous* sommes les idiots masochistes qui ruinent la seule vie qu'ils auront jamais au nom d'une sacro-sainte pseudo-«morale». Quelle arrogance inouïe ! Refuser de même admettre la possibilité que nous ayons pu nous tromper. Toute cette pathétique vertu. Mon Dieu ! Nous méritons chaque minute de souffrance que nous endurons.

Erreur ! *Erreur* ! ERREUR !

Le whisky, encore. Au diable le whisky. Je n'aurais pas dû écrire ça. J'aime ma femme. Je l'*aime*. Elle n'est pas parfaite, mais qui l'est ? Comment savoir si elle ne souffre pas ? Plus que je ne souffre ? Comment savoir si *elle* n'envisage pas également le divorce ou la séparation ? Comment savoir si elle n'a pas de bonnes raisons de penser ainsi ? Comment le *saurais*-je ?

Quel homme se connaît-il vraiment ? Peut-il vraiment se comprendre lui-même ? Peut-il discerner les raisons premières des sentiments et des pensées qui lui traversent l'esprit ? À l'évidence nous jouons tous un rôle. Dès le moment où nous nous mettons à parler. Dès le moment où nous sommes en mesure de communiquer. Dès le moment où nous « désirons » quelque chose. Un leurre. Un mensonge. Un rôle légèrement différent pour chaque personne que nous connaissons et pour chaque personne que nous rencontrons. Et même encore un autre rôle pour nous-mêmes, quand nous sommes seuls. Tout homme est un perpétuel menteur, un perpétuel acteur.

Par conséquent, quel est notre véritable moi, et pourrions-nous l'identifier si nous le croisions par hasard ? Le reconnaîtrions-nous ou nous apparaîtrait-il comme un inconnu, et peut-être pas un inconnu très agréable ?

J'en viens à croire que personne ne sait ce qu'est « la vérité ». Qu'en ultime analyse, « la vérité » n'est rien de plus qu'une solide opinion.

Grands dieux ! De la philosophie de boudoir à cette heure de la nuit.

Au temps pour ma quête de la vérité. Des os fourbus en plus d'un cerveau imbibé de whisky. Je dois dormir. Je suis trop fatigué pour écrire davantage. Il me faut un peu de sommeil avant d'entamer une nouvelle journée.

MERCREDI 3 NOVEMBRE
Quelle journée !

Manque de sommeil, difficultés conjugales et maintenant problèmes à l'imprimerie.

Comme tout employeur attentif, j'octroie de bons salaires. Plus élevés que la moyenne. Environ trois pour cent au-dessus

———— Une confession ————

du tarif imposé par la convention collective nationale. Ce qui entraîne la réduction de la marge bénéficiaire, mais me permet de m'opposer à toute suggestion de sureffectif ou de ridicules pratiques restrictives. Je suis convaincu que tout travailleur britannique est prêt, et même déterminé, à donner le meilleur de lui-même s'il est traité comme un être humain et de manière égalitaire dans la chaîne de production. Jusqu'à il y a deux ans, nous n'avons jamais eu de problème avec les syndicats. J'ai toujours poliment mais fermement refusé d'être à la tête d'une entreprise sous monopole syndical, tout en respectant le droit pour chaque employé d'adhérer au syndicat de son choix.

Evans a rejoint l'entreprise voici deux ans. C'est un employé qualifié. Il faut bien avouer qu'il connaît son travail. Mais c'est un fauteur de troubles né. Même Jim Jennings m'avait prévenu. Ce bon vieux Jim. Artisan de la vieille école, il travaillait déjà dans l'entreprise quand je l'ai rachetée. Il aime à se qualifier de marxiste, mais contrairement à d'autres extrémistes de ma connaissance, il est très raisonnable. Je crois simplement qu'il aime à être étiqueté « marxiste » mais ne sait pas vraiment ce que cela signifie. Nous n'avons pas de représentant officiel du personnel, mais tous les employés (moins de vingt) s'en remettent volontiers à Jim comme porte-parole lorsqu'ils estiment avoir matière à se plaindre. Je n'y vois aucune objection. Cela arrive rarement mais quand c'est le cas Jennings s'exprime d'égal à égal et essaie toujours d'appréhender la situation des deux côtés. Nous avons cela en commun. Nous voulons tous deux voir l'entreprise prospérer.

Pour revenir à Evans, il était là depuis un peu plus de six mois quand Jim est venu me voir dans mon bureau. Je me souviens de notre conversation, mot pour mot.

« Il faudra que vous surveilliez ce nouveau gamin. »

(Pour Jim, tout homme en dessous de la soixantaine est un « gamin ». Et toute personne comptant moins de dix ans d'ancienneté est « nouveau ».)

« Evans ?
– Oui, il est du genre à semer la pagaille.
– Comment cela ?
– Eh bien, par exemple, il y a une fuite dans le toit. Minime, mais...
– Je ne savais pas.
– Ça ne coule pas beaucoup, et seulement quand il pleut à verse. Rien de dangereux, et personne n'est obligé de se poster à l'endroit où ça fuit.
– Que fait Evans ? demandai-je.
– Il braille à propos des "conditions de travail". Il parle d'intenter des "actions positives". Vous voyez ce que ça veut dire, venant d'un emmerdeur comme lui.
– Une grève, je soupirai.
– S'il y arrive. » Jim hocha pensivement la tête. « Je ne suis pas de son côté. Mais il a déjà réussi à attirer l'attention d'un ou deux imbéciles.
– Merci de me prévenir, Jim.
– Je ne veux pas colporter de ragots. » Je me souviens de la grimace qu'il fit. « Mais à mon âge, je ne me vois pas perdre mon temps pour que dalle sur un de ces fichus piquets de grève. »

La fuite du toit fut réparée dans les quarante-huit heures, ce qui coupa l'herbe sous le pied d'Evans, mais depuis environ un an et demi, j'entends çà et là des rumeurs (jamais par le biais de Jim) selon lesquelles il passe un temps considérable à insinuer que l'imprimerie serait un atelier d'esclaves. Que si nous payons plus que le minimum légal, c'est pour pouvoir exiger de chaque homme qu'il fasse le boulot de deux. De ce que j'ai entendu, cela n'a eu qu'une portée limitée, ne touchant qu'une demi-douzaine d'employés parmi les moins valorisés. Donc...

Et pourtant. Ce matin...

Harry est venu dans mon bureau. C'était après 10 heures. Peu avant la demie, je crois. Son air mécontent m'a fait comprendre qu'il était en proie à une grande contrariété.

——— **Une confession** ———

« Nous avons un voleur chez nous, a-t-il lancé sans préambule. Evans est un voleur.

– Ce sont tous des voleurs. » J'ai souri en essayant de le calmer. Il vient de passer les deux derniers jours à faire l'inventaire de fin d'année. Je lui ai indiqué un siège et je lui ai dit : « Des petits à-côtés, Harry. Également connus sous l'appellation de "pertes" inévitables, comme dans "pertes et profits". Un homme travaille ici. Forcément, il y trouve des choses dont il peut avoir l'usage chez lui. Une bricole par-ci, une autre par-là... Ce n'est pas ça qui va...

– Trois cents livres de "bricoles" rien que pour le mois dernier. De plus, il s'en vante. Dieu seul sait pour combien il a embarqué déjà. C'est beaucoup plus que des "petits à-côtés". »

Il s'est penché en avant sur sa chaise et a jeté une feuille de papier sur le bureau. Une liste détaillée. Chiffrée. De certains produits qu'Evans n'avait pu dérober que pour les revendre. Quelle utilité peut bien avoir l'encre d'imprimerie dans un foyer normal ?

J'ai parcouru la liste avec attention. « Tu es sûr ? j'ai demandé.

– Certain.

– Il s'agit bien d'Evans ?

– Oui. Quelques employés ont parlé. Ils sont écœurés. Ils te le diront. Ils signeront des déclarations.

– Ils signeront des déclarations ? » Je n'ai pas compris immédiatement.

« C'est un *voleur*, papa. »

J'ai hoché la tête avant de demander : « Tu lui as parlé ?

– Non. C'est à la police de le faire.

– Harry... » J'avais déjà largement assez de problèmes sans ça. Je ne voulais pas d'enquête de police. Aussi ai-je fait remarquer : « Je crois qu'il faudrait d'abord lui donner l'opportunité de s'expliquer. C'est le minimum.

– Papa, c'est un agitateur. Un voleur. Que veux-tu de plus ?

– Je le veux ici.

– Papa, tu es vachement trop indulgent. Tu...

– Je suis aussi ton père. Accessoirement, je suis également le directeur de cette entreprise. » Il avait besoin de ce petit rappel. C'est *mon* entreprise. Et pendant que j'y suis, c'est également *ma* famille. Ce rappel-là *aussi* était nécessaire. Puis j'ai baissé d'un ton pour dire : « On va s'occuper de ça à ma façon, Harry. Pas ruer dans les brancards comme un éléphant dans un magasin de porcelaine. Amène Evans ici, dans mon bureau. En douceur. Ne lui dis rien. Et demande également à Jim de venir.

– Jim ? » Le pauvre Harry ne voyait pas où je voulais en venir.

« Evans va faire face à deux directeurs, j'ai expliqué patiemment.

– Ça ne lui fera ni chaud ni froid...

– Deux contre un. Ce n'est pas juste. Il lui faut quelqu'un d'autre. Quelqu'un de l'imprimerie. Qui soit prêt à parler sans détour si nécessaire.

– Mais bon sang, papa, nous ne...

– Nous allons traiter ce problème à *ma* façon. Evans et Jim Jennings. Puis toi. Mais d'abord tu vas l'écouter. Écoute aussi ce que Jim dira. Et *ensuite*, exprime-toi si tu estimes avoir à le faire. »

Peut-être Harry a-t-il raison. Peut-être suis-je trop indulgent. C'était certainement l'avis d'Evans. Il a tout nié. Il m'a accusé de lui avoir tendu un piège pour avoir une bonne raison de le renvoyer. Vers la fin, il en est même venu aux menaces.

« Je ferai fermer cette saleté d'usine, Duxbury. Chaque type qui travaille ici...

– Une minute ! » Jim l'a interrompu et, à en juger par son air furibond, il n'était guère d'humeur à deviser poliment. Il a toisé Evans et lui a dit : « Tu te prends pour qui au juste, *toi* ? N'essaie pas de me la faire *à moi*, gamin. Je ne suis pas M. Duxbury. Je suis un de ceux qui t'ont regardé faire en se demandant quand ces conneries allaient s'arrêter. Et je vais te dire une bonne chose, gamin, la seule raison pour laquelle je ne t'ai pas dénoncé, c'est parce que je ne suis pas une balance. Jamais de la vie. Mais, bon sang, maintenant que tu as été découvert, je serai le premier à

───── **Une confession** ─────

la barre des témoins pour m'assurer que tu récoltes ce que tu mérites. » Son regard s'est fait encore plus noir. « Et pour ce qui est de faire fermer cet endroit, fais bien gaffe à toi. Essaie seulement, et tu vas voir ! La plupart des gars qui bossent ici savent reconnaître un bon job quand ils en ont un. Et moi le premier. Alors si tu t'avises ne serait-ce que de repointer ta tronche d'abruti par ici, tu risques de te faire sérieusement botter le cul... Et je serai le premier à le faire. N'oublie pas que *je* suis syndiqué. Donc si tu essaies de nous avoir, tout le monde sera illico au courant. » Après quoi Jim Jennings s'est un peu radouci, s'est tourné vers moi et a conclu : « Faites-en ce que vous voudrez, monsieur Duxbury. Mais nous ne voulons plus travailler avec lui.

– J'appelle la police. » Harry a fait mine de se lever.

J'ai posé la main sur le combiné en disant « non ». Puis je me suis adressé à Evans. « Prenez vos affaires et partez. Nous vous enverrons ce que nous vous devons à votre domicile. Ne songez même pas à demander une recommandation... c'est exclu. Mais si jamais quelqu'un appelle, je dirai que vous connaissez votre boulot. »

Il y a encore eu quelques éclats de voix. Harry voulait absolument appeler la police, mais Harry est jeune et impétueux. Avec le temps et l'expérience, il apprendra que la meilleure façon de se tirer d'affaire est toujours la plus rapide. Je crois qu'Evans s'attendait à ce que la police débarque. Je pense même qu'en dépit de ses protestations d'innocence, il m'a méprisé de ne pas vouloir appeler la police. Son dédain se lisait dans ses yeux. C'est ce genre de brute. Même Jim secouait la tête, perplexe.

Peu importe. J'ai agi à ma manière. J'ai débarrassé l'entreprise d'Evans. C'est suffisant.

Ce soir, j'ai déménagé mes vêtements – mes costumes, mes chemises, mon linge de corps, mes pyjamas, etc. – dans la chambre d'amis. Je ne l'ai pas fait en me cachant. Je m'y suis pris très lentement, exprès, et sans paraître le moins du monde vexé. Il aurait suffi d'un mot, d'un geste de Maude, et j'aurais allègrement tout rapporté dans la chambre conjugale. Mais elle m'a ignoré, usant de ce froid mépris que les femmes affichent lorsqu'elles savent qu'elles sont dans leur tort mais voudraient qu'on pense le contraire. Il aurait suffi d'un mot. Un seul mot. Mais venant d'*elle*... pas de moi ! Aucune excuse. J'estime pourtant avoir assez d'âge et d'expérience pour ne pas espérer qu'on aille jusqu'à se mettre à plat ventre devant moi. Même un simple regard triste aurait suffi.

Bon sang, pourquoi devrais-je *toujours* être celui qui remballe sa fierté ? Pourquoi les femmes d'un certain âge régressent-elles au stade de stupides écolières quand leur orgueil prend le dessus sur leurs bonnes manières ? Pourquoi ne peuvent-elles jamais avoir *tort* ?

Du moins vais-je bien dormir cette nuit. Le lit de la chambre d'amis est très confortable.

MARDI 9 NOVEMBRE

Une routine semble s'être instaurée entre nous.

Certes, nous nous adressons à nouveau la parole, mais pas comme mari et femme. Une distance s'est installée qui ne devrait pas exister. Nous nous comportons l'un envers l'autre et communiquons comme le feraient deux étrangers se croisant dans un hôtel. Poliment, sans plus.

Une routine donc, et non plus une relation conjugale.

Je me réveille bien avant qu'elle ne quitte son lit. Je me prépare un petit déjeuner frugal et je suis dehors avant l'arrivée de la femme de ménage. J'emporte le courrier qui m'est adressé pour le lire au bureau. Si je dois y répondre, je le fais du bureau. Je laisse le courrier adressé à Maude ou à nous deux sur la tablette de l'entrée. Ce qu'il advient ensuite de ce courrier, je n'en ai pas la moindre idée. On ne me montre jamais aucune lettre. Nous avons pourtant des amis. Nous avons des parents (des cousins, et même des tantes), et je reconnais parfois leur écriture sur les

─────── **Une confession** ───────

enveloppes. Mais on ne m'octroie pas le droit de savoir ce qu'ils racontent... Et plutôt mourir que demander!

Le soir, je passe l'essentiel de mon temps dans le bureau que je me suis aménagé ici. Je traite la paperasse en retard. Je lis. J'écoute la radio. Ce soir il y avait l'émission d'Alistair Cooke sur les instruments de jazz. Aujourd'hui, le piano. Illustré entre autres par Fats Waller. Quel triste souvenir. Maude et moi étions jadis des inconditionnels de Waller. Pour nous, c'était le meilleur. Le plus vibrant. C'est toujours mon avis, quant à Maude...

Où est passé le bonheur? On dirait qu'il s'est évaporé, comme si nous l'avions stocké dans un bidon troué. Le réservoir est toujours là aujourd'hui, mais vide. Quel gâchis. Quel gâchis de deux vies. *Où* donc ce bonheur est-il allé? Et pourquoi aucun de nous n'a-t-il remarqué sa fuite? Avant, Fats Waller me rendait heureux. Formidablement heureux, rien qu'à l'écouter. À présent, il me rend triste. Seigneur, la vie peut se révéler si cruelle.

Ne laisse pas cela t'arriver, Harry. Fais très attention. Ne *permets* pas que cela se produise. Travaille, bats-toi pour éviter ça. Fais tout ce que tu pourras! Tu as une bonne épouse, un bon mariage. Le bonheur que nous avions autrefois. Accroche-toi à ça, fiston. Par-dessus tout le reste. Rien n'est plus important, mais rien n'est plus fragile. Et quand ça disparaît, c'est pour toujours.

Il est temps que je me couche. Dans la chambre d'amis. Je suis un invité sous mon propre toit. Voilà qui résume parfaitement la situation.

Il est maintenant 2h30 du matin et je suis là, de retour dans mon bureau. Impossible de dormir. Je crois que les souvenirs de Fats Waller m'en ont empêché. Les souvenirs, et ruminer sur ce qui aurait pu être, et n'a pas été.

Pas de whisky cette fois. À la place, une tasse de chocolat, ma pipe et ces mots maladroits. Plus les questions sans fin. Pourquoi? À quel moment nous sommes-nous trompés? À qui la faute?

Je te parle, Harry, parce que je n'ai personne d'autre à qui parler. Pire encore. Je ne peux même pas te parler de vive voix. Seulement par le biais de cette espèce de journal intime, et seulement parce que j'ai la quasi-certitude de ne plus être là quand tu liras ces mots.

Notre mariage n'est pas fini. Que cela soit clair. Certes, à bien des égards, il n'en reste rien, mais je ne pourrais pas davantage quitter ta mère que je ne pourrais me couper un bras. Oui, c'est stupide. Grotesque. Mais prétendre le contraire serait malhonnête. Nous avons besoin l'un de l'autre. Comment expliquer ? Au départ, c'est une histoire d'amour, ensuite cela devient ce qu'on appelle une relation amour-haine, puis le ressentiment prend le dessus et ça se termine en relation purement haineuse. Mais *la relation* demeure. Le lien ne se relâche jamais. L'assurance que l'autre est à vos côtés doit demeurer jusqu'à la mort. Séparé, je passerais chaque jour de ma vie à m'inquiéter pour elle. Et je crois qu'il en serait de même pour ta mère. Pourtant, ensemble, nous avons l'air de nous en ficher comme d'une guigne.

Cette contradiction est monstrueuse. Au-delà de l'entendement. Seule certitude, elle *existe* bel et bien.

Je suis convaincu que l'animal humain doit être...

MERCREDI 10 NOVEMBRE

Je me demande ce que l'animal humain doit être.

Aux petites heures du jour, l'esprit emprunte de curieux chemins. En dépit de tous mes efforts, je ne me souviens pas de la conclusion que j'allais donner à cette phrase. Quelle ineffable vérité j'avais l'intention d'énoncer. Je me rappelle juste avoir entendu un bruit et caché ce journal.

Maude a frappé à la porte puis est entrée dans mon bureau. Elle a raconté qu'elle avait entendu quelqu'un au rez-de-chaussée et qu'elle venait voir ce qui se passait. Des cambrioleurs, peut-être ? (Connaissant Maude, si elle avait *vraiment* cru à cette histoire de

──── **Une confession** ────

cambrioleurs, mettre le pied hors de sa chambre aurait été la dernière chose qui lui serait venue à l'esprit.) Je me suis vaguement excusé et j'ai expliqué que je n'arrivais pas à dormir.

« Le lit de la chambre d'amis n'est pas confortable ?

– Oh, si. Très confortable. » Je me suis efforcé de sourire et j'ai ajouté : « Fats Waller.

– Fats Waller ?

– La radio passait quelques-uns de ses disques plus tôt dans la soirée. Des souvenirs. Je ne pouvais pas dormir à cause de souvenirs.

– Oh ! »

J'ai posé ma pipe dans le cendrier. Maude déteste l'odeur de la pipe. C'est pourquoi, à la maison, je ne fume que dans mon bureau.

« Une tasse de chocolat ? ai-je proposé en effleurant mon gobelet à moitié vide. J'en reprendrais bien un. J'en prépare deux ?

– S'il te plaît.

– Dans la cuisine ? j'ai suggéré. Il fait plus chaud.

– D'accord. »

Que de circonvolutions. Nous savions tous deux que la brouille était terminée. Elle avait fait long feu. Comme toujours. Sauf que ces mésententes ne prennent jamais fin d'un seul coup. Elles se désintègrent peu à peu jusqu'à se confondre avec le néant. Contrairement à la fiction, dans la vraie vie il n'y a pas de baisers (bon sang, *quand* nous sommes-nous embrassés pour la dernière fois ?) ni de soudaines réconciliations. À la place s'opère un désarmement progressif. Les « armes », bien entendu, étant des mots ou des silences également blessants. Une lente capitulation. Une tentative graduelle pour rétablir la communication. C'est laborieux au départ. Puis, insensiblement, les choses deviennent plus faciles.

J'en veux pour exemple notre échange compassé dans la cuisine, tandis que nous sirotions du chocolat chaud.

« Tu es sûr que le lit de la chambre d'amis est confortable ?

– Oui, enfin assez confortable.
– Mais peut-être pas aussi confortable que ton propre lit.
– Je, euh, je me débrouille.
– Ne sois donc pas borné. C'est ce que je veux dire.
– J'essaie de ne pas être borné, très chère. Le chocolat est bon ?
– Oui. Très bon. C'est juste que... Ton lit est toujours là, si tu veux y retourner.
– Si tu... tu sais bien... si tu acceptes que je dorme dans la chambre.
– C'est ton choix, bien sûr.
– Oui, je sais. (Il nous faut prendre garde à ne rien précipiter.) Mais tu t'es plainte que je ronflais, parfois.
– Pas souvent.
– Je ne veux pas te déranger.
– Ça n'arrive pas très souvent. »

(Nous sommes toujours, tu remarqueras, en train d'éviter délibérément la *véritable* raison de la brouille. La tasse de thé fêlée. Que je ronfle occasionnellement est un prétexte commode pour avancer sur la pointe des pieds vers la résolution du conflit. D'une manière détournée, cela donne raison à Maude. C'est *moi* qui suis la cause initiale du changement de chambre et de lit.)

« C'est toi qui vois, dit-elle.
– Non. Je préfère que ce soit toi. Tu décides.
– Si nous recevons des invités, *ça* risque d'avoir l'air bête.
– Oui. Je suppose. »

Quand je suis rentré du bureau ce soir-là, elle avait remis toutes mes affaires dans la chambre principale. Ni l'un ni l'autre n'avons prononcé un mot. Ce n'était ni une victoire, ni une défaite.

Le genre de préoccupations triviales dont les mariages sont faits, j'imagine. Pas exactement « donner et recevoir ». Plutôt une lente reddition (quasi involontaire) de chaque partie. Un arrangement à mi-chemin parce que nous nous sentons tous deux simultanément floués et un peu idiots.

──── **Une confession** ────

Pas les fondations idéales pour un mariage, loin s'en faut, mais les moins mauvaises dont nous disposons. Sans doute pas de respect mutuel, mais du moins le respect de soi-même.

LUNDI 15 NOVEMBRE
Ce jour pourrait se révéler capital pour l'entreprise. Aujourd'hui et demain. Une période cruciale.

Un des principaux éditeurs londoniens a téléphoné. Pourrions-nous envisager d'imprimer au moins une partie de leur catalogue ? De faire un essai ? De rencontrer un des directeurs, peut-être ? Un rendez-vous pour expliquer précisément ce qu'on attend de nous, et ainsi déterminer si notre structure peut se plier à certains délais et remplir certaines exigences contractuelles.

Demain ? Cela conviendrait-il ?

Malheureusement, le directeur a un planning très chargé et n'aura pas le temps de me détailler l'affaire s'il doit faire l'aller-retour vers le nord en une journée. Donc, Saffron Walden ? Nous pourrions nous rencontrer vers 18 heures – mettons – au Saffron Hotel et discuter du projet en dînant, après quoi il rentrera à Londres dans la soirée. Cela m'irait-il ?

Cela m'irait-il !

Il *faudra* que ça m'aille. Et qu'importe si Saffron Walden se situe à plus des deux tiers du trajet vers Londres. Qu'importe si me rendre à Londres même aurait été *beaucoup* plus pratique (il suffit de prendre un train de Harrogate jusqu'à Leeds, puis l'express jusqu'à la gare de King's Cross à Londres). Si le directeur préfère Saffron Walden, alors ce sera Saffron Walden. L'A1 en direction du sud, puis l'A14 jusqu'à Saffron Walden, le trajet prend trois heures. Quatre maximum.

Après avoir trouvé les coordonnées de l'hôtel dans le guide gastronomique *Egon Ronay*, j'ai téléphoné pour réserver une chambre, et une table pour deux, la plus à l'écart possible, au restaurant de l'hôtel. Il a l'air de bien présenter. La dame qui a pris mon appel m'a dit que, si je le désirais, le dîner pouvait être servi dans ma chambre, mais j'ai décliné. D'un côté je veux décrocher ce contrat. De l'autre, ne connaissant pas l'homme que je m'apprête à rencontrer, je ne veux pas verser dans la flagornerie, ni même paraître trop opulent. Notre société marche bien. C'est une bonne entreprise. Nous sommes prêts à nous mettre en quatre pour nos clients. Mais il y a une subtile limite à ne pas dépasser sous peine d'avoir l'air racoleur.

Harry est aussi content que moi. Je pense qu'il aimerait venir, ou, au moins, m'accompagner. Mais c'est impossible. L'un de nous doit rester au bureau pour gérer l'entreprise. Néanmoins, il est vraiment ravi. Je ne regrette jamais de l'avoir nommé codirecteur.

Maude, quant à elle, est moins ravie. Elle déteste l'idée de passer une nuit seule à la maison. Quelqu'un (selon ses propres mots) pourrait s'introduire et l'agresser. Pourquoi, au nom du ciel ? Pourquoi *quelqu'un* le ferait-il ? Qui pourrait savoir qu'elle est seule ? De surcroît, portes et fenêtres sont solides et nous disposons à l'extérieur d'un excellent système d'alarme.

« Pourquoi ne puis-je pas venir avec toi ?

– Ma chère, il s'agit d'un voyage d'affaires. D'un très important voyage d'affaires. Il ne s'agit pas de vacances.

– Tu veux dire que je te gênerais.

– Non. Bien sûr que tu ne me gênerais pas.

– Dans ce cas, pourquoi ne puis-je pas...

– Je ne connais pas l'homme que je vais rencontrer. Certains patrons n'aiment pas parler affaires en présence des épouses.

– Je peux aller me promener en ville.

– Notre rendez-vous est en début de soirée. Jusque tard.

– Je ne suis pas obligée d'être à la même table que vous.

– Ne sois pas bête. C'est un rendez-vous d'affaires, pas un roman d'espionnage.

– Je n'aime pas rester seule ici.

– Je vais appeler Harry. Ils viendront passer la nuit avec toi.

– Ne fais surtout pas ça !

— Une confession —

– Pourquoi pas ?
– Ils vont penser que j'ai peur. Que je suis une peureuse.
– Tu *as* peur.
– Ça ne veut pas dire que...
– Pour l'amour du ciel, c'est notre fils.
– Tu ne comprends *rien*, n'est-ce pas ? Tu ne comprends jamais *rien*. »

Voilà la vérité sans fard. Avoir peur d'être seul (surtout pour une femme) n'a rien de honteux. Il existe des solutions et, dans notre cas, la plus évidente était de demander à Harry et Ben de passer la nuit chez nous. Mais pour Maude cette simple suggestion équivaut à une insulte.

Elle devient chaque jour plus difficile à vivre. Aujourd'hui est un jour important. Peut-être même une étape décisive pour notre entreprise. Mais cela ne représente strictement rien à ses yeux. Je sens naître un autre conflit. Non, ce n'est pas ça. La vie avec Maude est un long conflit. Ce que je pressens, c'est une nouvelle escalade dans ce conflit. Une nouvelle période impossible à vivre.

« Pour le meilleur et pour le pire », dit la formule consacrée. Mon Dieu ! Je me demande si le meilleur arrivera un jour.

MERCREDI 17 NOVEMBRE

Je me dois d'écrire cela. Je le dois à Harry. Ce journal existe pour être lu un jour par Harry. Par mon fils, et personne d'autre. Je crains qu'il ne considère son père comme une espèce de raté. Pas en tout, j'espère. Pas en ce qui concerne les affaires. Mais dans d'autres domaines. Dans la plupart des domaines. Il a sans doute raison (j'ai tendance à penser qu'il *a* raison) mais je ne vais pas me répandre en excuses pour autant. Pas d'excuses ! Juste de simples explications. Quant à ce qui s'est produit et, si j'arrive à en comprendre les raisons, pourquoi ça s'est produit. Pourquoi je pense que c'est arrivé.

Juge-moi avec indulgence, Harry. Juge-moi en te mettant à *ma* place, pas en restant à la tienne.

Hier matin, je me suis levé tôt, lavé, habillé, et suis parti avant même que Maude ne se réveille. Je crois que cette fébrilité n'était pas étrangère à l'enthousiasme qui m'habitait, mais j'avais aussi minutieusement planifié la journée. J'avais probablement tort de partir sans même la réveiller mais sur le moment cela ne m'a pas semblé une erreur. Il me paraissait plutôt normal de ne pas troubler son sommeil.

Je voulais être ailleurs et en particulier déjà engagé sur l'A1 avant que des colonnes de camions n'envahissent la chaussée. J'avais calculé qu'une fois au sud de Doncaster, l'essentiel du trafic aurait bifurqué vers les autoroutes. Que les 150 kilomètres et quelques entre Doncaster et Huntingdon seraient donc relativement faciles à parcourir.

C'était une belle matinée. L'aube était à peine levée quand je suis parti. Cette demi-heure de routes de campagne vers l'A1 valait bien de se réveiller aux aurores. Il y avait de la brume. Rien qui puisse gêner la conduite. Juste une légère brume de novembre. Grise. Presque blanche. Elle semblait suspendue aux arbres. Aux branches presque entièrement dénuées de feuilles. La campagne en prenait des airs de paysage japonais. C'était très beau. Si l'occasion s'en présente, nous devrions essayer de reproduire le même effet pour un motif d'imprimerie. Un effet fantomatique. Je crois que nous pourrions y parvenir sans employer de couleurs. Juste avec un minimum de lignes. À peine l'évocation d'un paysage, comme vu à travers un léger voile de mousseline.

Je m'étais trompé à propos de l'A1. Les poids lourds étaient déjà là en nombre. Ils ont des délais à respecter, bien sûr. Je comprends cela. Mais j'ai l'impression que les chauffeurs ont beaucoup changé ces dernières années. Ils conduisent plus dangereusement. Ils sont moins prévenants. Ils paraissent également plus jeunes. Plus jeunes et plus sans-gêne. Je les suspecte

———— Une confession ————

d'avoir pleine conscience du pouvoir qu'ils détiennent. Seul un conducteur insensé insisterait pour avoir la priorité sur un chauffeur routier.

Les choses se sont un peu arrangées au sud de Doncaster, comme je l'avais prévu. Les gens se plaignent des autoroutes. Les écologistes et leurs acolytes. Mais du moins les autoroutes absorbent-elles la plupart de la circulation. Elles ne sont pas *conçues* pour être belles. Elles sont fonctionnelles. En tout cas, elles peuvent au moins permettre aux petites routes de *demeurer* agréables. Et elles y parviennent plus ou moins.

J'ai roulé tranquillement. Prudemment. Je n'étais pas pressé. C'est d'ailleurs pourquoi j'ai pris bien plus de temps qu'il n'était nécessaire. Pour m'arrêter de temps à autre. Stationner un moment sur une aire de repos, abaisser la vitre et fumer ma pipe. Préparer mentalement ce que j'allais dire au directeur. Penser à ce que nous pouvions raisonnablement accepter en termes d'arrangement. J'avais emporté une mallette d'échantillons. Notre production standard, pour l'essentiel, mais aussi une sélection de quelques-unes de nos spécialités. Non pas que je m'attendais à ce que *ça* l'intéresse. Mais ça lui montrerait en tout cas l'étendue de notre savoir-faire. En vérité, j'étais comme un écolier s'apprêtant à passer un examen important. Je savais que j'étais capable d'y arriver. Que j'avais toutes les « réponses » possibles. Mais j'étais stressé comme un écolier. De ce stress qui précède un examen. L'enjeu était important. Très important. L'entreprise est allée aussi loin que possible sans le concours d'un gros éditeur. Mais avec ce concours, et si, grâce à lui, notre réputation grandit encore, alors l'avenir nous appartient. À toi et à moi. En étant parti de presque rien. Nous pourrions...

Je rêve. Ce rêve est cependant réalisable. Il *pourrait* devenir réalité. Mais raconter mes rêves n'est pas le but de ce récit.

Je n'avais pas pris de petit déjeuner. Seulement une rapide tasse de café instantané, aussi ai-je cherché sur la route un endroit où je pourrais manger un morceau. Il y a ce village appelé

Marston. Sur la gauche le long de l'A1 vers le sud. Juste au nord de la sortie pour Grantham. C'est signalé. J'ai traîné un peu pour qu'il y ait quelque chose d'ouvert au moment où j'atteindrais la route menant à Marston. Là il y a un pub. Sur la droite, quand tu arrives au village en venant de l'A1. Je ne sais pas comment il s'appelle. Je n'ai pas pensé à regarder le nom. Mais si jamais tu te retrouves un jour dans le coin, Harry, et que tu veux manger ou grignoter, alors sache qu'ils cuisinent bien et à un prix très raisonnable. Bien mieux que ce qu'ils servent dans les établissements en bord de route.

J'ai fait ma pause là. Pendant environ une heure. Malgré ce que j'ai pu dire à Maude, *c'était* comme des vacances... en un sens.

Un rendez-vous important m'attendait et pourtant je me sentais heureux. Libre. Tu veux la vérité ? J'étais loin des contraintes imposées par Maude. Pour un moment (pour un seul jour), j'étais moi-même. C'était un peu comme de s'extirper d'une camisole de force. Un peu comme être jeune à nouveau. Bien entendu, tandis que je tenais une pinte de bière à la main, ma pipe dans l'autre, et que je bavardais avec les gens du cru, je me suis fugitivement senti un peu coupable. Maude n'aurait pas du tout apprécié. Parler avec de parfaits inconnus. Rire aux éclats de leurs plaisanteries plutôt grivoises. Écluser une bonne bière en me pourléchant. Manger une assiette à même le comptoir et sans serviette de table. Oh, Seigneur ! Si elle m'avait seulement *vu*... Elle m'en aurait voulu pendant des jours. Des semaines, même.

Mon vague sentiment de culpabilité n'a pas duré bien longtemps, je l'avoue. Pour la première fois depuis des années, je retrouvais le goût du plaisir innocent. Le plaisir ! J'avais presque oublié ce que c'était. Oui, la culpabilité s'est vite envolée.

Je suis arrivé au Saffron Hotel en milieu d'après-midi. Il se trouve sur la gauche dans la rue principale quand on vient du nord. Un hôtel pittoresque dans une petite ville pittoresque. Il y a même un petit jardin.

―――― **Une confession** ――――

Comme tu le sais, j'ai toujours détesté les hôtels qui se vantent de vous proposer des prestations « comme à la maison ». Pour moi, c'est rédhibitoire. Si je vais en vacances et que je séjourne à l'hôtel, alors la dernière chose dont j'ai envie est de me sentir « comme à la maison ». Je paye pour qu'on s'occupe un peu de moi. J'exige un minimum de luxe. Pas trop, je pense, mais en tout cas je veux avoir l'assurance que je ne suis *pas* chez moi. Que des gens sont là pour veiller à mon confort et dispenser en souriant le genre de services que je ne peux pas m'offrir dans ma vie de tous les jours.

Le Saffron Hotel répond exactement à mes critères.

Ma chambre était tout à fait ravissante. Propre, récemment remise à neuf dans des teintes agréables. Un lit très confortable. *Double.* Comme nous étions hors saison, très peu des dix-huit chambres étaient occupées. Tandis qu'elle ouvrait la porte pour moi, la charmante dame qui m'accompagnait me déclara : « Un lit double, monsieur Duxbury. Vous aurez tout loisir de prendre vos aises. » Il ne manquait rien dans la salle de bains attenante, dotée d'une baignoire et d'une douche. L'eau chaude était *vraiment* chaude et, comme je chassais la fatigue du voyage en me rafraîchissant, je félicitai intérieurement la personne ayant eu l'idée de recommander cet hôtel.

Après m'être baigné et changé, je suis descendu à la réception, où j'ai découvert que l'hôtel devait avoir servi de QG à des aviateurs pendant la Seconde Guerre mondiale. Des pilotes de bombardiers et d'avions de chasse, apparemment. Deux belles reproductions ornaient les murs du salon. Un bombardier Lancaster et un chasseur Spitfire. Il y a également des photos encadrées de groupes de jeunes gens en tenue d'aviateur. Des jeunes gens qui sont aujourd'hui vieux ou morts. Il est aisé de deviner que le Saffron Hotel fut naguère l'endroit où se retrouvaient les membres de la Royal Air Force en permission. Les reliques de l'époque accrochées aux murs le prouvent assez. De précieuses reliques, à n'en pas douter. Je me suis demandé quelles escadrilles étaient stationnées aux environs de la ville.

Vraiment un bel hôtel. Plein de charme. Et de caractère ; avec une ambiance singulièrement chaleureuse. La sensation d'être en vacances s'est accentuée.

Après avoir vérifié que le dîner avait bien été réservé, j'ai appelé la réception et prévenu que j'attendais un invité, puis je suis allé m'asseoir dans un coin du salon avec un verre de bière pour patienter.

J'étais là depuis une demi-heure, peut-être moins, quand la femme...

Harry, avant que je n'écrive un mot de plus, il me faut préciser certaines choses. Ce n'était pas de la drague. Ni de mon côté. Ni du sien. Elle n'était pas là pour une petite sortie à peu de frais. Si tu l'avais vue, ta réaction aurait été la même que la mienne. Ton analyse aussi. Une femme respectable, de la classe moyenne, pas spécialement aisée. Habillée avec soin. Aux manières posées. Une bonne quarantaine. Un peu grande, peut-être. Mais svelte, avec une silhouette élégante qu'elle ne cherchait absolument pas à mettre en avant.

Elle revenait du bar, un verre de gin avec du citron vert à la main, et s'est approchée de la table où je me trouvais en hésitant (elle *hésitait* vraiment) avant de me demander si elle pouvait partager ma table.

« Je n'aime pas rester seule au bar, et la plupart des autres tables sont occupées par des groupes qui pourraient voir ma présence comme une intrusion. »

C'était une requête raisonnable. Une raison parfaitement valable. Et pourquoi ne pas bavarder un peu ? Nous étions seuls tous les deux, quoique nullement esseulés. Issus de la même classe sociale. S'ignorer mutuellement tout en étant assis à la même table eût été mal élevé, pour ne pas dire plus.

Je mentionnai à quel point j'appréciais l'hôtel, et ajoutai que j'attendais quelqu'un pour un dîner d'affaires.

─── **Une confession** ───

Elle me dit qu'elle se rendait à Hastings pour y voir sa fille – mariée. Qu'elle était arrivée de Newcastle en voiture.

« D'habitude, je m'arrête à Cambridge pour la nuit, mais un ami m'a recommandé cet endroit. Je dois avouer que je suis très impressionnée. »

Ce genre d'échange. Une conversation entre personnes civilisées d'un certain âge qui se retrouvent ensemble par le plus grand des hasards. Dès le début, nous nous sommes sentis à l'aise l'un avec l'autre. Aucun d'entre nous n'essayait de se donner de l'importance. Ce n'était pas nécessaire. Aussi avons-nous bavardé tranquillement et en toute courtoisie jusqu'à l'arrivée du directeur, puis j'ai pris congé et lui et moi sommes allés dans la salle à manger pour le dîner.

Tu connais l'enjeu de cette rencontre. Nous avons des chances (de grandes chances, je dirais) de conclure le plus gros contrat que l'entreprise ait jamais décroché. Mais l'homme était vraiment très pris. Il a refusé un apéritif, a littéralement englouti son repas et semblait à l'évidence impatient de filer à toute allure pour regagner Londres. Toutefois, il s'est montré impressionné par les échantillons, m'a assuré qu'il n'aurait aucun problème à convaincre ses associés du bien-fondé d'un changement d'imprimeur, et avait déjà quitté l'endroit à 21 heures.

Pendant le repas, j'ai remarqué que la femme dînait seule dans la salle à manger. Deux ou trois fois, nos regards se sont croisés et elle m'a adressé un petit sourire. Comme pour m'encourager. Me souhaiter bonne chance. Rien de plus. Rien d'aguicheur.

La question doit donc être posée. La question que je sais que *tu* te poseras quand tu liras ce récit. Comment avons-nous fini par nous retrouver dans le même lit? Quelles sont les circonstances qui m'ont amené à briser pour la première fois mes vœux de mariage? D'ailleurs, pourquoi raconter ça? Pourquoi ne pas garder cela secret?

Harry, je t'aime. Je t'aime autant que n'importe quel père peut aimer son fils. Mais aussi, j'aimerais que tu me respectes, pas parce que l'usage *veut* que tu le fasses. Non, je souhaite que tu me respectes (ou que tu respectes ma mémoire) parce que j'aurai mérité ce respect. Malgré tous mes défauts. Je ne prétends pas être parfait, mais je tiens à être celui qui t'informera de mes failles. Et non quelqu'un d'autre. Elles n'en demeurent pas moins des failles, mais du moins apprends-tu leur existence de la seule personne qui connaît réellement la vérité.

Ceci posé, comment t'expliquer de manière que tu me comprennes ?

Il était 9 heures du soir, rappelle-toi. Environ 9 heures du soir. Le bar était rempli d'habitués. Pas bagarreurs, mais bruyants. Des jeunes gens, rigolant et blaguant sur fond de musique pop moderne. C'est ce que les gens aiment ces temps-ci. Ce qu'ils veulent. Et donc ce que la direction d'un hôtel doit leur fournir. Je ne blâme personne. Il s'agit seulement de mes goûts, de ma timidité et du fait que tout excès de bruit (même joyeux) m'indispose.

Elle était assise, seule, dans un fauteuil proche de la table que nous avions partagée avant le dîner. Sirotant son gin au citron vert. L'air vaguement mal à l'aise. Un soupçon de contrariété assombrissait son visage. J'ai pris un tabouret et je suis allé la rejoindre. Elle paraissait heureuse d'avoir quelqu'un à qui parler, et m'a demandé comment s'était déroulé mon repas d'affaires. Simple politesse. Aucune indiscrétion là-dedans. Juste histoire de dire quelque chose. De démarrer une conversation.

« Aussi bien que je pouvais l'espérer, j'ai répondu.

– Ah, les jeunes. » Elle a jeté un œil vers le bar bondé et a souri. « Ils savent s'amuser.

– En toute innocence, ai-je observé. Mais je ne suis pas de la même génération. Ce n'est pas mon style de musique.

– Moi non plus. » Elle a consulté sa montre. « Il y a une pièce d'Alan Bennett à 9 h 30. Je crois que je vais monter la regarder.

– Euh...

– À la télévision. Il y en a une dans ma chambre.

——— **Une confession** ———

– Ah oui, dans la mienne aussi.
– C'est davantage mon genre. » Elle a de nouveau souri. « Pareil pour moi. » J'ai enchaîné sur un commentaire : « Je pense que *View Across the Bay*[1] est sa meilleure pièce. » Avant d'ajouter en hâte : « Mais bien sûr, je ne les ai pas toutes vues.
– Il est de Leeds.
– Qui ?
– Alan Bennett. Il capture à la perfection les tournures de langage du nord de l'Angleterre.
– Oh... euh... oui, bien sûr.
– Il est drôle, et en même temps mélancolique. Toujours cette mélancolie sous-jacente. Je crois qu'il doit être triste, comme individu. Triste mais très gentil.
– Possible. » J'ai remarqué que son verre était presque vide, et j'ai proposé : « Puis-je vous offrir un verre ?
– Non, ce serait... » Elle a fermé la bouche, souri de nouveau, et acquiescé. « D'accord. Pourquoi pas ? Un gin avec du citron vert s'il vous plaît. Je vais l'emporter dans ma chambre. Et le boire en regardant la pièce. » Elle a hésité. Encore une fois, elle ne faisait pas semblant d'hésiter. Elle s'est mordu la lèvre inférieure, comme si elle n'arrivait pas à se décider, avant de lâcher très vite : « Pourquoi ne pas m'accompagner ?
– Quoi ?
– Regarder la pièce. Sauf si bien sûr vous préférez rester ici en bas...
– Non. C'est une excellente idée. Très gentil de votre part. J'accepte. Je vais nous commander deux verres et nous pourrons sortir d'ici et aller retrouver Alan Bennett. »

Comprends-moi bien, cet échange était aussi innocent que la manière dont je te le relate. Pas de sous-entendus. Pas de promesses non formulées. Seulement deux personnes d'un certain

---

1. Le titre exact est *Sunset Across the Bay*. (Toutes les notes sont de la traductrice.)

— 45 —

âge guère en phase avec l'ambiance festive moderne. Et une bonne pièce passait à la télé... pourquoi ne pas la regarder ensemble ?

Pardieu, c'était aussi innocent que *ça* ! Un double whisky allongé à l'eau. Un gin avec du citron vert. Nous ne nous sommes d'ailleurs pas cachés pour quitter le bar ensemble. Nous avons même souhaité bonne nuit à la réceptionniste. Tous les deux. Et elle, en retour, nous a rendu la politesse.

Nous avons regardé la pièce. Dans deux fauteuils. Elle en a choisi un. J'ai pris l'autre. Je ne crois pas que nous ayons échangé plus de cinq mots pendant la durée entière de la pièce. J'ai siroté mon whisky. Elle a siroté son gin citron vert. Nous étions réellement dans sa chambre pour y regarder ensemble un bon programme télévisé. Ça, et rien d'autre.

Quand la pièce s'est achevée, elle s'est levée pour éteindre la télé puis a regagné son fauteuil. Elle a allumé une cigarette et je lui ai demandé si je pouvais fumer ma pipe.

« Bien sûr. Mon mari fumait aussi la pipe.

– Votre mari ? » Nous en étions toujours au bavardage. Je rebondissais sur ce qu'elle venait de dire.

« Il est mort il y a trois ans.

– Je suis désolé de l'apprendre.

– Le temps atténue la douleur. »

Elle donnait l'impression d'avoir aimé son mari. Non, plus qu'une impression. Une certitude. Quelque chose dans sa voix. Cette inimitable intonation des cœurs qui furent un jour brisés.

« Vous êtes marié ? demanda-t-elle.

– Oui. Et j'ai aussi un fils marié. Harry.

– Un mariage aussi heureux que le mien l'était, j'espère.

– Harry ?

– Non... Vous. Vous deux.

– Oh, oui. C'est un mariage réussi. Elle s'appelle Maude. »

En le disant, je le pensais. De tout mon cœur, je le pensais. Et c'était vrai car à cet instant, je *voulais* que ça le soit. Au présent, pas au passé. Pas que *j'avais* été heureux en mariage,

―――― **Une confession** ――――

mais que je l'étais toujours. Que la joie de ces premières années demeurait présente. Crois-moi, Harry. Crois-moi au moins sur ce point, même si tu ne crois rien d'autre. Je n'ai pas terni le nom de ta mère en jouant le coup de l'époux incompris. En fait, à ce moment précis, il n'y avait aucune ruse. Une soirée agréable touchait à sa fin. Nous échangions de derniers petits riens. Voilà ce que c'était. Ça, et rien d'autre.

De quoi bavardions-nous encore ? Pour être honnête, je ne me souviens pas. Le temps qu'il faisait ? Peut-être. La nuit était froide, même si les chambres restaient chaudes et accueillantes grâce à l'excellent chauffage central de l'hôtel. La pièce que nous venions de visionner ? Possible. Les pièces de Bennett peuvent susciter des conversations et des avis intéressants. L'hôtel lui-même ? Également probable. En fait, je crois bien que nous avons parlé de l'hôtel.

« Comment est votre chambre ? a-t-elle demandé.

– Comme celle-ci. » J'ai regardé alentour pour la première fois. « Exactement la même, en fait. »

Je me souviens que j'étais toujours dans le fauteuil, je finissais de fumer ce qu'il restait de tabac dans ma pipe. Elle était debout. Derrière moi. Je ne suis plus certain, mais je pense qu'elle était en train de rabattre son dessus de lit. Un lit double, comme dans ma chambre.

Elle a murmuré plus qu'elle n'a parlé. « Pourquoi partir maintenant ? »

Il y avait comme un léger tremblement dans sa question. Comme si la poser avait demandé du courage.

Je ne savais comment réagir. C'était si soudain. Si inattendu. Je n'ai rien répondu.

« Vous m'avez entendue ? a-t-elle soufflé.

– Oui.

– Je vous ai... je vous ai choqué ?

– Non, surprise, peut-être. Pas choqué.

– Eh bien ?

– Je... euh... » J'ai dégluti avec difficulté. Toujours dans mon fauteuil, je n'osais pas me tourner vers elle. « Je suis marié, un homme respectable.

– Je suis une veuve respectable, a-t-elle posément rétorqué. C'est juste que nous... vous voyez bien... Nous sommes seuls.

– Voulez-vous... » Je dus faire un effort pour poursuivre. « Voulez-vous que je reste ?

– Vous l'aurais-je proposé si ce n'était pas le cas ?

– Non. Bien sûr que non.

– Mais si vous le souhaitez aussi. Pas seulement moi. *Nous deux.* »

Je me rappelle avoir alors dit « merci », et ce fut presque comme un soupir. Un soupir de soulagement.

Donc, aucune drague, Harry. J'ai essayé de raconter exactement comme ça s'est passé. *Exactement.* Ça s'est en quelque sorte imposé à nous. C'est juste arrivé. Pas de coup d'un soir. Pas de plan à la va-vite typique d'une génération élevée dans la certitude que la promiscuité lui appartient de droit. Simplement des adultes d'un certain âge profitant de la vie avant la vraie maturité. Mais cela n'avait rien non plus d'une espèce de liaison de la dernière chance. Il y avait bien trop de timidité et de flottement dans l'approche initiale.

En revanche, une fois la décision prise, pas de fausse pudeur. L'âge a quand même des avantages. Il nous épargne les affectations propres aux débutants.

Nous avons pris une douche. Elle d'abord. Je me rappelle la propreté de sa lingerie. C'est étrange de se souvenir de ça, mais c'était important sur le moment. Des sous-vêtements douteux m'auraient rebuté à coup sûr. Ils ne l'étaient pas. Ils étaient en soie. En soie rose pâle et impeccables. Pas non plus de gaine ou de corset. Ses abdominaux étaient suffisamment fermes pour qu'elle puisse s'en passer. Sculpturale. C'est le seul mot pour la décrire. Sculpturale et, malgré son âge, superbement proportionnée. Elle avait porté au moins un enfant (la fille qu'elle allait

──── **Une confession** ────

visiter) mais elle avait pris soin de son corps. Ces seins ! Fermes, et si semblables à des coupes de cristal que je m'attendais presque à ce qu'ils se mettent à tinter quand le jet de la douche les frappa.

Puis nous avons fait l'amour. Sans luxure. Nous n'étions *pas* amoureux. Je ne l'aimais pas, elle non plus, et pourtant ce n'était pas seulement charnel. Amour et non luxure, donc. C'est *possible*, Harry. C'est possible et quand ça l'est, c'est délicieux. Aucune inhibition. Elle connaissait des techniques dont j'ignorais tout. Elle savait des choses que Maude ne saura jamais. Nous l'avons fait quatre fois, chaque fois un peu mieux que la précédente. Bizarre. J'ai senti une sorte de fierté grandir en moi. J'étais toujours un homme. J'étais toujours capable de... et heureux.

Un peu après 4 heures, j'ai rassemblé mes vêtements, je suis retourné dans ma chambre et j'ai revécu cela jusqu'à ce que je m'endorme.

Je me suis réveillé et habillé juste à temps pour le petit déjeuner. Elle n'était plus là. Elle s'était levée plus tôt et était partie pour Hastings avant même que je ne prenne place dans la salle à manger.

Je ne connais même pas son nom.

Ce matin, avant de reprendre la route, j'ai écumé les magasins de Saffron Walden pour chercher un présent pour Maude. J'ai choisi un foulard en soie. Pure soie. Peint à la main. Cher.

Un cadeau acheté par culpabilité, penses-tu ? Je ne dirais pas ça. Je lui aurais acheté quelque chose de toute façon. Probablement la même chose. Quoi qu'il en soit, je ne me sentais pas coupable. J'étais étrangement heureux. Libre. Si tristesse il y avait, c'était seulement dû au fait de ne pas avoir revu la femme pour la remercier et lui souhaiter bon voyage. Mais, de la *culpabilité* ? Absolument aucune.

Je suis rentré à la maison en fin d'après-midi. Maude a aimé son cadeau. Donc, tout le monde est content... n'est-ce pas ?

———— John Wainwright ————

Au lit maintenant. La journée a été longue, et ce récit m'a pris plus longtemps que d'habitude à écrire. Car... prudence. Chaque mot a été pesé avant d'être couché sur le papier. Parce que je veux que tu saches, Harry. Je veux que tu saches *exactement* ce qui s'est passé, et comment ça s'est passé. Par moi, pas par ouï-dire si cela venait à être connu. Comment c'est arrivé, et comment cela pourrait être arrivé à n'importe quel autre homme, sans que la femme soit pour autant une prostituée et l'homme un coureur.

MARDI 23 NOVEMBRE
On pourrait penser que suivre une personne sans qu'elle s'en aperçoive n'est pas chose aisée. Même si la personne suivie n'a aucune raison de soupçonner qu'elle l'est. Je suppose néanmoins que c'est possible. Je ne connais pas grand-chose en la matière, mais le sens commun porte à croire que (mettons) la police est en mesure d'assurer une surveillance efficace. Avec les effectifs et les équipements adéquats ainsi qu'un nombre suffisant de véhicules pour pouvoir en changer fréquemment. Cela *doit* être possible.

Mais un seul homme, toujours le même, et toujours dans la même voiture !

Je me suis aperçu de sa présence hier. En regagnant mon bureau après le déjeuner. Je me suis arrêté une ou deux fois, peut-être trois, pour regarder des vitrines de magasins. Je cherchais des idées de cadeaux de Noël. Si cela n'avait pas été le cas, je n'aurais pas interrompu ma marche et je ne l'aurais peut-être pas remarqué. Mais chaque fois que j'ai fait halte, *il* s'est arrêté aussi. En général trois boutiques plus loin. Je ne l'aurais sans doute même pas repéré si, à un moment donné, il ne s'était immobilisé devant un pressing. Bon sang, qu'y a-t-il donc à voir dans la vitrine d'un pressing ? Pour en avoir le cœur net, j'ai sensiblement modifié mon allure et choisi de rentrer au bureau en

―――― **Une confession** ――――

empruntant des rues détournées, ce qui m'a pris deux fois plus de temps qu'à l'accoutumée. À chaque carrefour, je jetais un œil derrière moi. Il était toujours là. Une fois rentré au bureau, je me suis précipité à la fenêtre. Il montait dans une Fiesta garée près d'un parcmètre à moins de cinquante mètres de l'entrée de l'imprimerie. La Fiesta était toujours là quand j'ai quitté le bureau et m'a suivi jusqu'à ce que j'emprunte les petites routes de campagne menant à la maison.

L'homme est rondouillard. Pas très grand. Correctement vêtu d'un costume marron foncé. Rasé de près. Avec des lunettes. Et un imperméable tenu plié sur un bras.

C'est tout ce que j'ai remarqué. Ça, ainsi que la marque et la couleur de sa voiture, mais pas le numéro d'immatriculation. Je crains de ne pas être un très bon observateur.

Je n'en ai pas touché un mot à Maude. L'idée m'a traversé l'esprit qu'il pourrait s'agir d'un voleur. Un cambrioleur, peut-être. Avec des visées soit sur l'entreprise, soit sur la maison. C'est une éventualité, mais elle est peu probable. Comment les cambrioleurs fonctionnent-ils? Comment préparent-ils leur casse, pour reprendre leur jargon ridicule? Sûrement pas si ouvertement. Pas de manière si évidente. C'est pourquoi je n'ai pas mentionné l'incident. Maude a tendance à s'inquiéter pour un rien. Je ne voulais pas l'affoler sans raison. Cependant, j'ai bien vérifié les portes et les fenêtres de l'imprimerie avant de partir, et j'ai fait de même à la maison avant d'aller me coucher.

J'ai encore réfléchi avant de m'endormir. Au cas où la cible ne serait ni l'entreprise ni la maison, alors quoi? Moi? Se pourrait-il que je sois surveillé en vue d'une attaque prochaine? Un tabassage en règle?

Cela n'a rien d'une pensée agréable, mais en même temps le type ne *ressemble* pas à un assaillant potentiel. Si tant est, bien sûr, qu'on puisse *reconnaître* un agresseur à son allure. Quoi qu'il en soit et par sécurité, je me suis muni d'une solide canne pour aller au bureau ce matin. J'ai garé ma voiture à l'intérieur des murs ceignant l'entreprise. Vérifié que toutes les portes et fenêtres étaient bien fermées. Me suis rué vers le bureau... juste à temps pour apercevoir mon nouvel ami glisser de la monnaie dans le parcmètre immédiatement voisin de celui de la veille.

À l'heure du déjeuner, j'ai décidé de m'attaquer au problème.

Je suis sorti du bureau, j'ai constaté rapidement qu'on me suivait toujours, puis j'ai tourné non pas à droite mais à gauche et, sans hâte ni panique, j'ai poussé la porte du commissariat qui se trouve dans cette rue. Comme tu le sais (étant donné que nous imprimons les posters et les tickets du bal annuel de la police, entre autres), nous y sommes tous deux connus, aussi n'ai-je eu aucune difficulté à me faire entendre. On ne m'a pas traité comme un fâcheux importun. Après que je lui en ai livré la description, un officier en uniforme est sorti chercher notre ami et, quelques minutes plus tard, il était dans une salle d'interrogatoire avec un sergent et moi-même, sommé de s'expliquer.

Ce n'est pas un criminel. Quasiment le contraire, en fait, même si le sergent l'a traité comme s'il était pire que le dernier des bandits !

Son nom importe peu, il suffit de savoir que c'est un détective privé. Pas très doué, serais-je tenté de dire. Il mène son business d'« investigation » en solo et il a été payé (il l'est toujours) pour rendre compte du moindre de mes mouvements. C'est Maude qui règle l'addition.

J'étais sous le choc. Je l'ai questionné, et il m'a dit que Maude détenait des informations selon lesquelles je fréquentais une femme. Une femme avec qui j'avais une liaison. Il ne connaissait ni son nom ni son adresse mais – d'après ce qu'on lui avait dit – je la voyais régulièrement, en général à l'heure du déjeuner, et nous disposions d'un nid d'amour où, selon toute probabilité, nous pouvions consommer notre supposée relation.

La stupéfaction peut réellement vous ôter la parole. Momentanément, du moins. Ça, ou vous enrager au point de vous donner des idées de meurtre. Dans mon cas, c'était une

―――― **Une confession** ――――

combinaison des deux. Je remercie Dieu que Maude n'ait pas été près de moi à ce moment-là.

L'espace d'une seconde, l'épisode de Saffron Walden m'est venu à l'esprit, mais tandis que ce soi-disant détective privé débitait son histoire, il m'est apparu évident que, quoi que Maude puisse avoir en tête, ce n'était pas *ça*. Trop récent. C'était plutôt lié à quelque chose, ou quelqu'un, se trouvant à proximité de l'imprimerie.

Le sergent (les policiers étant ce qu'ils sont) m'a gratifié d'un regard entendu. Peut-être que *je* m'éloignais du droit chemin. Peut-être ma femme avait-elle de bonnes raisons de *me* soupçonner. Peut-être ce petit homme pleurnichard avait-il matière à *me* suivre. Je pouvais lire dans les yeux du policier comme dans un livre. Cette expression qui signifie « nous sommes des hommes après tout ». Cela n'a fait qu'ajouter à ma colère.

« Suffit. » J'arrivais à peine à parler en m'adressant au misérable employé par Maude. « Il *doit* exister un moyen de vous faire stopper cette filature. La police. Ou une quelconque action civique. Mais il *va* falloir que ça s'arrête. Bon Dieu, oui ! Si le sergent ici présent ne peut pas m'aider, alors je ne sortirai d'ici que pour me rendre chez mon avocat. En tout cas et quoi qu'il m'en coûte, vous allez être ratatiné, pauvre type. Détruit, même, si possible. »

J'étais tout ce qu'il y a de plus sincère. En cet instant précis, cette caricature de détective privé concentrait toute ma fureur, et je me suis acharné sur lui comme jamais je ne l'avais fait de ma vie. Ma réaction l'a terrifié. C'était *délibéré*. Quel que soit le salaire que Maude lui versait, ce n'était rien à côté de ce que *moi*, j'allais lui faire payer. Je l'ai agoni d'insultes et je l'ai menacé sans pause ni répit pendant au moins trois bonnes minutes. Je ne bluffais pas. Et il le voyait bien.

Puis le sergent m'a touché le bras et m'a dit : « Calmez-vous, monsieur Duxbury. Laissez-moi ce minus. » Il s'est ensuite tourné vers l'homme et, d'une voix glaciale, lui a lancé : « Message reçu ? »

L'homme a hoché la tête. Je crois qu'à ce stade, il était trop effrayé pour même ouvrir la bouche.

« Bien compris ? »

L'homme a de nouveau hoché la tête.

Le sergent a repris la parole. « Que je ne t'y reprenne pas à suivre M. Duxbury – ou qui que ce soit d'autre – ou alors tu recevras assez de convocations pour retapisser ta chambre. Je te tiens, mon gars. Je t'attraperai par le colback jusqu'à ce que tu cries grâce. Obstruction à la justice. Arrestation pour avoir craché sur le trottoir. Trouble à l'ordre public. Dépôt d'ordures illégal. Tu vois ce que je veux dire, mec. La totale. S'il le faut, j'inventerai les délits moi-même. Tu as une voiture ? »

Encore un hochement de tête.

« Super. Je vais réduire ta fichue voiture en mille morceaux. Je vais trouver des infractions au Code de la route que tu n'imagines même pas. Les pneus, le klaxon, la direction, les feux, les freins... tout le satané bazar. Et ça avant même que tu n'aies eu le temps de démarrer ! Rien qu'en amendes, ta foutue caisse va te coûter au moins cent livres par semaine. » Il s'est interrompu, avant de conclure : « Tu vois le tableau, j'espère ?

– Je... je ne le ferai plus, a bégayé l'homme.

– Tu ne feras plus *quoi* ?

– Je ne le suivrai plus. Je... je lâche l'affaire. Juré.

– Il n'y a *jamais* eu d'affaire. Et maintenant... ouste ! Si tu ne veux pas que je trouve de quoi te boucler avant même que tu ne partes. »

L'homme s'est précipité hors de la pièce. Le sergent s'est fendu d'un rire narquois, mais je n'ai même pas pu lui sourire en retour. Je suis retourné au bureau dans un état second. J'étais toujours en rage. Je me sentais très mal à l'aise à l'imprimerie. Je savais que le moindre incident était susceptible de me faire perdre les pédales et réagir de manière totalement disproportionnée. De fait, pendant quelques heures, j'étais devenu un peu fou.

Ce soir, quand je suis arrivé à la maison...

──── **Une confession** ────

MERCREDI 24 NOVEMBRE
Hier (la nuit dernière), je ne suis pas parvenu à achever mon récit. J'étais trop bouleversé. Je suis désolé, Harry, mais une fois encore il nous faut regarder la réalité en face. Je ne suis pas un homme violent. La colère (au point où je l'ai ressentie hier) ne m'est pas coutumière. Pourtant, je dois raconter ce qui s'est passé, et ce soir j'espère pouvoir le faire sans exagération.

Hier soir quand je suis arrivé à la maison, je cherchais des signes. Un regard, peut-être. Une intonation spéciale. Quelque chose qui m'aurait permis de jauger l'humeur de Maude.

Qui cherche trouve. J'ai surpris un coup d'œil furtif alors qu'elle pensait que je ne la regardais pas. Une insistance sur un mot particulier qui conférait une signification nouvelle à une remarque par ailleurs anodine. Une signification vicieuse. Intérieurement je bouillais toujours, mais j'ai réussi (non sans difficulté) à me contrôler jusqu'à la fin du dîner, après quoi, comme je ne voyais pas comment aborder le sujet diplomatiquement, je me suis lancé tête la première.

« Ça fait deux jours qu'un type ridicule et incompétent me suit, ai-je jeté soudainement. Peut-être plus que deux jours. Je n'en sais rien. Une espèce de détective privé. Il m'a dit que c'était toi qui l'avais engagé. »

Prise de court, elle n'a pas répondu de suite. Elle est juste restée là, à ouvrir et refermer la bouche.

« Ça concerne une femme que je suis supposé fréquenter, ai-je continué d'une voix blanche. Et son job consiste à te rapporter ce qu'il a trouvé sur mon compte.

– Je... je ne vois pas ce que tu veux...

– N'aggrave pas ton cas en me mentant. » Je crois bien avoir crié. « Je l'ai traîné au commissariat. Il y a subi un interrogatoire en règle. Il est terrorisé. Et il a de bonnes raisons de l'être. Maintenant, tout ce que je *te* demande, c'est de répondre à cette unique question : *pourquoi* ?

– C'est... » Elle n'arrivait pas à parler. Elle s'est dirigée vers le buffet, a ouvert son sac à main et m'a tendu une feuille de papier pliée dans une petite enveloppe crasseuse. J'ai déplié le papier et lu ce qui y était griffonné. *Fais gaffe au vieux bouc qui te sert de mari. Il batifole avec une jeunette. Il la voit à l'heure du déjeuner. Ils se donnent du bon temps là où personne ne peut les voir. J'ai pensé que tu devais le savoir. Un ami qui te veut du bien.*

J'ai regardé l'enveloppe. Elle portait un timbre et avait été postée d'une boîte du centre-ville le 20 novembre. Samedi dernier. J'ai examiné l'écriture sur l'enveloppe et sur la lettre.

Je me souviens du pur dégoût avec lequel j'ai prononcé ce seul mot : « Evans. »

Il faut lui accorder cela, Maude a attendu. Ma colère s'est quelque peu évaporée, et je lui ai dit ce qu'il fallait qu'elle sache.

« Je l'ai renvoyé récemment. Pour vol. Voici sa vengeance.

– Tu es sûr ? » Elle ne semblait pas très convaincue.

« Je ne suis pas idiot, ma bonne, j'ai rétorqué. Le type qui a écrit ces saletés non plus. C'est concis et ça va droit au but. Pas de fautes d'orthographe. Juste ce qu'il faut pour semer la zizanie, mais rien de trop spécifique. De plus, je reconnais l'écriture. Bon sang, il *veut* que je sache que c'est lui.

– Je ne vois pas pourquoi...

– C'est toi l'idiote ! j'ai soudain explosé. Pas moi. Pas lui. Toi ! Tu as cru ce tissu d'ordures. Mon Dieu, il te connaît mieux encore que tu ne te connais toi-même.

– Si tu ne...

– *Si* je ne ? » Je n'ai jamais été aussi près de la cogner. « Abrutie, espèce de garce à l'esprit mal tourné. Tu as encore le moindre doute ? Alors qu'il y a Harry ? Notre propre fils ? Et je ferais ça ? Je *pourrais* faire ça ?

– Non. Je, je suppose que...

– Mais qu'est-ce que tu as donc dans le crâne ? Quelles sortes d'obscénités peuvent bien te passer par la tête ? » J'étais hors de moi. Depuis, je suis arrivé à la triste conclusion que la culpabilité renforçait l'indignation en cas d'accusation injuste. Et l'épisode

―――― **Une confession** ――――

de Saffron Walden était trop récent pour ne pas jouer un *certain* rôle dans ma réaction. Quoi qu'il en soit, j'ai poursuivi dans le même registre. « Cette saleté. Cette calomnie ignoble et sans fondement. Nom de Dieu, tu n'as jamais entendu parler de lettres de dénonciation anonymes ? Suis-je si détestable à tes yeux que tu es prête à croire d'emblée *n'importe quelle* diffamation ? Sans même songer à m'en parler d'abord ? Un "détective privé", mon Dieu. Un voyeur, un fouineur de bas étage. Un… »

Non, inutile de poursuivre. Ma tirade, quoique légitime, a duré trop longtemps. Bien trop longtemps. Je voulais m'arrêter, mais je n'y arrivais pas. Je voulais que cette mascarade grotesque prenne fin, mais je m'étais pris au jeu. Bon sang, je voulais la blesser. J'avais *moi-même* été blessé. Trop de fois et pendant trop longtemps. Je suppose qu'on peut dire que je voulais ma revanche. Pour une fois, c'était *moi* qui tenais le fouet et (bien que je sois honteux de l'admettre) j'éprouvais un plaisir pervers à le manier.

Harry, pourquoi les gens se font-ils tant de mal ? Pourquoi ressentent-ils du *plaisir* à se faire mal ? Par plaisir, je n'entends pas ici « joie ». Mais une certaine forme de plaisir. Un plaisir qu'ils pensent justifié. Pourquoi ? Des gens qui sont supposés s'aimer. Qui, tout au moins, devraient se *respecter* mutuellement. Des adultes. Des personnes qui peuvent s'appuyer sur l'expérience d'une vie entière. L'expérience n'aurait-elle *aucune* valeur ? En fin de compte, il faut bien arrêter un jour. D'infliger et de subir des blessures. Alors, pourquoi *commencer* ?

La colère, d'abord. La colère née du fait d'être suivi par ce détective privé, et le prétexte même de sa filature. La colère à la lecture de cette lettre calomnieuse. La colère à l'égard d'Evans pour l'avoir envoyée. Cette colère (ces colères accumulées). Toutes justifiées. Mais la façon dont j'ai engueulé Maude n'avait en fait que peu à voir avec cette hargne. Elle se fondait sur quelque chose de plus obscur et lointain. Sur des années passées à encaisser de multiples petites vexations. C'était donc comme une vengeance.

Mais une vengeance mesquine et du plus mauvais goût. Il s'agissait de Maude. Il fallait faire des compromis. La vérité ? Ce que j'estime être la vérité ? J'ai fait bien trop de compromis. Je suis fatigué, je n'en peux plus des compromis. Alors j'imagine que je me suis « rattrapé ». J'ai égalisé un peu les choses entre nous.

Tu te rappelles du film *Love Story* ? Nous sommes allés le voir ensemble il y a des années de cela. Tu te souviens de cette fameuse réplique ? « L'amour, c'est ne jamais avoir à dire qu'on est désolé. » Une phrase magnifique, Harry. Si seulement telle perfection était possible !

Maude n'a jamais dit qu'elle était « désolée ». Je ne me souviens pas l'avoir entendue prononcer ce mot, ne serait-ce qu'une fois. Mais ce n'est pas pareil, n'est-ce pas ? Ne pas *avoir* à dire « désolé » signifie ne jamais blesser intentionnellement. Ne jamais avoir *besoin* de dire qu'on est « désolé ».

La nuit dernière, j'aurais pu dire « désolé ». J'aurais pu me mettre à plat ventre et implorer son pardon. Une partie de moi le désirait, mais une autre (celle qui connaît Maude par cœur) savait que ç'aurait été un aveu d'échec. Comme lui remettre le fouet entre les mains... elle s'en serait aussitôt servie. Oh, Seigneur ! Blesser ou *être* blessé. Quel choix. Quel idéal de vie.

J'ai vu ses larmes couler. De véritables larmes. Pas des larmes de crocodile. Je suis allé me coucher. Elle a suivi un peu plus tard. J'ai mal dormi, voire pas du tout. Je l'entendais sangloter dans l'autre lit. Je voulais me lever pour la consoler, mais j'étais incapable de m'y résoudre.

Aujourd'hui (toute la journée et jusqu'au moment où je suis venu ici, dans mon bureau, pour écrire), nous avons joué au jeu stupide consistant à fermement camper sur ses positions respectives. Neutralité armée. Conversation réduite à « passe-moi le sel ». Longues périodes de silence guindé. Des étrangers, en somme, qui comme par hasard sont mariés. Et qui, à première vue, ne *s'apprécient* même pas.

―――― **Une confession** ――――

    Tu te souviens de ces moments ? Quand tu étais adolescent, tu te retirais. Tu te rappelles ? Tu te réfugiais dans ta chambre et tu nous laissais nous débrouiller. Tu ne comprenais pas. Dieu fasse que tu ne comprennes *jamais*. Que toi et Ben ne perdiez jamais la faculté de *communiquer*. Des disputes ? Bien sûr qu'il y a et qu'il y aura des disputes. Vous vous aimez bien trop pour ne pas vous disputer de temps à autre. Vous vous disputez, vous vous traitez mutuellement de tous les noms, vous dites des choses que vous ne pensez pas, et puis l'un de vous se rend compte de l'absurdité de la situation et se met à rire, après quoi l'autre rit aussi, vous vous embrassez et vous vous réconciliez. C'est ça, être marié, Harry. C'est la base même d'un mariage heureux. Un mariage devient malheureux quand personne ne rit plus. Quand il n'y a plus ni embrassades ni réconciliations. Quand (comme c'est le cas pour nous) la rage et la douleur ne s'éteignent que pour faire place à un vide dissimulé par un écran de bonnes manières. Un néant poli. Rien sur quoi reconstruire. Aucune fondation pour un nouveau départ. Seulement la certitude que ça recommencera. Un autre conflit, suivi d'une lente désintégration, suivi d'un nouveau conflit. Jusqu'à ce que la mort de l'un des deux s'ensuive. Pas une joyeuse perspective. Pas un avenir prometteur.
    Au nom du ciel, ne laisse pas cela t'arriver !

    La lettre d'Evans ? Je suppose que j'aurais dû la montrer à notre agent de police local, Pinter. J'y ai pensé, puis je me suis ravisé. Je crois qu'Evans vise précisément le déballage de linge sale (même si *rien* ici n'est sale) qu'un procès implique. À mon sens, c'est pour cette raison qu'il n'a pas essayé de déguiser son écriture. Une amende, éventuellement. Rien de plus sérieux et, d'après moi, même pas trop élevée. De son point de vue, tout est bon pour essayer de ruiner la réputation de l'entreprise.
    Il est mauvais. J'aurais dû écouter ton conseil et appeler la police quand nous avons découvert que c'était un voleur.

JEUDI 2 DÉCEMBRE

J'ai un bon fils. Un fils super. Un fils très sage et avisé. Le fait qu'il lira un jour ces mots ne diminue en rien leur sincérité. Merci, Harry, de rappeler l'évidence à ton idiot de père. De faire la suggestion que tu as faite ce matin.

« Depuis quand tu n'as pas pris de vacances, p'pa ? »

Telle était sa question, et j'étais incapable d'y répondre. Dix ans ? Douze ans ? Je ne sais plus avec certitude. J'aime mon travail. Je n'ai pas *besoin* de vacances. Je le lui ai dit. Avec autant de conviction que de sincérité.

« Et maman ? »

Je n'y avais pas pensé non plus. Maude n'a *pas* charge d'entreprise. Sa vie n'est pas aussi remplie que la mienne. Mais justement, n'étant pas très sociable, elle doit se sentir seule. Elle *est* seule, la plupart du temps. Et s'ennuie à mourir, également. Notre mariage. Enseveli sous des tombereaux de monotonie. C'est une hypothèse plus que probable. Et c'est ma faute. À cause de mon égoïsme.

Une belle maison, nichée aux abords d'un joli petit village. Rien de chiche. Magnifiquement décorée. Des vues superbes. Presque un demi-hectare de jardins bien entretenus. Équipée de toutes les commodités disponibles sur le marché. Exactement, tout y est. Mais si tout y est et qu'on s'y ennuie... alors quoi ?

Peut-être que c'est ce qui cloche avec Maude depuis toutes ces années.

« Avant Noël, a suggéré Harry.

– Je ne peux pas. Je dois...

– Tu *peux*. Allez, papa. Des petites vacances avant le début de la période festive. C'est ce dont tu as besoin. Ce que tu mérites. »

Ce dont j'ai besoin, *moi* ? Ou *Maude* ?

C'est une bonne idée, Harry. Pour nous sauver la vie... ou devrais-je dire notre mariage ?

Ces deux dernières semaines, Maude ne s'est pas montrée si pénible qu'à l'accoutumée. Toujours un peu irritable, mais si je prends garde à bien réfléchir avant de dire quoi que ce soit, il lui

Une confession

arrive même de sourire de temps à autre. Et lorsqu'*elle* est de mauvaise humeur, je fais semblant de ne rien remarquer.

Ce soir, quand j'ai abordé le sujet, son regard s'est mis à rayonner. Fin des disputes. Fin des tergiversations.

Même si je crois me souvenir que, uniquement par principe, elle a fait remarquer : « Ce n'est pas la bonne période de l'année pour prendre des vacances.

– Un bon hôtel.

– Il pourrait y faire froid. Et humide.

– Un bon hôtel, j'ai répété. Avec un chauffage central aussi efficace que le nôtre. Nous pouvons insister là-dessus. Exiger que les lits soient à la fois chauds et la literie bien aérée. Au moindre signe d'humidité, nous partons. Quant à nos sorties, nous avons les vêtements adéquats. Des manteaux de fourrure. Des vestes chaudes et des bottes. Quelle importance ? Il s'agit simplement de changer d'air. Nous en avons besoin tous les deux.

– Oui, ça semble bien. Si on peut s'organiser.

– Demain. » Je me suis hâté de prendre la décision pendant qu'elle y semblait favorable. « Je vais téléphoner dès maintenant. Pour un week-end étendu. De demain à mardi matin. Puis j'appellerai Harry pour lui annoncer la nouvelle.

– Où allons-nous ? » Elle était presque fébrile. Grands dieux, finalement quelque chose la *stimulait*. J'avais réussi.

Je m'emparai du guide *Egon Ronay*. Avec le plus grand sérieux. Pour la première fois depuis des mois (des mois ou des années ?), Maude « planait », comme j'imagine que les jeunes le formuleraient dans leur curieux langage.

« Je... je monte. Commencer à faire les bagages.

– Très bien. » Je me suis mis à feuilleter le guide. « Laisse-moi m'occuper de tout. Tu préfères le bord de mer ou... ?

– Nous *vivons* à la campagne.

– Exact. Donc le bord de mer.

– Je vais faire les bagages. »

J'ai essayé quatre hôtels avant de trouver le bon. J'ai eu l'impression de déranger les réceptionnistes des deux premiers.

À les entendre, c'est *eux* qui *me* rendaient service ! Bon sang, ils n'auraient pas montré moins d'intérêt si nous avions été en pleine saison et leurs hôtels complets. Le troisième avait l'air correct, mais on y effectuait des travaux de peinture.

« Les peintres ne vous dérangeront pas, monsieur.
– Il y aura l'odeur de la peinture.
– Un peu, éventuellement. Mais cela ne gâchera pas vos vacances. Nous... euh... nous sommes forcés d'effectuer ces travaux de réfection en ce moment.
– "Un peu", c'est déjà trop. Désolé.
– Je suis désolé aussi, monsieur. Une autre fois peut-être ?
– Oui, une autre fois », ai-je assuré.

Le quatrième hôtel semblait convenir.

« Des lits jumeaux ou un lit double, monsieur ? »

Sur une impulsion, je me suis entendu répondre « double ». Puis j'ai demandé : « Est-il possible de disposer d'une couverture électrique... pour être sûr d'avoir chaud ?

– Nous pouvons vous fournir cela, monsieur. Les draps, vous les voulez en lin ? En nylon ? Ou alors, si vous le désirez, en flanelle.

– En flanelle. » Cela me semblait une bonne idée, un peu désuète. J'ai poursuivi : « Qu'en est-il du chauffage central ? »

– Vous décidez vous-même de la température de votre chambre, monsieur. Il y a deux radiateurs. Vous les réglez comme vous le souhaitez, monsieur.

– La vue ?

– Elle donne sur les champs jusqu'à la falaise, monsieur. Puis c'est la mer. Les fenêtres sont toutes à double vitrage, mais elles s'ouvrent facilement si vous voulez respirer l'air marin.

– Ça m'a l'air d'être le genre d'endroit que je recherche, ai-je commenté.

– Merci, monsieur. Sachez aussi que nous vous invitons à adresser la moindre de vos requêtes à la réception. Il y sera immédiatement donné suite. Vous m'avez dit vouloir arriver demain, monsieur ?

―――― **Une confession** ――――

– C'est cela, demain. Jusqu'à mardi prochain.
– À quelle heure environ demain ?
– À l'heure du déjeuner. Dans ces eaux-là.
– Nous servons le déjeuner jusqu'à 14 heures, monsieur. Mais vous pouvez tout à fait commander maintenant, s'est-il empressé d'ajouter. Nous demanderons au chef de rester jusqu'à votre arrivée.
– Qu'y a-t-il au menu ? j'ai demandé.
– Je vous recommande vivement la sole de Douvres, monsieur. Elle est exceptionnelle.
– Fraîche ?
– Monsieur. » J'ai entendu un gloussement poli à l'autre bout du fil. « Au moment où nous parlons, elle est toujours en train de nager dans la mer du Nord. »
– Va pour la sole de Douvres. » Je lui ai retourné son petit rire. « Avec son accompagnement. Nous tâcherons d'être là avant 14 heures.
– Ne vous inquiétez aucunement, monsieur. C'est à *nous* de nous adapter. *Vous* êtes en vacances. »

Voilà *comment*, mon cher Harry, un bon hôtel attire et garde sa clientèle. La faculté de satisfaire le client avant même qu'il ait *vu* l'endroit. La considération. C'est également ainsi que nous faisons tourner notre entreprise. Le client est roi. Du moment qu'il signe son chèque (et à condition que le chèque en question ne soit pas en bois), *ses* désirs sont des ordres... exaucés dans la mesure du possible. Personnellement, je me fiche pas mal qu'il fasse beau ou pas. Griller au soleil comme un toast n'est *pas* ce que j'attends de l'argent que je dépense. Je veux être chouchouté. Et que Maude le soit aussi. C'est *ça*, être en vacances.

Et maintenant, au lit. Maude a déjà bouclé les valises. Posé des manteaux sur des cintres à accrocher à l'arrière de la voiture. Il faut encore que je prépare mes propres affaires. Ensuite il sera temps de penser aux draps.

Des draps en flanelle, voilà qui devrait être exquis. Mon Dieu, rien que d'y penser me rappelle des souvenirs.

Merci, Harry. Merci de m'avoir fait cette suggestion. La prochaine fois que j'écrirai dans ce journal, je te raconterai combien nous nous sommes amusés.

VENDREDI 8 DÉCEMBRE

M'occuper les mains. M'occuper l'esprit. Faire *quelque chose*!

Il faut absolument que je rapporte les faits. Pour toi, Harry. Pour que tu puisses (peut-être) comprendre lorsque tu liras un jour ces lignes. Les détails autant que les choses importantes. Car les détails aussi sont importants. En fait, *tout* est important. Il faut comprendre. Comprendre *tout*, y compris mes propres émotions et sentiments.

Je dois me maîtriser. Essayer. Me forcer à me rappeler de chaque instant. Refuser (simplement) de devenir fou. Pour ton bien. Livrer une description froide et détaillée de ce qui s'est *exactement* passé.

L'hôtel était tout ce dont nous avions rêvé. Le service impeccable. La propreté irréprochable. La nourriture excellente, superbement préparée et présentée. Maude elle-même était impressionnée.

Et la chambre. Magnifique. Vaste, chaleureuse et avec une vue imprenable sur la mer. Le lit double? J'ai observé le visage de Maude alors qu'entrant dans la chambre, elle découvrait ce lit unique. Rien! Aucun signe d'approbation ou de contrariété. Comme si nous avions *toujours* dormi ensemble. L'acceptation naturelle d'un état de fait auquel nous sommes supposés être habitués.

Nous sommes arrivés à l'heure du déjeuner et avons rencontré les autres résidents de l'hôtel. Un homme appelé Foster et sa femme. Il n'y avait que nous quatre. Foster est enseignant dans un collège – ce qu'il n'a cessé de nous répéter. Il a fait une dépression nerveuse. Il a également gagné au loto sportif. D'où leur présence dans cet hôtel à l'évidence bien au-dessus de leurs

───── Une confession ─────

moyens. Il a les cheveux longs et une moustache tombante. Il est chaussé de grosses bottes (même dans la salle à manger !), porte un pantalon informe, un sweater à col roulé douteux et Dieu seul sait combien de pin's et autres badges sur le revers de son antique veste en tweed. Son épouse est exactement le genre de femme que cet homme épouse. Ils se prénomment Raymond et Martha... Ce qui ne m'a guère surpris !

Ils sont végétariens et anti-tout ce qu'on peut imaginer. Le genre « retour à la nature ». Toute conversation normale avec eux était hors de question. Ils ne le savaient pas (ils manquaient du bon sens élémentaire pour s'en rendre compte), mais ils étaient la risée du personnel.

À peine étions-nous assis qu'il a traversé la salle à manger d'un pas pesant, nous a tendu une main aussi épaisse qu'un pavé de bœuf et a annoncé : « Foster. Nous sommes également clients de l'hôtel.

– Vraiment ?

– Raymond Foster. Et voici ma femme. Martha. »

J'ai regardé dans la direction indiquée et (juré !) je l'ai vue agiter la main vers moi d'un air faussement effarouché.

« Professeur de physique dans un collège. Un peu trop de boulot. J'ai craqué. Mais ça va mieux à présent. J'ai gagné un petit pactole en pariant sur le foot, et décidé de nous offrir des vacances hors saison. Deux semaines, pour regarder les oiseaux. »

J'ai vu la mine contrariée de Maude.

« Nous allions justement commencer à manger, ai-je dit.

– Ah ! Nous venons de finir.

– En ce cas, vous allez sortir ?

– Quoi ?

– De la salle à manger. Je suis certain que des milliers d'oiseaux attendent en ce moment même d'être observés.

– Ah oui. Oui, bien sûr. » L'imbécile a cru que je plaisantais et s'est bruyamment esclaffé. Il a retiré la main que je n'avais pas daigné serrer et a prévenu : « On se verra au dîner, alors. »

Il a gagné lourdement la porte, sa femme l'a suivi, et ils sont partis.

Le repas était délicieux et, comme elle s'était levée plus tôt qu'à l'accoutumée, Maude a ensuite décidé de faire une petite sieste. Pour ma part, je me suis installé confortablement dans un profond fauteuil du salon, j'ai rempli et allumé ma pipe, commandé du café et, tout en feuilletant distraitement quelques magazines, j'ai regardé la pluie tomber derrière les doubles vitrages. M'est venue à l'esprit la pensée tordue que les seuls oiseaux que les Foster pouvaient observer étaient les canards.

Ils sont vite rentrés. Du moins, *lui*... J'ai pensé que sa femme devait être montée dans leur chambre. Il a traversé le salon en écrasant le tapis et s'est affalé dans le fauteuil le plus proche du mien.

« Il pleut comme vache qui pisse », a-t-il lâché.

Je me suis abstenu de répondre.

Il a attrapé un magazine et l'a secoué ostensiblement devant son visage pour chasser la fumée de ma pipe.

« Vous êtes en train de vous tuer, a-t-il énoncé d'un ton sentencieux.

– Vraiment ?

– La crasse que vous vous collez sur les poumons. Vous avez déjà vu les poumons d'un fumeur ?

– C'est un plaisir que je me suis jusqu'à présent refusé.

– Remplis de saletés visqueuses. Quelle habitude dégoûtante. »

Je l'ai ignoré. C'était un crétin, aussi le traitais-je en conséquence.

Il refusait d'être ignoré.

Il a renchéri : « Vous mangez aussi de la viande, je suppose ? »

Il faisait penser à un Salomon de pacotille abreuvant de ses remarques sans intérêt un demeuré incapable de comprendre ce dont il retournait. Et durant tout ce temps, il continuait à s'éventer avec le magazine.

Je considérai le cuistre. Jamais auparavant je n'avais été confronté à de telles mauvaises manières.

―――――― **Une confession** ――――――

« De la viande morte, a-t-il insisté. Comme tant d'autres. Martha et moi sommes plus civilisés. »

C'est alors que j'ai perdu toute patience à l'égard du jeune écervelé. Je crains d'être devenu très grossier. Très fruste.

« Vous ne fumez donc pas ? lui ai-je suavement soufflé.

– Non. Nous sommes plus civilisés que ça. Nous...

– Vous ne mangez pas non plus de viande ?

– Je l'ai déjà dit. Nous...

– Vous êtes marié, n'est-ce pas ?

– Bien sûr. » Il m'a lancé un regard. « Nous ne sommes pas...

– Est-ce qu'il vous est déjà arrivé de baiser ensemble ? Ou est-ce que *ça* aussi c'est mauvais pour votre santé ? » Puis, tandis qu'il restait bouche bée, je me suis mis à tapoter du bout de ma pipe l'un des badges ornant son revers. « Campagne pour le désarmement nucléaire, hein ?

– En quoi ça vous...

– Ça me regarde, fiston. Tu mets ton nez dans mes affaires, je mets le mien dans les tiennes. Campagne pour le désarmement nucléaire, donc. Et tu es prof de physique. Comment tu t'arranges avec ça ? Sans physique nucléaire, la bombe n'existerait pas. Tout ce que je fais en fumant, c'est me tuer... *Si* toutefois je me tue. Ce que vous autres, les rebelles, faites – ce que vous avez d'ores et déjà accompli –, c'est exposer le monde entier au meurtre de masse. » J'ai laissé passer un instant pour bien enfoncer le clou, et conclu : « Maintenant, hors de mon champ de vision, minable. Et emmène ta femme avec toi. Allez donc regarder vos oiseaux. Peut-être qu'*eux* ne vous considèrent pas comme de complets parasites. »

Maintenant que je t'ai raconté tout ça, je me demande bien pourquoi. Comparé au reste, ma prise de bec avec cet olibrius insignifiant n'a aucune importance. Outre le fait, bien sûr, que je voulais voir Maude heureuse. Je ne voulais pas que qui ou quoi que ce soit gâche ses vacances. Et elle n'appréciait pas les

Foster. J'en avais déjà vu les signes caractéristiques. Elle ne les aimait pas, en conséquence de quoi ils *auraient* très bien pu tout gâcher.

Tu connais ta mère, Harry. De petits détails peuvent prendre chez elle une importance disproportionnée. Devenir d'importants événements. Des événements qui à leur tour vont se changer en interminables récriminations. Je dois être prudent. Nous devons tous être prudents. Ça fait partie de nos vies. Depuis toujours. Il faut marcher sur des œufs de manière à ne jamais contrarier Maude.

Je ne me plains pas. C'est ma faute, j'imagine, parce que j'ai toujours manqué d'autorité. Et Maude n'a jamais su ce qu'était la « normalité » (les hauts et bas d'une vie ordinaire). Elle n'a jamais eu *besoin* de s'y confronter. J'ai fait tout mon possible pour l'en épargner et cela implique un prix à payer.

En fait, dans cette situation précise, affirmer cela n'est pas tout à fait exact. Pas tout à fait juste. *Je* n'aimais pas non plus les Foster. Ils se situent (se situaient) au-delà de ma compréhension. Le genre à vous asséner que vous êtes un imbécile et qu'ils font tout mieux que vous. Le genre à agiter des pancartes dans les rues. Les manifestants et les protestataires. Cette frange marginale qui ne peut pas s'empêcher de vouloir convertir de force tout le monde à ses « causes ». Ces fauteurs de troubles qui *s'incrustent* quand on leur dit de partir.

C'est la raison pour laquelle je m'en suis pris à Foster. Je l'ai délibérément insulté. C'était le seul moyen de s'en débarrasser. Faute de quoi, lui (et sa chère épouse avec, sans aucun doute) nous aurait imposé leur présence, assommés de leur verbiage militant... et cela aurait immédiatement mis fin à la sérénité de Maude.

Le dîner a tout arrangé.

(Les Foster n'étaient pas là. Peut-être avaient-ils déniché un établissement pour herbivores un peu plus loin sur la côte!)

―――― **Une confession** ――――

La salle à manger était plus qu'à moitié remplie. Des gens du coin, et d'autres venus de loin. Un vendredi soir, en somme. Le début du week-end et, pour qui était prêt à y mettre le prix, un excellent repas (un choix réellement remarquable de plats) sur fond de plaisante célébration, à la fois de la fin d'une énième semaine de labeur et des deux jours de repos s'ensuivant.

Les Foster auraient été totalement déplacés dans ce contexte. (Peut-être est-ce pourquoi ils étaient absents.) Selon moi, l'aspect général des convives et de leurs épouses (accordons-leur le bénéfice du doute en supposant qu'il s'agissait bien de leurs épouses) indiquait qu'il s'agissait de gens exerçant des professions libérales. Médecins, avocats, comptables, banquiers et autres. Quelques-uns d'entre eux portaient des smokings et des nœuds papillons noirs. La plupart des dames (y compris Maude) portaient des robes longues. L'ambiance fleurait bon la véritable classe, et Maude semblait s'en draper comme d'une étole invisible, plus heureuse que je ne l'avais vue depuis des années.

Bien qu'ils semblaient tous se connaître (ils dînaient certainement là régulièrement), les convives nous ont laissés nous joindre à eux sans hésitation. Les rires qui fusent. Les blagues entre initiés que nous ne comprenions pas forcément. Le vin, dont nous avons bu plus que nous ne l'avions prévu.

Après le repas, tout le monde s'est dirigé vers le bar, où les joyeuses agapes se sont poursuivies. Maude a ri. J'ai oublié la remarque proférée par un homme plus jeune que les autres ayant partagé notre table avec sa femme, mais elle a fait rire Maude. À gorge déployée, et longtemps. Harry, tu connais Maude. Tu sais aussi bien que moi que rire de la sorte est l'un des nombreux critères qui lui font habituellement qualifier quelqu'un de « grossier ». Mais *elle* a ri à gorge déployée.

C'était comme une percée, la lumière au bout du tunnel. Comme remporter un prix de très grande valeur. Aussi stupéfiant et merveilleux que ça. Ce long éclat de rire spontané... je me rappelle avoir pensé... Non – pas pensé – *espéré*. Peut-être même ai-je prié...

Avant que tu ne sois là, Harry. Avant ta naissance et quand tu étais trop jeune pour te souvenir. Tu as peut-être quelques réminiscences, mais pas de la *vraie* Maude. La Maude que j'ai courtisée. La Maude qui s'est tenue à mes côtés devant l'autel. Une personne exceptionnelle, Harry. Une personne incroyablement heureuse. Nul n'épouse une mégère. En tout cas pas moi. J'ai épousé la femme la plus parfaite que j'aie jamais rencontrée. Le monde entier nous appartenait. Nous avions *tout* pour nous.

Nom de Dieu, qu'arrive-t-il aux gens après quelques années de mariage ? Que se passe-t-il ? Pourquoi cela se passe-t-il ? Comment cela se passe-t-il et quand ?

(C'est la vérité, Harry. La vérité, parce que si je ne dis pas la vérité maintenant, elle n'émergera *jamais*. Les heures précédant l'aube ont un effet purifiant sur l'esprit. Après la fatigue, la pensée se teinte d'une acuité accrue. L'abandon des faux-semblants. Comme à présent. Comme ce moment même où j'écris.)

Harry, Harry, Harry... qu'*arrive*-t-il aux gens ? Comment deux personnes si amoureuses, si heureuses d'être simplement ensemble, peuvent-elles à ce point s'éloigner l'une de l'autre ? Nous changeons. Bien sûr que nous changeons, mais là n'est pas *l'explication*. L'âge, en soi, n'est pas une raison. Nous changeons avec l'âge (d'accord), mais faut-il nécessairement que cela soit pour le pire ? Faut-il que les années transforment l'amour en querelle sans fin ? Faut-il absolument que le temps corrompe ce qui fut jadis si délicieux ?

Et si tel est le cas, si c'est une obligation, cela se produit-il *invariablement* ? Les mariages sont-ils *tous* comme le nôtre ? Des façades de pseudo-respectabilité ? Des rôles destinés à abuser tout le monde sauf les principaux intéressés ? Ça ne peut pas être toujours ainsi – pas *toujours* ! – sinon le monde n'aurait aucun sens.

Qui sait ? Peut-être est-ce ainsi.

———— **Une confession** ————

Pardonne-moi. Je digresse sans vergogne. Je veux raconter ce qui s'est passé, et me voilà en quête d'une vérité inaccessible, à poser des questions qui n'ont pas de réponse. J'ai bu du café. Noir et très fort. J'ai fumé une pipe entière de tabac. Je crois que si j'ouvrais les volets de mon bureau, je verrais poindre l'aube. Peu importe. Je ne suis pas fatigué, et l'histoire doit être racontée tant qu'elle est encore fraîche dans ma mémoire.

Le vendredi soir. Le vendredi où elle a ri aux éclats. Elle était heureuse. Nous étions tous deux heureux et, je crois, un peu ivres. Il était presque minuit quand la fête (la soirée s'était spontanément muée en fête) ayant pris fin, les gens ont rejoint leurs véhicules et Maude et moi avons pris l'ascenseur jusqu'à notre chambre.

Le lit double. Tu te rappelles ? Tandis que nous entrions dans la chambre, il n'avait rien d'une blague destinée à me narguer. Il était accueillant. Pareil pour Maude, ou du moins le pensais-je. Elle n'a fait aucun commentaire. En fait, pendant qu'elle se déshabillait avant de prendre un bain, elle souriait. Mieux, elle riait doucement, comme en elle-même. Une Maude différente. Une Maude semblable à la Maude de jadis. Dieu, que j'étais heureux.

Je me suis laissé tomber dans le fauteuil, j'ai attendu qu'elle en ait fini avec la salle de bains, puis j'ai moi aussi entrepris d'éliminer la fatigue de la soirée en me plongeant dans l'eau chaude et mousseuse. Je me sentais rajeuni. Plus jeune que je ne m'étais senti depuis des années. J'avais vraiment besoin de ces quelques jours de vacances. Maude aussi. Tous les deux. J'étais certain de cela. Pour pouvoir de nouveau rire un peu. Nous y étions parvenus. Il n'y avait plus de dispute. L'imprimerie était solide comme un roc et j'avais un fils prêt à me remplacer à la minute où je prendrais ma retraite. Nous avions une superbe maison dans un magnifique coin de campagne. Nous avions des années devant nous. De bonnes années. Des années pour rattraper le temps perdu et resserrer nos liens. Nous avions les moyens. Bon sang, nous pouvions presque *tout* nous permettre financièrement. Alors, où était le problème ? Nous n'avions qu'à oublier un peu notre âge. Faire comme si nous étions un peu plus jeunes. Rien d'extravagant. Nous étions tous deux en bonne santé. Aucun de nous n'avait de souci majeur. Pourquoi ne pas essayer de retrouver ne serait-ce qu'un peu de l'amour que nous avions autrefois éprouvé l'un pour l'autre ?

Seigneur Dieu !

L'humiliation peut crucifier. Donner la certitude d'être répugnant, sans raison aucune. Donner l'impression d'être sale. Un animal. Une femme peut provoquer ce résultat, Harry. Une femme peut effacer ce qu'il te reste de virilité et te persuader que tu es abject. Bestial. Et tout ça sans rien faire de particulier. C'est quoi, au juste, cette vieille blague éculée ? Ah oui : « Regarde le plafond et pense à l'Angleterre. » Mais, bon Dieu, je n'essayais pas de fabriquer un nouveau monarque. J'essayais de montrer de l'amour. Une forme d'amour. L'amour doux mais passionné qu'apparemment nous avions perdu. Un amour dont elle ne voulait rien savoir. Un amour qui la dégoûtait, et elle n'a rien fait pour dissimuler ce dégoût. Elle s'est détournée quand j'ai essayé de l'embrasser.

« Non. Pas sur la bouche. Ce n'est pas hygiénique. »

Pas hygiénique !

Elle n'aurait pas montré plus de répugnance si j'avais été atteint d'une maladie contagieuse.

Ce n'était pas frivole de ma part. C'était un moment qui aurait pu être magnifique (un moment que je *voulais* magnifique) soudain métamorphosé en épisode sordide.

Les détails ? Les détails sont sans importance. Il suffit d'ajouter que mon univers s'est écroulé tandis que mes derniers espoirs disparaissaient et que je lui ai tourné le dos en pleurant silencieusement. De retour à la maison, il me faudrait déménager de sa chambre. Pour toujours. Fini. Assez d'humiliations. Assez de faire comme si de rien n'était. Le mariage était terminé. Nous

──── **Une confession** ────

aurions à partager le même toit et c'est tout. *Sa* vie à elle n'en serait pas changée (je lui devais bien ça pour les jours heureux d'autrefois) et, pour les autres, nous resterions les mêmes « John et Maude ». Mais quant à notre petit monde secret... *plus rien*.

Ça ressemblait un peu à la mort. Oh, oui. Je n'exagère pas. Quelque chose meurt au plus profond de toi. Ce n'est pas simplement assoupi. Pas seulement immobile et endormi. Ça ne reste pas là, intouché, pendant des jours ou des semaines ou des mois. Ou même des années. Ça meurt. Et tu le sais. Tu ne peux plus te le cacher. Ça a disparu pour toujours. C'est *mort* !

Et tu en ressens le manque. Mon Dieu, combien tu ressens ce manque.

Le samedi (samedi 4 décembre), j'étais debout et sorti avant que Maude ne s'éveille. J'ai arpenté des sentiers, franchi des haies. Ne me demande pas où je suis allé. J'ai juste marché. Respiré le pur air marin. Seul. Par-dessus tout, seul. Bizarrement... je n'ai pas senti le froid. Peut-être parce que j'étais réfrigéré à l'intérieur. J'ai remarqué qu'une fine couche de glace recouvrait toujours les flaques et les traces dans la boue menant aux grilles clôturant les champs. Il devait avoir beaucoup plu pendant la nuit. La terre devait être un peu gelée. En fait, il faisait toujours certainement assez froid, mais la température ne m'affectait pas le moins du monde.

Maude avait déjà entamé son petit déjeuner quand je suis rentré. En arrivant dans la salle à manger, j'ai entraperçu les Foster, se préparant probablement à aller observer les oiseaux, et une pensée m'a traversé l'esprit...

Une pensée fugitive, je tiens à préciser. Anecdotique. Une bêtise née de l'état misérable dans lequel je me trouvais alors. Foster était un butor mal élevé. Sa femme était aussi rustre que lui. *Mais ils se tenaient par la main*. Ils n'avaient rien... et pourtant ils possédaient bien plus que nous. Tout ce que *nous* avions n'était que matériel.

Maude affichait une politesse distante. Sa vieille technique affûtée à la perfection.

« Tu n'es pas arrivé à dormir ?
– Pas trop bien, très chère. » Ma conversation limitée (je l'avoue) reflétait la sienne. « J'ai un peu trop bu la nuit dernière. »
– Alors c'était *ça* ?
– Je crois que oui.
– À l'avenir, il faudra que tu boives moins.
– Tout à fait. »

Quel dialogue insensé entre un homme et sa femme. Quelles insultes mordantes et pleines d'amertume dissimulées dans cet échange. Et pourtant (je le jure) une partie de moi voulait me jeter à ses pieds, devant le personnel, qu'importe, et implorer : « Pourquoi ? *Pourquoi ?* POURQUOI ? »

Nous avons fini de manger en silence, puis l'un de nous (moi, peut-être, mais je ne suis pas sûr) a suggéré une promenade. Vers les falaises. Histoire de respirer l'air marin. Une activité, quelle qu'elle soit. N'importe quoi pour tuer le temps en attendant l'heure du déjeuner.

Voilà comment c'est arrivé. Une simple balade le long des falaises. Pas de signaux indiquant un quelconque danger. Juste un vieux sentier boueux cheminant à travers l'herbe à côté du bord escarpé du précipice. Et la marée haute s'écrasant en bas. Et ce trou en forme de V, comme une morsure à même la falaise. Dangereux ? J'imagine que oui. Mais pas par temps sec. Seulement si le chemin est mouillé et rendu glissant par la boue. Et elle marchait devant moi. À moins d'un mètre de moi. Et j'ai vu l'un de ses pieds glisser. Ce qui l'a déséquilibrée, et elle a écarté les bras pour se remettre d'aplomb, mais n'y est pas parvenue, avant que l'autre pied ne glisse aussi.

Puis elle est tombée. Tête la première. Et son cri inutile s'est perdu dans le vent.

Combien de temps suis-je resté au bord de la falaise à la regarder ? Que ressentais-je alors ?

Une confession

Elle était morte. Elle était *forcément* morte. Le V étant très étroit, elle avait dû se heurter aux parois de la falaise en chutant. Elle gisait entre deux rochers, le dos rompu, et l'écume grisâtre des vagues tourbillonnantes lui fouettait inlassablement le visage. Pénétrait sa bouche grande ouverte. S'étalait sur son visage. La saleté et les débris charriés par la marée s'accrochaient à ses vêtements. Je savais très bien qu'elle était morte, mais durant les premiers instants qui ont suivi, ça ne m'a rien fait du tout.

Puis j'ai repris mes sens. Mon esprit s'est remis en marche.

J'ai tenté d'être épouvanté. J'ai honnêtement *tenté* d'être épouvanté. Mais ça ne marchait pas. Pas au début. Que Dieu me pardonne si je confesse avoir tout d'abord ressenti du soulagement. Un sentiment tordu. Un sentiment honteux. Mais bien présent.

Je n'étais pas (et crois-moi s'il te plaît, Harry) soulagé à l'idée que j'étais désormais « libre ». C'était beaucoup plus compliqué que ça. *Elle* était « libre ». Une bonne partie du soulagement que je ressentais venait de cette déduction. La fin abrupte de sa triste vie intervenait de manière inattendue avec un minimum de peur et (je l'espère) de douleur physique. Ces dernières années (et probablement davantage), sa vie avait dû être un enfer. Un enfer mental. Un enfer qu'elle s'était essentiellement fabriqué elle-même, mais qui n'en était pas moins un enfer. Peut-être d'ailleurs ne se l'était-elle pas *entièrement* fabriqué. Pour la première fois, cette hypothèse m'est venue à l'esprit. Cette chose disloquée au pied de la falaise. Par *ma* faute ? En *partie* ma faute ? Quel genre de mari avais-je été ? Pas selon *mes* critères. Selon les *siens*. Mais si j'avais mal agi, pourquoi ne me l'avait-elle pas dit ? Ou peut-être me l'avait-elle *dit* ? À sa manière. Et si elle me l'avait fait savoir (suggéré, probablement) mais que j'étais trop aveugle et sourd pour saisir ses allusions ? Était-ce *moi* le responsable de ce qu'elle était devenue ?

Harry, le temps n'est rien pour l'esprit. Les pensées, les griefs, les « si seulement », tout cela se succède mais le temps demeure immobile. Tout cela défilait dans ma tête, mais ce qui prédominait sur le moment, c'était un certain sentiment de soulagement. Pour elle... et pour moi.

Je ne voulais pas me débarrasser d'elle. Que Dieu me soit témoin, je ne voulais pas me débarrasser d'elle. Je ne voulais pas qu'elle meure. Je ne voulais pas qu'elle « dégage ». Je ne voulais pas le moins du monde d'une autre femme. De personne. Alors, qu'est-ce que je *voulais* ? D'où venait cette étrange impression de soulagement ?

De mon égoïsme, je suppose. Quelques années de paix en perspective. La suite de ma vie, ce qu'il me restait de jours à vivre, sans l'obsédante et sourde inquiétude surgissant immanquablement à la pensée que « Maude n'appréciera pas ». Mais si j'avais eu le choix, je me serais volontiers accommodé de cela, je me serais accommodé de *tout*, pourvu qu'elle soit encore en vie.

De tout !

Mon état d'âme a changé. J'ai soudain ressenti ce que *j'aurais* dû ressentir depuis le début. L'adoration d'antan a resurgi comme un raz de marée et, l'espace d'un instant, j'ai manqué de peu de me jeter dans le vide à sa suite. Elle était brisée. Elle était anéantie. La seule femme que j'ai jamais aimée... elle n'existait plus.

Je ne me souviens pas d'être rentré en courant à l'hôtel. Je crois que la conscience s'évanouit dans certaines situations. Je sais que le directeur a téléphoné à la police, à des sauveteurs, puis à toi, et je sais aussi que lorsque Ben et toi êtes arrivés, je me suis quasiment effondré. Je n'ai jamais été aussi près de fondre en larmes de toute ma vie. L'identification. L'enquête. « Mort accidentelle ». Les dispositions à prendre, comme on dit. Et puis cet après-midi... plus exactement *hier* après-midi, puisqu'un nouveau jour s'est levé depuis que j'ai commencé à écrire.

Il y avait quelque chose de définitif à la vue du cercueil glissé entre les rideaux. C'était bien plus que « la Fin ». Ben pleurait. Toi aussi, je crois. Je pleurais à l'intérieur, mais aucune larme n'affleurait à mes yeux. Comme tant de fois par le passé. Tant

— Une confession —

de douleur, un cœur brisé jusqu'à en étouffer, et pas moyen de le laisser s'épancher en toute liberté. Un jour, si Dieu le veut, j'arriverai à exprimer mes sentiments. Et même à dormir sans craindre les cauchemars. Un jour. Un de ces jours.

Tôt ou tard, je crois que je vais mettre cette maison en vente. La maison et tout ce qu'elle contient. Tout ! Il y a trop de souvenirs ici, bons comme mauvais. Peut-être n'est-ce rien d'autre que ça, une « maison hantée ». Maude est toujours là. À l'étage, dans la chambre principale. Entre ces murs, il faut rassembler toute sa volonté pour admettre l'évidence. Le fait qu'elle *n'existe* plus. Qu'elle a pris fin, qu'elle a cessé d'être au pied d'une falaise, sous un déluge d'eau sale ravageant son visage et son corps brisé.

Qu'elle *n'existe* tout simplement plus !

Je t'aime, Harry. Ceci aussi doit être établi. Tout comme le fait qu'en tant que fils, ami et associé, tu ne pourrais être plus accompli. Et la certitude qu'aussi abominables qu'aient pu être ces derniers jours, ils auraient été bien pires sans toi et Ben.

À présent, essayer de dormir. Une boisson chaude. Du whisky. Un fauteuil, peut-être. Trouver un semblant de sommeil, et espérer que cette douleur (cette folie) se dissipe un peu. Que ce sentiment étrange et injustifié de tristesse mêlée de culpabilité ne s'éternise pas.

DEUXIÈME PARTIE

L'ACCUSATION DE RAYMOND FOSTER

La police locale a essayé de faire de son mieux. Comme à son habitude, elle était fauchée. Et comme toujours, jusqu'à ce qu'ils se fassent cambrioler ou agresser, les contribuables considèrent les flics comme un luxe superflu. En conséquence de quoi, la police a procédé comme elle le fait depuis dix ans : en repoussant à une date ultérieure et non précisée la construction d'un nouveau bâtiment devant servir de QG. Une couche de peinture par-ci, quelques cloisons par-là, histoire de créer deux pièces où il n'y en avait auparavant qu'une seule, et c'est tout, en attendant l'an prochain et les mêmes vieux débats sur la question.

L'endroit n'en était pas moins agréable et chaleureux. Les pièces exiguës ont le mérite d'être cosy. Un seul radiateur suffit à réchauffer rapidement un espace à peine plus grand que la niche d'un chien. Certes, les montagnes de dossiers s'empilaient les unes sur les autres, mais, côté positif, le papier est un super isolant et ce n'est pas ce qui manquait, le problème restant la difficulté à trouver le dossier recherché. Du papier mais aussi des meubles de rangement, des tables, des chaises, des étagères – *tout* le nécessaire concernant le matériel de bureau – et quelle importance si les flics devaient marcher en crabe pour aller d'un point A à un point B ? Ils n'auraient même pas dû se trouver dans les locaux. Leur place était dans la rue, là où il y a de l'action.

De l'action !

« Le secret de ce boulot, déclara d'un ton sentencieux le sergent en uniforme, c'est de prendre les choses au jour le jour. Un jour de plus, c'est un jour de moins. Et de s'en tenir au règlement.

Pas d'initiatives inconsidérées. Suivez les règles à la lettre, et personne ne pourra vous prendre en défaut.

– Oui, sergent. »

Le jeune policier n'écoutait pas vraiment. On lui avait déjà chanté la chanson. Une douzaine de fois au moins, avec quelques petites variations. Le gradé qui s'adressait à lui n'aimait rien tant qu'entendre le son de sa propre voix ; il adorait inculquer sa sagesse, qu'on en veuille ou non ; il estimait connaître le métier sur le bout du doigt et tenait à ce que tout le monde le sache.

« Prenez, par exemple, les superintendants... »

Le vœu silencieux du jeune policier fut entendu. Quelqu'un sonna à la porte et le sergent dut s'interrompre au beau milieu de sa phrase. Et fronça les sourcils, légèrement contrarié. Le policier, quant à lui, bondit pratiquement sur ses pieds et slaloma entre les meubles pour rejoindre l'endroit du commissariat risiblement appelé « l'accueil ».

Il savait que certains commissariats disposaient *vraiment* d'un accueil. Voire de plusieurs guichets destinés à cet effet. Il en avait vu. Grands comme des comptoirs de bar, pour certains. Cirés et brillants, parfois même équipés d'un téléphone. Il aurait bien aimé que celui du QG de la sous-division soit ainsi, ou du moins ne ressemble pas autant à la caisse vitrée d'un petit cinéma de quartier. Il aurait aussi bien aimé ne pas avoir à pencher la tête pour pouvoir dialoguer par l'ouverture concave. Il aurait bien aimé...

Avant tout, il aurait bien aimé qu'il se *passe* quelque chose.

Il se pencha, se sentit l'idiot de service, et énonça : « Oui, monsieur.

– Je m'appelle... euh... » L'homme qui lui faisait face tripotait nerveusement un bout de sa moustache. « Je m'appelle Foster. Et je viens signaler un meurtre.

– Un m-m-meur... ? » L'agent en resta un instant bouche bée, avant de pouvoir finir le mot.

──────── **Une confession** ────────

« Oui, un meurtre, répéta Foster avec un peu plus d'assurance. J'ai vu un homme pousser sa femme du haut d'une falaise.
– À... à l'instant ?
– Non. Il y a trois jours.
– Trois jours... » Le policier leva la main, comme pour régler la circulation, puis bredouilla : « Écoutez, ne partez pas, monsieur. Ne partez pas. Je, euh, je vais chercher quelqu'un qui... » Se hâtant de rejoindre le sergent, il supplia presque : « Surtout ne partez pas, monsieur. »

Ils avaient enlevé une pile de classeurs Eastlight entassés sur une chaise inutilisée et Foster y réitéra son histoire à l'attention du sergent en uniforme.
Foster se sentait coincé. Pris au piège. Au bord de la panique. C'était la première fois de sa vie qu'il se trouvait à l'intérieur d'un commissariat et il n'avait jamais imaginé que cela puisse ressembler à *ça*. Lugubre, malgré la peinture blanche. Comme un piège aux mâchoires déjà à moitié refermées.
« Il y a trois jours, dites-vous ? fit remarquer le sergent.
– Oui.
– Ce qui ferait samedi dernier, donc. Le jour où la femme Duxbury est tombée de la falaise.
– Elle n'est pas "tombée". On l'a poussée », haleta Foster, au désespoir.
Le sergent hocha doucement la tête. Lentement.
« Nous avons appelé le service des enquêtes criminelles. C'est de leur compétence, voyez-vous ?
– Mais *vous* ne pourriez pas... ?
– Je pourrais, mais ils n'apprécieraient pas, dit le sergent.
– Je... je ne vois pas pourquoi...
– Il y a façon et façon de faire, fiston. Vous êtes qui, d'abord ? Un instituteur ?
– Professeur de physique.
– Alors vous devez comprendre. Il faut rester cohérent.

– Écoutez, je suis venu jusqu'ici...
– Vous en avez mis du temps, nota le sergent, un brin critique.
– C'est... Ce n'est pas le genre de chose qui...
– Mort accidentelle. C'est ce qu'a conclu la médecine légale.
– Mais c'est *faux*. C'est...
– Pour le moment, ce sont les conclusions, voyez-vous ? C'est officiel. Enregistré. Fini. Terminé. Les médecins légistes sont des gens importants.
– Je... je voudrais...
– Ils n'aiment pas qu'on remette en cause leurs conclusions.
– Je voudrais ne jamais être venu. » Foster essuya la moiteur de ses mains sur son pantalon. « Est-ce que nous pourrions... ?
– Quoi ?
– Laisser tomber. » Sa voix n'était plus guère qu'un murmure. « Écoutez, oubliez que je suis venu. Je... euh... je ne *connais* pas les Duxbury. Ça... ça n'a aucune importance à mes yeux. Enfin, pas *vraiment*. C'est juste que...
– Ça n'a aucune importance à vos yeux qu'une femme a peut-être été assassinée ? »
Le sergent afficha un air outré. Pas mal pour un rôle improvisé. Lui aussi aurait *adoré* oublier ce qu'il venait d'entendre, mais rien dans le manuel ne concernait le cas d'omission volontaire. Il resta donc à attendre patiemment l'arrivée de l'inspecteur Harker, laquelle lui permettrait (avec un peu de chance) d'*effectivement* « laisser tomber ».

Harry Harker était du genre à réussir un Rubik's Cube en trente minutes. Les mots croisés du *Times* lui prenaient plus de temps qu'il faut pour faire cuire un œuf à la coque, mais en quelque deux heures il remplissait toutes les cases, sans l'aide de dictionnaires ou autres ouvrages. Cela ne faisait pas de lui un génie, bien entendu, mais donnait une idée du genre d'esprit qu'il possédait. Il retenait les choses. Il s'en souvenait. Dans sa tête, un million de petites cases stockaient autant de bribes

─── **Une confession** ───

d'information soigneusement enregistrées. Noms, adresses, numéros de téléphone, dates, numéros d'immatriculation, descriptions, numéros bancaires, séquences d'actualités vieilles de trente ans ou plus. Tout. S'il lisait, voyait ou entendait quelque chose... ça restait dans sa tête. Ce n'était pas volontaire. Rien de cultivé. Il était né avec cette singulière disposition d'esprit.

C'était l'une des raisons pour lesquelles Harker était un sacré bon enquêteur.

Une autre de ces raisons tenait au fait qu'il ne ressemblait *pas* à un inspecteur. Il boitait un peu, résultat d'un accident de voiture où il s'était brisé presque tous les os du pied gauche. À cause de ce boitillement, il ne se séparait jamais de sa canne, une solide béquille en noyer qu'il astiquait chaque semaine sans exception avec de l'huile de lin. Pour parfaire le portrait, il n'aimait rien tant que le tweed lourd de chez Harris. Été comme hiver, il portait donc un costume Harris en tweed, avec gilet, chaîne en or et montre ancienne dans la poche extérieure gauche de sa veste. Il commençait également à s'épaissir un peu. L'âge, et pas assez d'exercice. Mais cela ne posait pas problème à Harry Harker. D'après lui, plus on se hâtait, plus vite on se retrouvait dans l'ultime trou au sein de la Terre mère.

Il coupa le contact, ouvrit la porte de la Fiesta, s'extirpa du siège conducteur, se pencha vers l'intérieur de la voiture pour attraper sa canne, et claqua la porte. Foster referma l'autre porte et le suivit au bord de la falaise.

« Ça s'est passé là, dit Harker.

– Oui... à peu près.

– *Exactement* là. » Harker n'avait que faire des « à peu près ». Il pointa l'endroit du bout de sa canne. « Cette entaille en forme de V. C'est là qu'elle a basculé. Accidentellement ou pas. Et vous, où étiez-vous ?

– Là-bas. » Foster leva le bras. « Sur cette butte. Derrière cette ligne de buissons.

– À cent mètres, donc. Environ.

– À peu près, oui. »

Harker se dirigea vers la petite élévation de terrain. Foster le suivit.

« Vos jumelles étaient braquées sur eux, dit Harker.

– En fait, nous regardions les mouettes. Nous pensions avoir repéré une tridactyle.

– Rieuse, grogna Harker.

– Quoi ?

– Il n'y a pas de mouettes tridactyles à cet endroit de la côte. Ce sont des mouettes rieuses. En hiver, elles perdent les plumes foncées de leur tête. Et ne sont donc pas si faciles à reconnaître. »

Foster n'aimait pas qu'on le contredise.

Il lâcha : « Mes jumelles étaient braquées sur lui.

– Quelle marque ? demanda Harker.

– Hein ?

– Les jumelles, quelle marque ?

– Oh… euh, Yashica.

– Grossissement ?

– Huit par quarante.

– Pas mal. » Harker ralentit un peu tandis qu'ils commençaient à grimper la pente. « Mais c'était le matin. Vous deviez avoir le soleil dans les yeux. Et le scintillement de la mer qui n'arrangeait rien.

– Les lentilles sont traitées. »

Ils marchèrent en silence jusqu'aux buissons.

« Bon… c'est où ? » demanda Harker.

Foster hésita un moment, puis avança de quelques pas et répondit : « Ici. Martha se tenait à ma gauche.

– Vous étiez à genoux ? Accroupis ? » Harker le rejoignit.

– Allongés par terre. Sur le ventre. Appuyés sur les coudes.

– En train de regarder cette mouette ?

– Oui.

– Tous les deux ?

– Oui.

―――― Une confession ――――

– Les deux avec des jumelles ?
– Non. Nous n'en avons qu'une paire. Nous nous la partageons. »
Les questions se succédaient. Abruptes mais posées de façon calme. Brèves et allant droit au but, comme de légers coups de pinceau qui, au bout du compte, dessineraient un tableau complet. Oui, ils avaient tous deux vu les Duxbury marcher sur le chemin longeant la falaise. Non, ils ne semblaient pas se disputer. Ils marchaient l'un derrière l'autre, Duxbury suivant sa femme. Non, il était presque certain que les Duxbury ne les avaient pas vus. Oui, il regardait la mouette voler quand ses jumelles ont bougé, faisant soudainement entrer les Duxbury dans le champ, juste au moment où il la poussait par-dessus le bord de la falaise. Oui, il l'avait vue basculer avant de disparaître. Non, il n'avait pas vu les mains de Duxbury sur elle, mais ses bras étaient toujours tendus en avant, immédiatement après qu'il l'avait poussée. Oui, il n'y avait aucun doute. Pas le moindre doute.

« Très bien, il l'a poussée. » Harker posa les deux mains sur le pommeau de sa canne et contempla la mer. « Supposons, de façon purement hypothétique, qu'il l'a poussée...
– Il l'a fait. Je suis sûr de moi.
– Et après, que s'est-il passé ?
– Il est resté là à la regarder, en bas.
– Pourquoi ?
– Je... je ne sais pas.
– À ce stade, vous ne vous intéressiez plus à la mouette.
– Bien sûr que non.
– Vos jumelles étaient braquées sur Duxbury.
– Oui.
– Son visage devait refléter une certaine expression, j'imagine ?
– Il... il me tournait le dos à moitié. Donc c'est difficile à dire.
– De la satisfaction, peut-être ?
– Non. » Foster pesait ses mots. « Ce n'était pas l'impression qu'il donnait.

– L'air de celui qui vient de faire du bon boulot ?
– Non. » Foster secoua la tête et hésita un moment avant de poursuivre. « S'il donnait une impression, c'était celle d'être en état de choc.
– Ou l'air d'attendre de voir si elle était bien morte ? »
– Également, enfin je suppose.
– Combien de temps est-il resté là ?
– Dix minutes. » Foster soupira. « Au moins dix minutes. Avec Martha, nous pensions qu'il n'allait jamais bouger de là.
– Il ne faisait que ça, rester là à la regarder ? »
Foster approuva d'un hochement de tête.
« Et vous ne vous êtes pas montrés ?
– Seigneur, non. » Foster paraissait scandalisé par cette question.
« Pourquoi ?
– Seigneur, s'il venait juste de tuer sa femme...
– *Si* ? » Harker sauta sur le mot comme une puce sur un chien.
« Eh bien, *c'est* ce qu'il venait de faire.
– En ce cas, pourquoi ce "si" ?
– Il n'y a pas de "si". C'était une façon de parler.
– Qui laisse une place au doute, marmonna Harker.
– Non. Il n'y a aucun doute. »
Harker se redressa et lança : « Rentrons à l'hôtel.
– À l'hôtel ?
– Voir votre femme.
– J'aimerais mieux que... » Foster dut accélérer pour rattraper Harker. « J'aimerais mieux qu'elle soit laissée à l'écart de tout ça.
– Pourquoi ?
– Elle déteste la violence.
– Je ne vais pas la frapper.
– Non. Ce n'est pas ce que je voulais dire...
– Pour le moment, résuma Harker, et même en partant du principe que vous dites la vérité, c'est du deux contre un. Vous dites qu'on l'a poussée. Duxbury dit qu'elle est tombée. Et sa version

——— **Une confession** ———

est plus crédible que la vôtre, sans conteste possible, à cause de cette petite chose qu'on appelle la présomption d'innocence.
– Mais est-ce *vraiment* nécessaire...
– Oui, c'est *vraiment* nécessaire. Ça et quelques autres trucs. »

Le destin est souvent clément avec le peu d'innocents que compte encore ce monde. Prenez Martha Foster. Une petite fille, emplie d'idées passionnées, enfermée dans le corps d'une femme adulte, quoique menue. Absolument pas taillée pour les hurlements militants en faveur de l'égalité des droits. C'était avant tout une épouse ; une simple femme ; une esclave volontaire et satisfaite de l'homme qui l'avait prise sous son aile. Ce qu'*il* pensait, *elle* le pensait aussi... évidemment. Ne pas être ouvertement d'accord avec lui équivaudrait à de la mutinerie. Il lui avait promis de s'occuper d'elle tant qu'elle vivrait, cela méritait une gratitude supérieure à tout ce qu'elle pouvait témoigner. Et quoi ? Le destin l'avait poussée dans les bras de Raymond Foster, elle devrait ainsi *pouvoir* s'en sortir sans trop de mal.

Elle portait un caftan, ceinturé à la taille, dont les manches lui arrivaient au bout des doigts et dont le bas ne laissait apparaître qu'un peu moins de dix centimètres de jean et des pieds nus. Elle était assise au bord du lit, et rejetait régulièrement la tête en arrière pour empêcher ses cheveux mi-longs de lui cacher le visage.

« Raymond vous a parlé », dit-elle d'une petite voix triste.

Harker hocha la tête. Il s'installa dans un fauteuil canné et attendit. Cette femme-enfant devait être traitée avec douceur. Son univers était aussi fragile qu'une boule de Noël, il eût été vicieux de le briser en mille morceaux sans raison.

Harker attendait donc.

« Il n'aurait pas dû le faire, remarqua-t-elle gravement. Il a été malade.

– Il ne sera pas maltraité, promit Harker avec douceur.

– Vous ne comprenez pas. Vous...

– Chérie, nous ne pouvons pas assister à un meurtre et ne rien dire.

– Il a raison, sourit Harker.

– Il n'a plus dormi depuis que c'est arrivé. Et il a été *malade*.

– Vous avez vu ce qui s'est passé, vous ? s'enquit Harker.

– Pas vraiment. » Elle écarta ses cheveux de son visage. « J'ai besoin de lunettes pour lire et ma vue de loin n'est pas terrible.

– Qu'avez-vous vu au juste ? reprit patiemment Harker.

– Je les ai vus marcher sur le chemin.

– Vous les avez reconnus ?

– Oui, je pense. Raymond m'a dit...

– D'accord, mais *vous* les avez reconnus ?

– Je pense que oui. » La réponse manquait d'assurance. « Pas à leurs vêtements, mais à la manière dont ils marchaient. Mme Duxbury, très droite et rigide. Lui était un peu penché. Les épaules basses.

– Il n'y avait personne d'autre ?

– Non. Seulement Raymond et moi-même... et les Duxbury.

– Raymond *et* moi, Martha chérie.

– Désolée. Raymond et moi. »

Harker choisit d'ignorer que Raymond Foster corrigeait les propos de sa femme et poursuivit. « Et ici, à l'hôtel ?

– Nous les avons vus. À l'heure des repas.

– C'est un homme très grossier, ajouta Foster.

– Comment ça ?

– Il... euh... il a sous-entendu que si le monde devenait fou – s'il y *avait* une catastrophe nucléaire – ce serait ma faute.

– Raymond chéri, tu ne m'as rien dit. » Son étonnement n'avait rien de feint.

Harker leva des sourcils interrogateurs.

« Je suis professeur de physique, bafouilla Foster.

– C'est pousser les choses un peu loin quand même.

– Chéri, pourquoi tu ne m'as rien *dit* ?

– Revenons-en au moment où vous observiez les mouettes.

———— **Une confession** ————

– Il n'avait pas le droit de...
– S'il vous plaît, madame Foster.
– Raymond a été malade. Très malade. Ce genre de remarques...
– ... C'était une remarque stupide, madame Foster. Pas de quoi s'attarder là-dessus. Bon, vous les avez donc reconnus pendant qu'ils marchaient sur le chemin ?
– Oui.
– Vraiment "reconnus", madame Foster ? Ce n'est pas un crime de ne pas en être certaine.
– J'ai pensé que je les reconnaissais, dit-elle, avant d'ajouter : puis Raymond m'a dit qui ils étaient.
– Et lorsqu'elle est tombée de la falaise ? »

Foster s'avança vers la fenêtre, jeta un œil dehors et lança : « Elle n'est pas *tombée* de la falaise. Elle a été *poussée*.
– Chéri, s'il te plaît, ne commence pas à...
– Avez-vous été témoin de cela, madame Foster ? insista Harker.
– Non. » Elle continuait de regarder son mari. « Chéri, tu ne dois pas laisser cela...
– Vous n'avez *pas* vu ça ?
– J'ai vu qu'il était seul. » Elle reporta son attention sur Harker. Il y avait comme une imploration dans son regard. « Je les ai vus marcher le long du chemin. Puis j'ai regardé les mouettes. Puis...
– Votre mari avait les jumelles ?
– Oui. Mais je ne suis pas aveugle. Je peux quand même voir...
– Deux personnes d'abord ? Puis une seule ?
– Oui. Il l'a poussée par-dessus la...
– Mais *vous* ne l'avez pas vu ?
– Raymond l'a vu.
– Puis vous l'a dit ?
– Oui.
– Mais vous n'avez pas *vu* de vos propres yeux ce qui est arrivé ?
– Mon mari ne ment pas, inspecteur. Pourquoi le ferait-il ?
– Il n'y a aucune raison », Harker calma le jeu. « Je ne suis pas en train de le traiter de menteur. Tout ce que je fais, c'est

rechercher la vérité. Je veux être absolument certain qu'aucune erreur n'a été commise.

— Aucune erreur ! » Foster s'éloigna de la fenêtre. Son visage était pâle, son regard un peu trop intense, et il tremblait légèrement. D'une voix rauque, il lança : « Pourquoi croyez-vous que ça m'a pris trois jours ?

— C'est justement une question que j'aimerais...

— Raymond chéri, je t'en prie, non. Ne t'emporte pas.

— Je voulais être certain. J'y ai pensé et repensé, encore et encore. Ça ne m'amuse pas particulièrement d'accuser un homme de meurtre. Un homme que je ne connais même pas.

— Mais que vous n'aimez guère, murmura Harker.

— Qu'est-ce que cela a à voir ? Quel est le rapport avec *ça* ? Si vous croyez que je suis le genre de personne qui...

— Je pense que vous êtes un homme très honnête, répondit calmement Harker. De même, je pense que votre femme est aussi très honnête. Mais même les gens honnêtes peuvent parfois se tromper.

— *Ce n'est pas une erreur !*

— Chéri, viens ici et assieds-toi. S'il te plaît ! »

Ils patientèrent jusqu'à ce que Foster traverse lentement la pièce et s'installe sur le lit aux côtés de sa femme. Il se tenait les genoux comme s'il voulait se les déboîter. Son léger tremblement persistait. Martha Foster posa une main sur l'un de ses genoux, comme pour renforcer le lien qui les unissait.

Harker laissa passer un moment, le temps qu'ils se remettent, puis reprit la parole sur un ton calme. « Vous avez agi comme il fallait, monsieur Foster. Vous avez réfléchi, pris une décision et raconté ce que vous avez vu. Très bien. Partons du principe que vous avez raison. Que nous parlons d'un meurtre. Samedi dernier. Nous sommes maintenant mardi. Il y a eu une enquête officielle. Le médecin légiste a conclu à une mort accidentelle. Alors d'accord, on *peut* revenir sur les conclusions d'un coroner, mais ce n'est pas chose aisée. Ce sont des gens très importants.

———— Une confession ————

Et la plupart d'entre eux sont également très suffisants... ce qui n'arrange rien.

« La police scientifique ne peut rien. À cause de l'endroit où c'est arrivé. Il n'y a pas d'empreintes. Ou plus exactement, il y a trop d'empreintes. Les sauveteurs n'ont pas chômé. Ils ont un job à faire et ils le font. Ils ont tout piétiné. Le médecin légiste ? Il a procédé à un examen post-mortem. Les lésions observées correspondent à celles résultant d'une chute sur des rochers depuis le haut d'une falaise... ce qui ne nous avance pas plus.

« À présent, vous débarquez et nous racontez autre chose. Il y a eu meurtre. C'est ce que vous nous dites. Que Duxbury a poussé sa femme dans le ravin. Si encore vous aviez crié, ça aurait pu aider. Il aurait peut-être paniqué. Ça aurait pu nous servir. Mais vous n'avez pas crié. Vous êtes restés derrière les buissons. Donc, admettons que vous ayez raison, ça signifie que Duxbury pense qu'il est tiré d'affaire. Ça arrive. Duxbury croit que c'est le cas. C'est le seul atout que nous avons en main... le fait qu'il croie s'en être tiré. La carte maîtresse, c'est vous. Il faut nous assurer que c'*est* un atout. Il faut que ce soit le plus solide possible. Ce n'est pas facile. Ça ne *va* pas être facile. »

Il s'interrompit un instant, avant d'ajouter : « Vous voyez le problème ? »

– Il est tiré d'affaire, marmonna Foster.

– Non. Pas si nous agissons intelligemment.

– Je ne vois pas comment...

– Ça, c'est *mon* boulot. » Harker se leva. « Vous êtes ici pour vous reposer. Vous relaxer. Faire de longues promenades. Le plein d'air marin. Laissez-vous guider par votre femme. D'accord ? »

Foster releva la tête, et énonça d'une voix exagérément solennelle : « Merci.

– Merci de quoi ?

– De me comprendre. De me croire. »

Le directeur de l'hôtel avait dans les cinquante-cinq ans et des cheveux gris. Remplir le rôle de « cher hôte » d'un établissement de haut niveau, doublé d'un restaurant – être aux petits soins de gens possédant assez d'argent pour se plaindre au moindre problème –, pouvait facilement vous donner des ulcères, et son sourire pendant le service était souvent de façade. Métier oblige. Plaisir et divertissements. De la gaieté. Mangez, buvez, amusez-vous... et tout ce genre de sornettes.

« Très mauvaise publicité, se plaignit-il. Surtout à cette période, juste avant la ruée de Noël. On aurait pu s'en passer.

– Les gens oublient vite, tempéra Harker.

– Du diable s'ils oublient ! C'est l'hôtel où elle séjournait lorsqu'elle est tombée de la falaise.

– Ce n'est pas votre faute.

– *Tout* est ma faute ici. Tout le monde ne tombe *pas* d'une falaise. Ça ne fait pas la une des journaux tous les jours. Mais il suffit d'une personne – une seule – pour que la feuille de chou locale étale ça en première page. » Il soupira. « Il n'y a pas moyen d'y échapper, inspecteur. C'est inévitable. »

Ils étaient dans le bureau du directeur. Une vaste pièce. Un bureau à cylindre complété d'un siège, un fauteuil légèrement défraîchi plus deux chaises à dossier droit. L'un des murs était presque entièrement recouvert d'un grand panneau cartonné où s'affichait une liste détaillée, visible d'un seul coup d'œil, de dates, chambres, menus, attributions, plannings... tout ce qui s'avérait nécessaire à la gestion interne d'un hôtel digne de ce nom. Un lot de nouvelles brochures était posé à même le tapis dans un coin de la pièce. Dans un autre il y avait un coffre-fort Chubb d'un bon mètre vingt de haut.

« Des gens bien ? demanda négligemment Harker.

– Qui ça ?

– Les Duxbury.

– Oh, oui. Très agréables. Plutôt classe.

– Sympathiques ?

––––––– Une confession –––––––

– Vous auriez dû les voir vendredi soir. » Le directeur s'autorisa un petit sourire malicieux. « Riant et plaisantant avec les autres convives. En un sens, je suis heureux.

– Heureux ?

– Oui, voyez-vous... elle aura au moins passé *une* bonne soirée avant de mourir.

– C'est une façon de voir les choses », admit Harker. Il but une gorgée du pink gin offert par le directeur et constata : « Quel gâchis. Un couple heureux, et l'un des deux qui disparaît de la sorte.

– Rapidement, quand même. » Le directeur but également une gorgée de son pink gin. « Je doute qu'elle ait souffert.

– Qui sait ? » Harker fronça les sourcils comme s'il se faisait du souci. « Elle n'est peut-être pas morte sur le coup.

– C'est vrai. » Le directeur hocha la tête, tristement. « J'espère pour elle que c'est allé vite. Qu'elle est morte rapidement.

– Lui, ça a dû lui mettre un coup, commenta Harker mine de rien.

– Duxbury ?

– Oui, il devait être dans un drôle d'état quand il est revenu ici.

– Complètement retourné. Mais tenant bon malgré tout. J'ai téléphoné aux sauveteurs. Puis à son fils.

– Je me demande... » Harker tapota le tapis du bout caoutchouté de sa canne, l'air pensif.

– Quoi ?

– Pourquoi n'est-il pas descendu pour essayer de la sauver ? Ou voir si elle était toujours en vie ?

– C'est une sacrée pente. Très dangereuse.

– Mais c'était sa femme.

– Je sais. Mais...

– Et ils formaient un couple heureux.

– Je ne pense pas que *je* m'y serais risqué.

– Ah bon ? » Harker paraissait légèrement surpris.

« J'aurais fait ce qu'il a fait. Me précipiter vers le téléphone le plus proche.

— Ce qui fait un bout de chemin.

— Il était à bout de souffle. Sur le point de s'effondrer. Il était écroulé sur une chaise et a raconté en haletant ce qui venait de se passer. *Il* n'aurait pas pu téléphoner. Il pouvait à peine parler.

— Je vous crois volontiers, commenta Harker. Et les autres clients de l'hôtel ? Comment ont-ils pris ça ?

— Les Foster ?

— Qui que ce soit qui était là.

— Il n'y avait que les Foster et les Duxbury. Nous sommes dans une période creuse.

— Comment les Foster ont-ils réagi ?

— De ce que je me souviens... » L'expression du directeur donnait l'impression qu'il avait du mal à rassembler ses souvenirs. « Ils étaient sortis. Ils sont rentrés une heure plus tard. Ils ont filé directement dans leur chambre.

— Il devait pourtant y avoir un certain remue-ménage.

— Évidemment.

— Mais les... comment s'appellent-ils, déjà ? Ah oui, les Foster, ça n'a pas attiré leur attention ?

— Ce sont des jeunes. » Le directeur avait l'air de trouver l'explication suffisante. Il ajouta quand même : « Ils sont bizarres.

— Bizarres ?

— Des branchés. Dans le coup. Végétariens. Ce genre de trucs. Un peu pénibles sur les bords.

— Vous voulez dire qu'ils font du tapage ?

— Oh, Seigneur, non. Pas d'ennuis de ce côté-là. C'est juste qu'ils veulent absolument convertir tout le monde à leurs causes stupides. Je crois même qu'ils ont essayé d'embrigader Duxbury.

— Tiens donc.

— Un des portiers a entendu une conversation entre les deux hommes. Je ne crois pas qu'ils l'ont vu. Mais d'après ce qu'on m'a dit, Duxbury l'a très vite envoyé sur les roses.

―――― Une confession ――――

– Ce n'était pas l'amour fou entre ces deux-là.
– Pas vraiment, non. Foster me fait l'effet d'un type très renfermé. Et susceptible.
– Peut-être est-ce la raison pour laquelle ils n'étaient pas curieux de savoir ce qui se passait.
– Quoi ?
– Quand ils sont rentrés. Il y avait tout ce remue-ménage, mais ils sont allés directement dans leur chambre.
– Ça ne m'étonne pas. Ils ne s'intéressent qu'à eux. Vous voyez le genre. Des jeunes. Qui croient tout savoir. Et se fichent complètement de la courtoisie la plus élémentaire. »

Harker connaissait l'art et la manière de poser des questions sans en avoir l'air. Un brin de causette anodine, certes – histoire de passer le temps –, mais, tout en sirotant son gin, il avait beaucoup appris. Un scénario commençait à émerger. Vaguement. Les détails de l'histoire étaient encore imprécis. Mais ça prenait forme. Les Foster. John Duxbury. Même Maude Duxbury. Des cases vides se remplissaient peu à peu.

Tandis qu'il se levait pour partir, il annonça au directeur : « Je vais toucher deux mots à la municipalité au sujet de cet endroit de la falaise. Voir s'il est possible d'y poser une clôture.
– Vous rendriez service à tout le monde », soupira ce dernier.

Ils marchaient lentement le long de la falaise. Cette fois, ce n'était pas pour regarder les oiseaux. Cette fois, ils n'avaient emporté ni jumelles, ni ouvrages de référence. Juste eux deux, l'homme avançant courbé, la tête tellement baissée que son menton touchait sa poitrine. La femme tenait fermement les extrémités du cordon en nylon de l'anorak de son mari, comme si c'était sa bouée de sauvetage à *lui*, sans laquelle (en plus d'elle-même) il risquait de perdre pied avec la réalité.

Il s'arrêta près du trou en forme de V qui entaillait le bord rocheux de la falaise. Elle agrippa plus énergiquement le cordon en nylon. Il regardait l'escarpement, cette morsure déchiquetant la falaise, et la boue épaisse sur le sentier, sans se préoccuper du vent cinglant et des nuages déversant une bruine tenace sur la mer.

« Il l'a *poussée*, marmonna-t-il.

– Oui, Raymond chéri.

– Martha, il l'a *fait*. » Il suppliait qu'on le croie.

« Oui, chéri. Ils veulent seulement... » Elle cherchait les bons mots. « Ils doivent en avoir la certitude. C'est tout.

– J'en *suis* sûr. » Puis, dans un grommellement : « Ça va encore être pareil.

– Non, chéri. » Une forme de panique s'installait.

« Si ! persista-t-il. Comme à l'école. Pareil, une fois de plus. On va me traiter de menteur. Ils vont m'humilier. Ils vont...

– *Ils ne vont pas !* » Elle tirait maintenant sur le cordon, essayant de l'éloigner du bord de la falaise. « C'est différent, cette fois. C'est un meurtre. Rien à voir avec l'autre truc. S'il te plaît, Raymond chéri. *Je t'en prie !* »

Refusant de se laisser tirer, il restait immobile. Les pensées emplies d'amertume, assombries par un événement pas si éloigné, quand dans un tribunal on avait déformé de simples vérités pour leur donner l'allure d'une vengeance mesquine ; quand un avocat et un contre-interrogatoire l'avaient changé, *lui*, en coupable.

« Je ne remettrai pas les pieds à la barre des témoins, murmura-t-il. Jamais.

– Rentrons à l'hôtel, Raymond chéri.

– Ils ne peuvent pas m'*obliger*.

– Raymond chéri, rentrons à l'hôtel. »

La traction exercée sur le cordon se fit plus pressante. Il se retourna, et ils refirent lentement le chemin en sens inverse.

Si le bâtiment du quartier général du poste de police local était ridicule, celui du commissariat général était quant à lui sublime. On ne pouvait pas le rater. À moins d'être aveugle, on ne pouvait faire autrement que le *voir*. De sérieuses polémiques

── **Une confession** ──

étaient nées du choix du site et elles avaient redoublé lorsque les plans furent dévoilés. La contestation atteignit son paroxysme quand, malgré une opposition publique unanime, le fichu bâtiment finit par surgir de terre. Non sans raison : une tranquille petite ville en bord de mer – s'étant enorgueillie, des années durant, d'avoir su préserver sa quiétude désuète – se retrouvait affublée, en plein centre, d'un énorme cube massif de béton de trois étages, assorti d'un toit-terrasse planté de mâts de transmission. Un immeuble purement fonctionnel ; tout en lignes et en angles droits.

Mais qui diable se préoccupe de l'opinion publique ? Le bureau du superintendant en chef comprenait une salle de bains... ce dont peu de forces de l'ordre pouvaient se vanter !

Les bourgeois de la ville avaient fini par se résigner à cette pollution visuelle qui la défigurait. Ils se contentaient de grimacer lorsqu'ils passaient devant. Ils savaient qu'ils ne paieraient jamais cette horreur sans nom de *leur* vivant, sans même parler du chauffage et de l'électricité en sus, etc. Mais tout a une fin, y compris les récriminations, et la gazette locale avait cessé depuis longtemps de publier la prose de ses lecteurs outragés. Ainsi, comme pour les gratte-ciel dans les grandes métropoles, chacun envisageait désormais le siège du commissariat général comme une énorme verrue inamovible, et l'héritage d'une époque pas si lointaine où la taille d'un building était proportionnelle au statut de ses occupants.

L'inspecteur Harry Harker aimait plutôt bien l'endroit. Beaucoup d'espace à disposition. Pratique pour isoler les suspects pendant qu'on les cuisinait dans le genre : « Il a raconté ça alors pourquoi tu nous dis pas que... » Et si par hasard quelqu'un cherchait à s'échapper... la belle affaire ! Sans plan précis, il ne trouverait même pas la porte principale !

Une fois dans le bureau de l'inspecteur en chef, il se cala dans un confortable fauteuil à oreilles et informa son supérieur hiérarchique direct des faits et de ce qu'il en pensait.

L'inspecteur en chef Briggs avait l'air perpétuellement soucieux ; on eût dit qu'il portait tout le poids du monde sur ses frêles épaules. Mince au point de paraître squelettique, il avait appris sur le tas le peu qu'il savait. De fait, son grade n'était en aucun cas dû à son habileté à attraper les voleurs, ni même à ses capacités de flic ordinaire. Quelques années plus tôt, il avait épousé la fille du commissaire en chef adjoint, et son ascension n'aurait pas été moins certaine ou plus spectaculaire s'il s'était positionné sur la rampe de lancement du centre spatial Kennedy. Rien de mal à cela, une manière comme une autre d'atteindre les sommets, à condition de ne pas garder la mentalité d'un caniche. C'était le fardeau de Briggs. Secrètement (et parfois pas si secrètement), son rang le terrifiait. Il hésitait à prendre des responsabilités, et devait en même temps agir prudemment et se garder de faire trop de vagues. Le commissaire en chef adjoint n'était pas un homme populaire, et toute une armée de flics n'attendait qu'une occasion pour l'attaquer, si nécessaire en s'en prenant à son beau-fils.

De surcroît, Briggs avait assez de bon sens pour savoir qu'il faisait figure d'incapable comparé à n'importe lequel de ses trois subordonnés directs... Harker en tête.

« Vous devez bien avoir *un* avis », implora-t-il. Harker fit un signe négatif de la main.

« C'est un meurtre, à *votre* avis ? insista Briggs.

– Foster dit que c'en est un.

– Et... ?

– Lui et sa femme regardaient des oiseaux quand ça s'est produit.

– Que dit sa femme ?

– Elle affirme que son mari dit toujours la vérité.

– Donc, ça signifie que...

– C'est ce qu'*elle* prétend.

– Oh, Seigneur, pitié ! »

Pour tout dire, Harker aimait bien mettre Briggs sur des charbons ardents. Ce n'est pas qu'il détestait l'inspecteur en chef – il

Une confession

était inoffensif ; avec un peu de temps, on pouvait facilement le convaincre que deux plus deux faisaient trois. Mais (sacré nom de Dieu !), le salaire qu'il palpait pour ne strictement rien faire ! Ça lui restait en travers de la gorge.

« Harry, persévéra Briggs, allez. Arrêtez de finasser. Je dois savoir. J'étouffe l'affaire ou je lance la grosse machine ?

– Bon, résumons. » Harker chercha une posture plus confortable dans le fauteuil à oreilles. « Si on croit Duxbury quand il affirme qu'elle est tombée, ça nous laisse Foster comme unique témoin de l'autre version. Il regardait les mouettes quand c'est arrivé. Avec des jumelles, il suivait le parcours d'une d'entre elles en particulier. Puis soudain, Duxbury entre dans son champ de vision, en train de pousser, ou venant de pousser son épouse par-dessus le bord de la falaise. Il ne sait pas que quelqu'un l'a vu.

– Donc c'est un meurtre ?

– D'un autre côté, poursuivit posément Harker, Foster et sa femme ne se sont pas du tout comportés comme des gens venant d'assister à un meurtre. Pas de hurlements. Pas de cris. Ils sont juste restés allongés, laissant le meurtrier s'éclipser. *De plus*, quand ils sont partis, ce n'était pas pour aller à la police, ni téléphoner. Ils sont rentrés à l'hôtel. Et ont filé discrètement dans leur chambre. Puis, *trois jours* plus tard, Foster décide que tuer sa femme n'est pas correct.

– Ah, donc ce n'est *pas* un meurtre ?

– Ça n'y ressemble pas ? lança innocemment Harker.

– Mais vous venez de dire…

– Les faits. C'est ce que je viens d'énoncer. En voici d'ailleurs un autre qui mérite considération. *Si* elle est tombée toute seule, Duxbury ne s'est pas précipité comme un fou pour aller chercher de l'aide. Il est resté planté là pendant dix minutes – peut-être un quart d'heure – à la regarder. Il pourrait y avoir une bonne raison à cela. Ou plutôt, une très mauvaise raison.

– Quelque chose d'autre ? soupira Briggs.

– Les affinités et les inimitiés. Le directeur de l'hôtel aimait bien les Duxbury, mais pas les Foster. Ce n'était pas le grand amour entre les Duxbury et les Foster. Ça se résume à ça. C'est tout ce qu'on a sous la main pour l'instant. » Harker fit glisser sa montre à gousset de sa poche et regarda ostensiblement l'heure. « Tout bien considéré, une journée formidable. Nous en sommes toujours à la case départ.

– Il faut lancer une enquête pour meurtre ? demanda Briggs, au bord du désespoir. Harry, par pitié, c'est un meurtre ou pas ? »

Harker remit sa montre dans sa poche, et reprit la parole. « Un cinglé déboule au poste de police du coin pour crier au meurtre. On ne peut pas l'accuser tout de go d'être un menteur. En même temps – et surtout si le coroner a déjà livré ses conclusions – on ne peut pas risquer de crier au loup en s'appuyant uniquement sur ce témoignage. Quelqu'un ment. Ou quelqu'un se trompe. Ou se paye notre tête. Peut-être un mélange des trois. Vous avez un gros problème, inspecteur. Soit vous démarrez une enquête, et le coroner va se mettre à poser des questions bizarres. Parce que c'est *lui* qui aura l'air d'un idiot. Soit vous jetez la plainte de Foster dans la corbeille à papier la plus proche, mais s'il dépose une autre plainte ailleurs, vous pourriez vous retrouver avec une sacrée casserole. *Sans oublier* que si un petit malin a tué dans le secteur et croit s'en être tiré à bon compte... *Il* pourrait se prendre une bonne cuite un de ces quatre et l'ouvrir auprès de ses potes en leur disant à quel point nous sommes des abrutis.

– Qu'est-ce que vous feriez ? murmura Briggs.

– Moi, je suis les ordres. » Harker souria malicieusement. « C'est vous, le type qui est payé pour les donner.

– S'il vous plaît, Harry, dites-moi.

– OK. » Harker fit lentement oui de la tête. « Faites jouer tout le poids que vous avez. Laissez reposer l'affaire quelques jours en priant Dieu pour que rien ne filtre. Pendant ce temps, je vais mettre mon nez là-dedans... tous frais payés, bien entendu. Je vais essayer de découvrir qui ment. Quand je serai sûr de mon

Une confession

coup – quasiment sûr – je viendrai vous trouver. Et, au fait, tout cela reste strictement entre nous.

– Merci. Merci beaucoup.

– Pas franchement de quoi me remercier pour le moment. »

Harker se releva du fauteuil et attrapa sa canne.

Tandis qu'il gagnait la porte, Briggs lui lança : « Je m'en souviendrai, Harry. Vous avez ma parole. Je n'oublierai pas.

– Ne vous inquiétez pas… je n'arrêterai pas de vous le rappeler. »

Elle le tenait dans ses bras comme une mère tient un enfant effrayé. Dès qu'il se mettait à trembler, elle resserrait son étreinte. Il faisait frais entre les draps, mais elle sentait la chaleur émanant de son corps, et c'était tout ce qu'elle demandait. Savoir qu'il était là. Savoir que, pour l'instant du moins, *il* avait besoin d'*elle*.

Ce n'était pas un menteur. Il n'avait pas menti la dernière fois. Qu'importe le verdict d'un tribunal, son homme ne *pouvait* pas mentir. Il était bien trop avisé, et en même temps trop pur. Ces imbéciles de policiers ! Ils étaient incapables de reconnaître un homme authentiquement *bon* quand ils en voyaient un. Leur univers n'était qu'un monde de fous, un monde vicié par le soupçon et le doute. Comment pouvaient-ils comprendre ? Comment pouvaient-ils apprécier le sens de l'honneur et de l'honnêteté la plus absolue ?

TROISIÈME PARTIE

LE JOURNAL DE JOHN DUXBURY

JEUDI 9 DÉCEMBRE

Ce journal est ma planche de salut. Il traite du passé, du présent et, je l'espère, de l'avenir. Mais quel avenir ? Un avenir sans Maude. Quelle sorte d'avenir est-ce là ? Vide ? Je ne le sais pas encore. Assurément un avenir privé de quelque chose. Un avenir avec un trou béant qui ne pourra jamais être rebouché.

Plus d'épouses ! Plus personne ne s'autorisera le droit de m'humilier comme l'envie lui en prend.

Je regrette d'avoir écrit ces mots, Harry. C'était ta mère. Elle t'aimait et tu l'aimais (à juste titre) en retour. Peut-être étais-je jaloux. Jaloux de l'affection qu'elle éprouvait pour toi. Une chose est sûre, ta naissance a entraîné des changements. Tu ne l'as jamais su, n'est-ce pas ? Je crois que tu devrais l'apprendre à présent. J'ai été en quelque sorte « mis hors jeu », si l'expression ne sonne pas par trop dramatique. Elle avait l'air de *m'en* vouloir de t'aimer. Comme si elle et elle seule était responsable de ta conception. Comme si je n'avais pas le *droit* de t'aimer. Comme si j'étais un étranger, un parasite témoignant de l'amour à un enfant qui n'était pas le sien.

Est-ce que cela aurait été ainsi avec une autre femme...

N'aie pas le moindre doute, Harry. Je suis ton père. Il n'y a pas d'autre homme. Incontestablement. Maude avait ses défauts, mais elle n'était pas infidèle.

Cet après-midi j'ai essayé de lire. *Le Masque de Dimitrios*. Mais même Eric Ambler n'a pu retenir mon attention. Impossible de laisser les souvenirs de côté assez longtemps pour atténuer un peu la douleur. Peut-être parce que Maude et moi, en des temps plus heureux, étions allés voir le film ensemble. Sydney Greenstreet et Peter Lorre... mais impossible de me rappeler le nom de l'acteur jouant Dimitrios. En tout cas, ce film nous avait plu et, à l'époque, nous partagions le même enthousiasme.

Je n'arrive pas à lire. J'ai essayé d'écouter de la musique, en me disant que ça serait peut-être plus efficace que les mots pour m'évader, mais non. Finalement, je suis sorti marcher sur les chemins environnants. Cela n'a fait qu'accroître mon sentiment d'isolement. Une preuve supplémentaire, s'il en était besoin, de ma grande solitude. Je me suis surpris à parler tout haut (Dieu me vienne en aide!) comme si Maude était là à mes côtés, en train de m'écouter.

Elle me manque. Si tu m'avais demandé il y a quelque temps – même ces dernières semaines – s'il était possible que Maude me manque un jour, j'aurais répondu non sans hésitation. J'aurais sans doute dit que nous mourons tous à un moment ou un autre. J'aurais peut-être même ricané et prétendu avec quasi-certitude que la question ne se posait pas parce que *j'allais* mourir le premier. J'aurais écarté l'autre éventualité, mais au fond de moi j'aurais aussi caressé l'idée de ce qu'alors j'aurais appelé « la liberté ».

La liberté !

Je crois que ma liberté est comparable à celle d'un animal qui, né et élevé en captivité, vient juste de s'échapper. C'est la liberté de ne pas savoir où aller. La liberté d'être perdu et pas seulement un peu effrayé.

J'aimerais... Je voudrais tant...

Le mois des contes de Noël est arrivé. Si jamais se produisait une seule de ces histoires merveilleuses où l'on peut réaliser trois vœux, je n'en demanderais qu'un seul. Un seul suffirait. Remonter dans le temps, revenir seulement une semaine plus tôt, en sachant ce que je sais aujourd'hui. Cette promenade sur la falaise n'aurait pas lieu. La balade fatale. Elle tombant en hurlant dans le précipice. Moi restant là à la regarder en bas, fracassée sur

— Une confession —

les rochers. Seigneur Dieu ! Ce que j'endure à présent. La solitude. Le sentiment d'impuissance. Ces instants de pure panique quand la réalité submerge l'esprit et balaye toutes les autres pensées.

Maude ! Maude ! Pourquoi t'en es-tu prise à moi si souvent ? Pourquoi m'as-tu rendu si triste ? Pourquoi as-tu changé ?

Ne laisse pas cela arriver, Harry. Pas à toi et Ben. Lutte pour votre bonheur. Prie pour qu'il demeure. Sois prêt à payer n'importe quel prix pour le garder. Sois prêt à tout. L'alternance sans fin entre malheur et médiocrité n'est pas une vie. Pas quand tu as connu les sommets. Pas quand tu *sais* qu'il peut en être autrement. Retiens le bonheur à toute fin.

Et surtout, reste solide.

VENDREDI 10 DÉCEMBRE

La nuit dernière, j'ai rêvé. Je dormais d'un sommeil agité après avoir couché sur le papier mes pensées de la journée écoulée et son déroulement. J'ai néanmoins fait un rêve. Plutôt un cauchemar. Dans lequel Maude revenait, sauf que ce n'était pas la même Maude. C'était une Maude avide de vengeance. Les cheveux raides, détrempés, mêlés à des algues accrochées autour de son cou. Sa bouche était grande ouverte et de l'écume grisâtre coulait le long de ses lèvres. Elle était morte... et elle n'était *pas* morte.

Je crois que je me suis réveillé en hurlant. Je crois. En tout cas je sais que j'étais épouvanté. J'ai allumé toutes les lampes de la chambre à coucher, mais j'étais toujours secoué de tremblements et mon esprit n'arrivait pas à chasser cette vision d'horreur. Mon pyjama était trempé de sueur, aussi suis-je allé dans la salle de bains prendre une douche. Puis je me suis habillé. Rien n'aurait pu me convaincre d'essayer de me rendormir après ce cauchemar.

Il était 4 heures du matin. Le jour n'était pas encore levé. La maison était glacée. Le chauffage central n'avait pas encore été branché. Je me suis préparé du thé, j'ai fumé ma pipe et revécu ce rêve encore et encore... Je ne pouvais pas me l'ôter de la tête.

C'était une apparition. Rien de moins. Une apparition, et à l'heure où j'écris, j'ai peur de retourner au lit, parce que l'apparition pourrait bien se manifester de nouveau.

Un fantôme ? Non, bien entendu. Je ne crois pas aux fantômes. Les fantômes sont le fruit de l'imagination. Ou (comme Scrooge l'affirme) d'un bout de fromage mal digéré. Mais qu'ils *soient* le fruit de l'imagination ne les empêche pas d'être suffisamment réalistes pour hanter l'esprit, et s'ils hantent l'esprit, alors ils existent. Que sont les rêves, sinon une succession d'apparitions ? Qui sont les créatures peuplant les rêves, sinon des fantômes ? Ces créatures n'existent pas. Comme les fantômes, elles n'existent pas... mais quand elles apparaissent elles sont la réalité même !

Peu après l'aube, j'ai roulé jusqu'aux Tops, les plus hauts sommets du Yorkshire. Au-dessus du monde, là où l'air glacé et le paysage austère sont capables de chasser (quoique temporairement) n'importe quel fantôme.

Je suis descendu de voiture et j'ai marché. Jusqu'à sentir le froid pénétrer mes os. Puis je suis revenu à la voiture et j'ai roulé jusqu'à une auberge isolée où j'ai mangé un morceau. Je crois avoir trouvé ce dont j'avais besoin. Des braves gens. Des gens honnêtes. Des gens bien terre à terre du Yorkshire, toujours prêts à raconter des histoires et à rigoler. Je suis resté à l'écart, mais j'ai écouté. J'ai même souri à quelques-uns des noms d'oiseaux échangés pour rire.

Des individus entiers. Entiers, comme je crois que *je* ne le serai jamais plus.

Et même là, je continuais à me sentir coupable parce que Maude n'aurait pas approuvé. Peut-être n'approuve-t-elle pas en ce moment même. Elle pourrait bien revenir ce soir me hurler sa désapprobation.

Je me demande. Quelqu'un est-il en mesure d'imaginer comment je me sentais quand je suis revenu des Tops ? Moi, John Duxbury, propriétaire d'une imprimerie florissante, qui suis parti de rien, qui me suis élevé à la force du poignet, sans jamais faire délibérément de mal à qui que ce soit... et maintenant ?

Une confession

Moins qu'un homme. Un mortel terrorisé à l'idée même de dormir. Quelqu'un frôlant la folie pure.

Sur une impulsion, j'ai appelé le cabinet médical et demandé à avoir tout de suite un rendez-vous. J'avais besoin d'un docteur. J'avais besoin de *quelqu'un*! Et pourtant, je ne pouvais pas tout lui dire. Que des bribes éparses. Quelques phrases décousues et insensées qui l'ont laissé perplexe. « Est-ce que vous dormez mal ? » C'est l'une des questions qu'il m'a posées. Textuellement. Je pouvais répondre en toute sincérité. Je dormais *très* mal, mais pas comme *il* l'entendait, et pas pour les raisons qu'*il* croyait. Il m'a prescrit des gélules d'Amobarbital. Et m'a assuré qu'en prendre deux au moment du coucher me ferait dormir comme un bébé. Je l'espère. J'espère que les bébés ne font pas de rêves et surtout pas de cauchemars. J'espère tant de choses.

SAMEDI 11 DÉCEMBRE

Une nuit de sommeil, sans rêver : le prix à payer en a été ce matin un mal de tête lancinant. Il s'est dissipé vers midi et dormir m'a fait du bien. Je suis capable de me poser et, avec une objectivité toute relative, de penser à ce que j'avais et que j'ai perdu.

Maude. Je n'ai plus Maude. Comprends-moi bien, Harry, c'était une bonne mère. Une excellente mère. Mais comme épouse (du moins ces quelques dernières années), elle laissait beaucoup à désirer. Pour commencer, ce n'était pas une *amie*. Ce qui à mon sens est un point important. L'amitié, ou la camaraderie si tu préfères, est indispensable à un mariage réussi, et cela, elle ne me l'accordait pas. Elle était difficile. Elle avait toujours été choyée et, l'âge venant, se comportait de plus en plus en enfant gâtée. J'en arrivais parfois à croire que le mariage n'était pour elle qu'un moyen facile de vivre dans l'opulence. Elle me dominait. Je ne le cache pas. Et je ne m'en excuse pas non plus. C'était elle qui avait la main parce que, où que nous ayons été et en toutes circonstances, elle « disait ce qu'elle pensait ». Selon ses propres mots. Souvent, cette pseudo-franchise lui servait d'excuse commode pour donner libre cours à son fichu caractère et à ses mauvaises manières.

Elle avait toujours « raison ». (Je dresse d'abord la liste de ses défauts, je passerai ensuite à ses qualités et, pour finir, je parlerai de mes propres défauts... si tant est qu'un homme puisse être assez objectif pour connaître *tous* ses défauts.) Même lorsqu'elle se trompait grossièrement, même quand tout le monde lui répétait à quel point elle faisait erreur, elle s'obstinait à avoir « raison ». Et il ne s'agissait pas seulement d'opinions. Elle présentait fréquemment comme des faits avérés les plus ridicules divagations, simplement parce qu'*elle* l'avait dit. Au bout d'un moment, bien sûr, les gens finissaient par ne plus voir en ses propos que les radotages d'une personne particulièrement intolérante. Mais moi je devais vivre avec, et ce n'était pas facile. Je ne discutais jamais. J'avais appris que la contradiction, comme la logique, n'avait aucune prise sur elle. Vous étiez de son avis, ou vous étiez un imbécile. Moyennant quoi... silence. Pas de discussion. Ses palabres m'entraient dans une oreille et ressortaient par l'autre.

Cela nous a coûté des amis. De bons amis. Même les meilleurs amis se lassent de tant d'inepties déplaisantes. Toute conversation sérieuse étant devenue impossible, les gens en ont eu assez de trouver des prétextes pour ne plus venir nous voir.

Progressivement, notre mariage déjà erratique s'est ainsi dépouillé de toute joie. Et, pour être honnête, je crois que Maude était aussi malheureuse que moi. Je suis sûr que c'était le cas, mais je ne savais pas pourquoi. Un homme doté d'un caractère plus affirmé que le mien aurait peut-être pu rattraper le coup. En se confrontant à elle. En l'obligeant à se modérer, mais pour Maude, je m'étais montré trop faible depuis trop longtemps. Je ne pouvais pas changer ma manière d'être sans...

J'avais commencé à rédiger ce qui précède tard dans la soirée. Un coup de téléphone m'a interrompu. C'était Harry qui me

prévenait qu'un policier (un enquêteur) du district où Maude avait trouvé la mort était passé à l'imprimerie. Qu'il avait posé des questions. Et laissé entendre que le médecin légiste n'était pas tout à fait satisfait. Quelques petits détails demandaient à être éclaircis. Quels petits détails ? Quelles sortes de questions, et posées à qui ? Seigneur, est-ce que ça prendra jamais fin ?

QUATRIÈME PARTIE
L'ENQUÊTE DE HARRY HARKER

D avid Shaw, diplômé de l'université d'Oxford, détestait les mercredis. Le troisième jour de la semaine, le jour du dieu Odin, une journée on ne peut plus germanique, avec son rituel cortège de désordres mélodramatiques. C'est généralement le mercredi que ce clown de l'Agence pour l'Emploi des Jeunes faisait son apparition. Dieu seul sait pourquoi. Il ne répandait qu'abattement et dépression. Les gosses de seize et dix-sept ans – les vauriens qui se croyaient déjà des hommes et des femmes adultes – n'avaient pas l'ombre d'une opportunité de boulot décent une fois sortis du cocon de l'école. Si ce n'est un emploi à la caisse d'un quelconque supermarché pour la plupart. *Et* c'était tout ce qu'ils étaient capables de faire. Les plus doués étaient déjà destinés à des études supérieures. Mais cet imbécile débordant d'optimisme paraissait secrètement convaincu qu'un établissement d'enseignement général de près de deux mille élèves était un incubateur à futurs neurochirurgiens. « Dites-moi, monsieur le proviseur. Ce jeune que je viens de voir sortir de votre bureau. Il a l'air d'avoir de la personnalité. Serait-il intéressé par un poste d'assistant régisseur au théâtre local ? » Ça, c'était la semaine dernière. Comme l'agent pour l'emploi des jeunes était supposé le savoir, un assistant régisseur se doit d'être passionné par le théâtre... or le « jeune » en question savait à peine prononcer son nom ! En outre, chaque mercredi, la directrice de la cantine présentait les menus de la semaine à venir, et avec eux ses griefs et suggestions. « On ne pourrait pas appeler ce dessert autrement que des religieuses, monsieur Shaw ? Ça ne sonne pas très appétissant. » « *Ils* continueront à l'appeler religieuse. » « C'est encore pire... *Ils* l'appellent "Bébé mort". » « Mais ils le mangent ? » « Pour la plupart, oui. » « C'est bien ce que je pensais. Tous des cannibales dans l'âme. »

Et dire qu'il fut un temps où il aimait son métier. Plus que ça même. Il considérait chacun de ses élèves comme un génie en herbe. Il s'épuisait à la tâche pour imprégner les cerveaux juvéniles de chiffres et de lettres, leur inculquer les différences subtiles entre bonne et mauvaise littérature, la beauté de la poésie, la richesse de l'histoire, la splendeur des grands arts.

En ce temps-là...

Les gosses avaient-ils *toujours* été des monstres miniatures ? S'étaient-ils *toujours* nourris exclusivement de musique pop et de bandes dessinées ? Il pensait que non. À l'époque, on les *dressait*, comme des animaux sauvages. Deux mille spécimens de ces petites terreurs, et chaque jour, une poignée d'entre eux étaient convoqués dans son bureau pour y recevoir toutes sortes de « punitions ». Une réprimande. Une lettre aux parents. Une exhortation à devenir meilleurs, ce dont ils étaient incapables. Mais dans le bon vieux temps, quelques coups de martinet sur un postérieur garantissaient la bonne réception du message auprès de son propriétaire agenouillé : il était à l'école pour apprendre.

Shaw était un homme amer et désillusionné. Approchant de son bureau, il marmonna un bref « Bonjour » à l'attention de sa secrétaire débordée.

Elle s'arrêta de taper à la machine, leva les yeux et signala : « Il y a un inspecteur appelé Harker qui vous attend dans votre bureau, monsieur le proviseur. »

– Qui ?

– Un inspecteur appelé Harker. Je lui ai dit d'attendre dans votre bureau.

– Seigneur, dans quoi encore ont-ils bien pu se mettre ?

– Je ne sais vraiment pas...

―――― Une confession ――――

– Dépêchez-vous de nous apporter du café, s'il vous plaît. Et faites en sorte que nous ne soyons pas dérangés. »

Shaw traversa la pièce en quelques foulées, entra dans son bureau et referma la porte derrière lui. Harker se leva, et ils échangèrent une poignée de main.

Tandis qu'il s'installait dans son fauteuil, Shaw fit signe à Harker de se rasseoir, et prit la parole : « Inspecteur Harker ? »

Harker lui répondit d'un hochement de tête et, pour plus de confort, positionna sa canne parallèlement à sa jambe.

« Qui ? demanda abruptement Shaw. Et qu'est-ce qu'il, ou elle, ou eux, ont encore bien pu fabriquer ?

– Il ne s'agit pas des élèves. » Harker sourit.

« C'est un agréable changement.

– Mais de l'un de vos enseignants. Un certain Foster. Raymond Foster.

– Il n'est pas là. » Shaw fronça légèrement les sourcils.

« Je sais. Je lui ai parlé hier.

– Dans ce cas...

– Je veux en savoir plus *sur* lui, annonça posément Harker.

– Sur lui ?

– Autant que faire se peut. Autant que vous voudrez bien m'en apprendre. »

Shaw prit un crayon sur le bureau, se mit à en suçoter pensivement l'extrémité, puis murmura : « Vous êtes en mesure de me prouver votre identité, bien sûr ? »

Harker plongea la main dans une poche intérieure de sa veste pour attraper son portefeuille et en extirpa sa carte professionnelle, qu'il fit glisser sur le bureau.

Shaw jeta un coup d'œil et remarqua : « Vous n'êtes pas de la police locale.

– Je viens du secteur où Foster prend ses vacances.

– Ah ! » Shaw rendit sa carte à Harker.

« Il n'a pas d'ennuis. » Harker poursuivit doucement et avec précaution, tandis qu'il rangeait sa carte dans son portefeuille et

le remettait dans sa poche. « Il a déposé une plainte. Une plainte sérieuse. Donc, nous enquêtons.
 – Une plainte à propos d'ici ? De cette école ?
 – Non. À propos de quelque chose qu'il a vu.
 – Des soucoupes volantes ? » Une note d'irritation impatiente perçait dans sa voix.
 « Il ferait ça ? demanda Harker avec le plus grand sérieux.
 – Quoi ?
 – Prétendre avoir vu des soucoupes volantes ?
 – Vous êtes allé à la police locale, bien entendu ?
 – Bien entendu, mentit Harker.
 – Dans ce cas, vous connaissez l'histoire entre lui et Flemming.
 – Bien sûr. » Harker mentait de nouveau.
 « Ça n'aurait jamais dû se produire.
 – Mais ça s'est pourtant produit, non ? bluffa Harker comme s'il savait de quoi il retournait.
 – Oui, je n'ai aucun doute là-dessus… connaissant Flemming. Malgré le verdict. Mais nous aurions pu régler ça en interne. Tandis que là… Très mauvaise publicité pour l'école, et pour rien, puisque Flemming a été blanchi.
 – Par la faute de Foster, évidemment ?
 – Il n'aurait pas dû aller à la police. Pas sans me consulter au préalable.
 – D'après vous, cette histoire… » Harker fit un geste de la main laissant entendre que ce n'était pas *très* important. « Je connais l'histoire officielle, bien sûr. Mais *vous*, qu'en pensez-vous ? Que croyez-*vous* qu'il se soit passé ?
 – Oh, Flemming fricotait avec cette fille de terminale dans le labo de sciences naturelles. Je n'en doute pas une seconde. Et quand Foster est entré et les a surpris… » Shaw lâcha un « pfff » résigné. « Ça arrive. Les jeunes enseignants. Certaines des filles leur font du rentre-dedans. Mais il n'aurait pas dû appeler la police. "Vous êtes en état d'arrestation !" Bon Dieu… où va-t-on ? Je n'ai appris ce qui se passait qu'en voyant débarquer la voiture des policiers. Et j'ai eu l'air d'un imbécile.

―――― **Une confession** ――――

– C'est habituel chez lui ? demanda innocemment Harker. Foster, je veux dire.

– C'est l'homme le plus imprévisible que j'aie jamais rencontré. » Puis, très vite : « Il connaît son sujet, il faut lui reconnaître ça. La physique. Il peut même remplacer au pied levé les profs de maths ou de science. De biologie, à la limite. Mais il n'aurait jamais dû être enseignant.

– Tout cela reste entre nous, obliqua Harker. Rien d'"officiel".

– Mmm. » Shaw hésitait à poursuivre.

« Rien d'écrit, insista Harker. Rien qui puisse être répété. » Shaw déclara : « Il n'a pas la personnalité adéquate.

– Pour être professeur ?

– Pour avoir même envisagé un jour d'enseigner. » Shaw s'était décidé à parler. Il se pencha en avant, et déclara : « Inspecteur, ce métier consistant à éduquer les jeunes d'aujourd'hui... Les policiers les plus endurcis s'en arracheraient les cheveux de frustration. C'est pourtant une bonne école. *Je* m'en porte garant. Mais demandez donc à un élève moyen le nom de l'auteur d'*Alice au pays des merveilles*. Demandez à n'importe quel garçon, ou fille, combien Beethoven a composé de symphonies. Demandez-leur quel empereur romain était Auguste. La devise de l'ordre de la Jarretière. Vous pouvez leur poser cent questions élémentaires du même genre, le résultat sera toujours le même : ils vous regardent d'un air ahuri. Ils ne savent pas. Ils ne *veulent* pas savoir. Ils n'ont que faire de ces connaissances totalement inutiles à leurs yeux. Mais demandez-leur quel groupe pop d'illuminés est en tête du hit-parade cette semaine, ou l'était la semaine dernière, ou le mois dernier. Demandez-leur quel simplet a produit ou mis en scène le dernier film de science-fiction sorti au cinéma. Demandez-leur qui est l'acteur le plus grossier à se déchaîner à la télé. Le tennisman le plus mal luné du monde. Le footballeur au jeu le plus vicieux. *Là*, ils savent. Ces informations ô combien précieuses, ils les stockent soigneusement dans leurs petites têtes. Et *ça*, inspecteur, c'est le mur de débilité que

chaque professeur, homme ou femme, doit abattre ou surmonter avant même de commencer à pouvoir aborder la matière au programme. Pour résumer, la plupart du temps, c'est la bagarre – la guerre, presque – entre la classe et l'enseignant. Et l'enseignant doit gagner. Il doit affirmer son autorité sur ses élèves, faute de quoi il perd son temps. Détermination et discipline. Un bon dosage des deux impose le respect dû à l'enseignant. Et seul ce respect permet de transmettre un semblant d'instruction.
— Foster n'est pas respecté ? » Harker esquissa un sourire.
« Ce sont des terreurs. » C'était mercredi, aussi Shaw commença à s'emballer. « Je généralise, bien sûr, mais Dieu, dans Son infinie sagesse, sait quel genre de citoyens ils deviendront pour la plupart. Cette école – une bonne école, je le répète – est comme toutes les autres de nos jours : une jungle. Et il n'y a pas de place dans la jungle pour des hommes comme Foster. Si on lui en donnait l'occasion, il pourrait révéler à ces pignoufs des mystères auxquels, de toute façon, ils ne comprendraient rien jusqu'au dernier jour de leur misérable existence. Mais ils sont trop bêtes pour ça. À la place, ils le font tourner en bourrique. Ils se fichent de lui. Ils le mettent au désespoir... et en tirent un plaisir pervers. Je l'ai observé en fin de journée après les cours. Souvent. Un homme vaincu. Presque en larmes, parce qu'il se refuse à exiger qu'ils travaillent. » Il s'interrompit, attristé, avant de reprendre : « Ça devait arriver. L'incident avec Flemming – le procès – n'a fait qu'accélérer les choses. Dépression nerveuse. Épuisement mental. » Une autre pause, puis : « Inspecteur, *vous* pensez sans doute avoir affaire aux méchants de ce monde. Mais croyez-moi, personne – personne ! – n'est plus cruel qu'une bande de gamins lorsqu'ils ont un adulte à leur merci. »
Le café arriva et, tandis qu'ils le buvaient, Shaw tira sur une pipe qui avait déjà bien vécu et (sans doute parce qu'on était mercredi) continua sur sa lancée. En exagérant sans doute çà et là. Il voulait absolument convaincre Harker que le métier d'enseignant était le pire au monde. Il s'éloignait du sujet (Foster) pour

Une confession

se répandre en généralités, mais Harker ne l'interrompait que rarement. Il devait se faire une idée précise de Foster et simultanément, une idée non moins précise de celui qui lui en parlait. C'était la tactique d'un flic futé et très expérimenté.

« Flemming ? » chuchota Harker tandis que Shaw avait momentanément arrêté de s'épancher pour rallumer sa pipe.

« Renvoyé. Doit être du côté de Bristol. Pas la peine de s'inquiéter pour *lui*.

– Il a été acquitté.

– Par le tribunal. Pas par moi. C'est un de ces profs modernes, style "on est tous copains et on s'appelle par nos prénoms". Le genre "mains baladeuses", je ne vous apprends rien. Pas fichu de se retenir. J'ai parlé au comité d'éducation.

– Ça s'est réglé aussi facilement que ça ? » Harker afficha une mine légèrement étonnée.

« Et je l'ai également persuadé que, dans son propre intérêt, il devrait changer de métier.

– Très convaincant, observa Harker.

– Qui ?

– Vous. Mon impression à chaud.

– *Vous-même* n'avez rien d'un imbécile. *Mon* impression à chaud.

– Oh, vous savez, je suis juste un policier ordinaire, protesta Harker. Je fais mon job, j'encaisse mon chèque à la fin du mois... Pas grand-chose d'autre. »

Shaw eut le petit rire de celui à qui on ne la faisait pas et approcha une nouvelle allumette du tabac bourré dans le fourneau de sa pipe.

Ils demeurèrent silencieux pendant un moment, chacun buvant son café et chacun attendant la suite. Tous deux étaient assez intelligents pour savoir que l'entretien n'était pas terminé ; qu'il restait des questions à poser et des réponses à y apporter. Dehors, il avait commencé à pleuvoir, et des flaques se formaient sur le patchwork de plaques de goudron dépareillées entourant l'école. À l'intérieur, une cloche sonna non loin du bureau de la secrétaire, bientôt suivie des bruits de course des élèves sortant de classe au galop.

« Foster n'est pas expert en discipline, finit par avancer Harker.
— C'est un euphémisme.
— Il est impopulaire ?
— Curieusement, non. » Shaw tira une bouffée de sa pipe et enchaîna. « La cervelle d'un adolescent. Remplissez-la de sottises, il se jettera dessus et elles deviendront ses obsessions. Et Foster est spécialiste en sottises. »

Harker leva un sourcil interrogateur.

« Végétarien, expliqua Shaw. Agnostique. Anti-pollution. La fraternité. L'égalité des sexes. Et ainsi de suite. Plus c'est tiré par les cheveux, plus Foster adhère. Les gamins le savent. Pour eux, c'est distrayant. Ils boivent ses paroles comme du petit-lait. Ce qu'ils ne veulent *pas* avaler, en revanche, c'est la matière qu'il est supposé leur enseigner.

— Mais assurément, s'il parvient à susciter leur intérêt dans un domaine... » Harker n'acheva pas sa phrase.

« Il n'a pas le truc pour ça. » Shaw soupira. « Il se refuse à leur boucler le clapet. Physiquement ou verbalement. Ils en profitent... et c'est lui qui trinque. Par chance, il est populaire. Nuance, il *pourrait* l'être.

— Vous avez pourtant dit l'avoir vu presque en larmes à plusieurs reprises.

— Tous ces mots en "isme", ces causes dont il fait étalage, bougonna Shaw, la pipe toujours serrée entre les dents. Ça, et d'autres choses encore. Il est trop fragile. Il a la résistance d'une feuille de papier à cigarettes et dans ce job il faut avoir la peau dure. Les gamins. Cette génération née à l'âge du nucléaire. Ils saccagent tout, juste pour le plaisir... y compris les émotions des autres. Même de ceux qu'ils aiment. Inspecteur Harker... » L'intonation se fit plus douce, le regard brièvement plus lointain. « Notre génération. Je vous livre une opinion personnelle. Nous

───── **Une confession** ─────

sommes les derniers romantiques. Je le vois bien. Je vis avec les élèves. La prétendue "nouvelle" génération. La plupart d'entre eux ne se donnent même pas la peine d'être convenables... encore moins polis. Livrez-leur quelqu'un comme Foster, et ils s'amusent comme des fous. Pas parce qu'ils ne l'aiment pas. Simplement parce qu'il est là, et qu'il est vulnérable. Ils ne peuvent pas s'en empêcher, pour je ne sais quel motif absurde... et des hommes comme Foster sont des proies idéales, prêtes à tendre l'autre joue.

– Les derniers romantiques, répéta Harker.

– "L'amour", reprit Shaw d'un air mélancolique. C'est un mot qu'ils emploient pour évoquer leurs starlettes favorites. Des vedettes de cinéma. Parfois un animal... leur chien, leur chat, un cheval. Mais rarement pour parler des humains qui les entourent. Ils loupent quelque chose de capital. Ils ne sont qu'à moitié vivants, mais ils ne le savent pas. »

Shaw prit un couteau dans sa poche, en sortit une fine lame et entreprit de curer sa pipe et d'en vider le contenu dans un grand cendrier de verre posé sur son bureau.

Tandis qu'il achevait son opération de nettoyage, il dit :
« Puis-je me permettre de vous poser une question ?

– Pourquoi pas ?

– Quelle est la raison de votre présence ici ? La *vraie* raison.

– Une femme est morte. » Harker parla plus lentement qu'à l'accoutumée. Posément et prudemment. « Elle est tombée d'une falaise. L'enquête a conclu à une mort accidentelle. Mais Foster prétend que quelqu'un a poussé cette femme.

– Oh, mon Dieu !

– Il ne s'est manifesté qu'après la fin de l'enquête.

– Du Foster tout craché. » Shaw fronça les sourcils, agacé. Il se leva, marcha jusqu'à la fenêtre et contempla un moment la pluie qui redoublait d'intensité. « Soit il fonce tête baissée, soit il tergiverse jusqu'à se ridiculiser. » Il tourna la tête vers Harker, le regarda, et demanda : « Il *s'est* ridiculisé ?

– Il aurait dû venir nous voir plus tôt. » Une vague critique transparaissait dans les mots de Harker.

« Et maintenant c'est trop tard. » Shaw se remit à observer la pluie. « Et une crapule de plus commet un meurtre en toute impunité. Ou peut-être étaient-ils plusieurs ?

– Non, juste un… s'il y en *a* même un.

– Si ? » Shaw se retourna pour faire face à Harker. « Mais vous avez dit…

– Le verdict du coroner est "mort accidentelle".

– Néanmoins, si un meurtre a bien été commis…

– C'est possible, rétorqua mollement Harker.

– Seulement "possible", dites-vous à présent ?

– Nous n'avons que la parole de Foster. Sa version. Et quand c'est arrivé, il regardait des oiseaux dans le ciel.

– Il ne ment pas, lâcha brusquement Shaw.

– Tout le monde peut se tromper. » Harker sourit. « C'est parole contre parole. La sienne contre celle d'un autre homme.

– Il n'y a pas d'autre témoin ?

– Non. Mme Foster était là, mais elle n'a rien vu.

– Pas de preuves ?

– Rien, hormis la déclaration de Foster.

– Il dit la vérité. » Shaw pinça les lèvres. « Je parierais ma vie là-dessus, inspecteur. Il dit la vérité, mais ça ne *ressemble* pas à la vérité. »

Harker ne voyait aucune raison de lésiner sur les moyens. Ce déplacement en dehors de son secteur était effectué à la demande personnelle du beau-fils de l'adjoint du commandant en second. Rien de moins. Une énorme tuile menaçait de se détacher du toit au moindre coup de vent et, si elle tombait sur la tête d'un certain inspecteur en chef Briggs, il en paierait les conséquences pour le restant de ses jours.

Eh bien, si ça se produisait, dommage pour lui. L'honorable Harry Harker n'en perdrait pas le sommeil. Briggs était un idiot

―――― Une confession ――――

de première, et les idiots de première étaient là pour payer les pots cassés.

En attendant...

« Je vais commencer par un cocktail de crevettes. » Harker lâcha des yeux le menu et regarda le serveur à l'allure guindée. « Puis, en plat de résistance, le faisan au bordeaux, avec son accompagnement.

– Bien, monsieur. » Le serveur prit note de la commande.

« Et aussi une demi-bouteille d'un bon vin.

– Je vous envoie le sommelier, monsieur.

– Très bien. Enfin, comme dessert, le strudel aux pommes. Plus un café, du fromage et des biscuits.

– Merci, monsieur. »

Le serveur glissa sur la moquette épaisse. Harker jeta un œil sur les autres convives. Resto très chic. Très bien fréquenté. Principalement par des hommes bien habillés. Des cadres moyens s'envoyant des repas d'affaires aux frais de leur boîte. Un escroc au boniment bien rodé se trouvait peut-être parmi eux, qui sait ? Ou un voleur certifié ? Voire un meurtrier ?

Harker aimait bien jouer à ce jeu-là. De nos jours, on appelait ça « le langage du corps », mais les policiers connaissaient et pratiquaient la méthode depuis des lustres. Repérer les petits signes. Une cigarette fumée trop nerveusement, sans plaisir apparent. Un individu se tamponnant sans cesse la bouche avec sa serviette de table ; se mordant la lèvre supérieure pour en faire disparaître un soupçon de sueur. La barrière formée par un bras posé au bord de la table ; la marque d'un « mur » que personne ne doit franchir. Un sourire qui n'illumine pas le regard. Une fourchette et un couteau tenus un peu bizarrement ; comme s'ils étaient des armes défensives.

Le sommelier vint et repartit. Le cocktail de crevettes arriva.

Harker continuait de cogiter en mangeant.

Meurtre. Meurtriers.

Un homme – ou une femme – capable de commettre un meurtre a du cran. L'acte en soi, surtout lorsqu'il est exécuté de sang-froid, requiert un certain courage pervers. Le prétendu « crime parfait » – jamais découvert, jamais même soupçonné. C'était sans doute le plus fascinant. Pourquoi, qu'il s'agisse d'histoire vraie ou de fiction, ce crime-là fait toujours couler le plus d'encre. Tout ce qui est vivant meurt un jour. Chaque homme. Chaque femme. Dans une immense majorité, ils s'éteignent de mort naturelle. D'autres périssent accidentellement. Et quoi encore ? Certains se suicident. Mais le compte n'y est pas. Combien de certificats de décès délivrés hâtivement ? Combien d'enquêtes ? Combien de soupirs de soulagement ? Combien de meurtres *non* reconnus comme tels ? Combien de meurtres, reconnus comme tels, mais impossibles à prouver ? Les combinaisons sont innombrables. Tous les jours, des meurtriers – des meurtriers *reconnus* comme tels – marchent dans les rues et saluent poliment les flics... et on ne peut foutument rien y faire.

Harker réfléchissait à tout cela tandis que, lentement, il savourait un excellent repas, sachant très bien qu'il n'existait pas de réponse à ces questions.

Progressivement, la colère le gagna. Shaw s'était montré si catégorique, et Shaw n'était pas un imbécile. En dépit de ses nombreux défauts, Foster n'était pas un menteur. Et si Foster n'était pas un menteur, alors ça voulait dire que Duxbury *était* un meurtrier. En écartant la possibilité d'une erreur – et pour l'instant Harker écartait cette hypothèse – Duxbury avait tué sa femme en toute impunité. Briggs ne comptait plus. Briggs n'était qu'un clown occupant des fonctions imméritées. Ce qui importait – ce qui était *vraiment* important –, c'était le fait que Duxbury avait commis un meurtre dans le district dont lui, Harker, avait la charge. Il avait commis un meurtre et, à tous les coups, se félicitait en ce moment même de son exploit. Il avait réussi. Le « grand coup »... et il s'en tirait.

Jamais de la vie !

─── **Une confession** ───

Harker régla l'addition, demanda et reçut un justificatif, boitilla jusqu'au porte-manteau pour récupérer sa canne, son imper et son chapeau, puis sortit et se dirigea vers sa Fiesta.

De nombreuses organisations se vantent d'être « le club le plus sélect au monde ». Le Parlement, les Lord's Taverners, le Bench, le Bar, les meilleures écoles privées... sans oublier une bonne poignée de cénacles lambrissés de chêne et réservés aux hommes dans Londres et ses environs. Mais demandez à un flic avec un minimum de bouteille et il (ou même elle) n'aura pas l'ombre d'une hésitation : la police britannique. Nul besoin de cravates, de mots de passe ou de poignées de main singulières. Un bon flic reconnaît son semblable immédiatement. La façon de parler, de se comporter, la touche de cynisme, le vocabulaire employé pour décrire certaines situations et certains traits de caractère.

Harker était content de reconnaître son semblable en Beechwood. Ils avaient le même grade – ils étaient tous deux enquêteurs – mais pas le même âge. Harker avait au moins dix ans de plus que Beechwood. Si ce dernier était mince et à l'évidence en pleine forme, Harker était empâté, boitait un peu et s'essoufflait rapidement. Toutefois, ils étaient tous deux des flics de terrain, plus à l'aise dans les rues que derrière un bureau.

« C'était mon dossier, annonça Beechwood. Et d'après moi, Flemming aurait dû plonger. »

Ils se trouvaient dans un bureau de la police judiciaire et, comme tous les locaux apparentés à la PJ, celui-ci était une vaste pièce bourrée à craquer de tables, de classeurs de rangement, de machines à écrire et (bien sûr !) de piles de papiers. En raison de ses fonctions, Beechwood avait droit à un coin de bureau ; un espace pas plus grand qu'un débarras où il était supposé accomplir des petits miracles en matière de paperasserie en plus de son travail de combattant du crime. Il s'assit à moitié sur le coin de son bureau tandis que Harker s'installa dans un fauteuil pivotant en faisant lentement tourner sa canne.

« Plonger ? » Harker était sincèrement surpris.

« Bon Dieu, oui. C'était une petite grue, une proie facile pour un gros porc, et Flemming se *serait* conduit comme tel, si Foster n'avait pas ouvert la porte.

– Un viol ?

– Sacrément plus que du pelotage, oui.

– Dans ce cas, pourquoi l'affaire s'est-elle soldée par un simple attentat à la pudeur ?

– C'est comme ça. » Beechwood agita la main d'un air écœuré. « Au moment de s'expliquer au tribunal, cette petite garce idiote a tourné autour du pot. Alors, peut-être qu'il n'y avait pas *encore* viol, mais il y aurait eu si, par exemple, Foster n'était pas parvenu à ouvrir la porte. Seulement on a été obligés d'y aller doucement. De ne retenir que les faits avérés. Mais Flemming aurait dû plonger.

– Qu'est-ce qui est allé de travers ?

– La fille était zéro comme témoin. Elle ne voulait rien lâcher. Et ensuite, Foster a tout foutu en l'air.

– Foster ?

– Quince lui a fait vivre l'enfer durant son contre-interrogatoire. On l'avait pourtant prévenu – Foster, je veux dire. "Dites seulement 'Oui' ou 'Non' ou 'Je ne sais pas'." Mais il a fallu qu'il se mette à disserter. "À mon avis ceci", "À mon avis cela"… Quince l'a crucifié.

– À ce point-là ?

– Mon vieux, un type entrant par hasard dans le tribunal aurait cru que Foster *était* l'accusé. Quand il a quitté la barre des témoins, il était presque en larmes. »

La porte s'ouvrit et un officier apparut, poussant à l'intérieur un homme qui le dépassait presque de dix centimètres.

Beechwood héla le policier : « Il était au Wimpy Bar ?

– Dans le mille ! » L'officier, l'air ravi, guidait l'homme vers une chaise faisant face à un bureau.

Beechwood, reportant son attention sur Harker, bougonna : « Un fétichiste qui rafle les dessous accrochés aux cordes à linge.

── Une confession ──

– De la lingerie féminine ?
– Je n'en ai pas encore rencontré qui pique des caleçons d'homme.
– Quince ? » Harker reprit le fil de la conversation. « Un avoué[1]. Sacrément bon. Pour les contre-interrogatoires, il coiffe au poteau la plupart des avocats.
– Pas vraiment un exploit.
– Comme vous dites. » Beechwood se fendit d'un petit sourire ironique.

Ainsi discutaient deux professionnels, évaluant les capacités des parties en jeu. Tous deux avaient l'expérience des tribunaux ; tous deux savaient que la présomption d'innocence, pierre angulaire du système judiciaire britannique, pouvait entre les mains d'un avocat roué bousiller complètement un procès si les témoins de l'accusation se révélaient médiocres.

Harker tripota sa canne et lança tout à trac : « Il dit qu'il a été témoin d'un meurtre.
– Qui ? Foster ?
– Un homme poussant sa femme d'une falaise. Il n'y a pas d'autre témoin. Et aucune preuve scientifique. »

Beechwood ponctua d'un sifflement prolongé.

« Il l'a fermée pendant trois jours... jusqu'à la clôture de l'enquête. Mort accidentelle, c'est le verdict du coroner.
– Nom de Dieu !
– Je pense qu'il dit la vérité, affirma Harker.
– Possible, mais je n'aimerais pas être à votre place.
– J'ai vu son supérieur, poursuivit Harker avec force. Le proviseur du lycée où il travaille. Il m'a dit que Foster n'était *pas* un menteur.
– C'est vrai. » Beechwood se frotta la nuque. « Il a dit la vérité dans l'affaire Flemming.

---

1. Dans le système judiciaire britannique, le *solicitor* (solliciteur) s'apparente à la fois à l'avoué et à l'avocat français, sans posséder toutes les prérogatives de ce dernier.

— Mais c'est un piètre témoin ?
— Je n'en ai jamais vu de pire.
— C'est sans doute en relation avec sa dépression nerveuse.
— Mmm. » Beechwood hocha la tête tout en continuant à se frotter la nuque. « Il est au bout du rouleau. Vous voyez le style. Je crois que la raclée administrée par Quince l'a achevé.
— Vous savez, grogna Harker, je commence à aimer de moins en moins le genre de type de Quince.
— Il a fait ce pour quoi il est payé, répliqua Beechwood.
— Il n'est pas payé pour laisser des criminels en liberté.
— Il n'en sait rien, bien sûr. »
Harker renifla avec mépris.
« Mais bon sang, mon vieux, protesta Beechwood. Vous ne pouvez tout de même pas...
— Je peux ! Et je le *dis* ! » s'emporta Harker. « Ces gros malins d'avocats. Ils savent que leur client est aussi coupable que possible. Ils savent que neuf témoins sur dix n'ont jamais vu l'intérieur d'un tribunal. C'est un jeu, dont ils fixent *eux-mêmes* les règles. Mais par tous les diables, ça ne suffit pas ? Ils sont obligés de démolir un honnête homme au point qu'il ne puisse plus être d'aucune utilité à la police ? Ça ne s'appelle pas "plaider". Ça s'appelle foutre en l'air la loi. Foutre en l'air la justice. On doit faire face à beaucoup trop de Quince dans ce boulot.
— Je suis désolé, marmonna Beechwood. J'aimerais pouvoir vous aider.
— Qui est le toubib de Foster ? » Harker s'était calmé.
« Euh... » Beechwood réfléchit un moment, fouillant dans sa mémoire avant de dire : « Le docteur Nape-Smith.
— Vous le connaissez ?
— Assez bien, oui.
— Vous pourriez m'obtenir un rendez-vous non officiel avec lui, dès ce soir ?
— Je crois que oui. Je peux essayer, en tout cas. » Beechwood se saisit du téléphone.

──────── **Une confession** ────────

Harker battait le pavé, marchant lentement et ruminant son dégoût. La pluie avait presque cessé, mais, à cause de l'humidité ambiante, son pied brisé lui faisait endurer un mal de chien, ce qui ajoutait à son exaspération.

Un meurtre. Bon Dieu, un *meurtre*. Clair et net, prémédité, commis dans *son* secteur et devant un témoin... et ce salaud allait s'en tirer ! Ce Duxbury – ce John Duxbury – avait vraiment de la chance. Une chance du tonnerre. Trois jours d'avance, pour commencer. Un coroner qui avait déjà rendu ses conclusions. Un corps pour lequel des dispositions devaient sans doute déjà être prises. Et un témoin – le seul et unique témoin – qui était un bouffon s'effondrant au moindre contre-interrogatoire. Foster. Qui fondait comme neige au soleil. Et il fallait que ce soit *lui*. Même pas lui et sa femme. Juste lui, Foster, apercevant quelque chose avec ses jumelles pendant qu'il regardait une saleté d'oiseau qu'il n'était même pas fichu de reconnaître.

Personne ne devrait avoir autant de chance. Cela ne devrait pas être *permis*.

Et Duxbury ?

Qui diable *était* Duxbury ? Quel genre d'homme ? Quelle sorte d'animal est capable de pousser une femme – *sa* femme – du haut d'une falaise ?

Étrangement, il n'avait plus le moindre doute. Après sa conversation avec le directeur de l'hôtel, avant qu'il ne s'embarque dans cette folle expédition à la demande de Briggs, il en avait bien eu quelques-uns. Foster, avait pensé Harker, racontait n'importe quoi. Mais Shaw et Beechwood avaient changé la donne. Ils *connaissaient* Foster ; bien mieux que le directeur de l'hôtel. Et ils étaient sûrs de ce qu'ils avançaient. Foster ne mentait pas. Jamais ! À bien des égards, c'était un idiot, mais pas un menteur. Par conséquent...

Le mouvement d'un pendule. Une forte oscillation du mauvais côté. Puis passer du doute *raisonnable* à la certitude absolue, mais à l'autre extrémité du balancier. C'était ça, être flic. Cela signifiait suivre des pistes, poser des questions et écouter les réponses. Écouter attentivement ces réponses et simultanément, jauger la crédibilité de qui vous répondait. On commençait par « savoir ». On finissait par ne plus rien savoir du tout ou, au mieux, ce qu'on ne voulait pas savoir.

Évidemment, il y avait plusieurs options. Rentrer et dire à Briggs de laisser tomber ; « mort accidentelle » : ça ferait l'affaire et on croiserait les doigts pour que ça en reste là. Ou dire la vérité ; un meurtre *a été* commis, donc il faut extorquer à Foster un témoignage aussi cohérent que possible, et envoyer Duxbury dans le box des accusés. D'accord, lorsqu'on en viendrait au contre-interrogatoire, Foster saboterait toute l'affaire et Duxbury resterait un homme libre, mais quand même. Au moins Duxbury lui-même serait *informé*. Sans oublier le qu'en-dira-t-on. « Duxbury ? Oh, vous voulez dire l'homme accusé d'avoir tué sa femme ? » Pour le restant de sa vie, il devrait subir les conséquences du dicton « Il n'y a pas de fumée sans feu ».

Sûr... il y avait plusieurs options.

Mais pas la *bonne* option. La seule qui soit importante.

Harker frappa à la porte et s'introduisit en boitant dans le cabinet médical. Avant même de s'asseoir sur la chaise qu'on lui désigna, il savait que ça n'allait pas être du tout cuit. Nape-Smith, de taille inférieure à la moyenne, était de ces hommes desquels émane un puritanisme glacial ; impeccablement vêtu d'une chemise immaculée et d'une cravate assortie au bleu profond de son costume ; la chevelure grisonnante, avec des mèches soigneusement peignées de chaque côté ; de longs doigts pâles manucurés ; un regard bleu clair pénétrant, mettant silencieusement au défi quiconque s'aviserait de douter de ses diagnostics. Médecin de son état, il se tenait derrière l'inévitable bureau à cylindre, entouré du bazar propre à sa profession. Le machin pour prendre la tension. Le bidule de forme oblongue avec une lampe qui permet d'examiner l'intérieur de l'oreille. Le brancard

―――― Une confession ――――

à roulettes dans un coin, recouvert d'un tissu blanc, et plusieurs bassins, ainsi qu'une collection bien alignée de pinces, ciseaux et sondes. Une étroite paillasse de laboratoire, avec un bec Bunsen et une étagère en bois garnie de tubes brillants. Tout l'attirail et assez de matériel terrifiant pour convaincre toute personne malade qu'elle est finalement en parfaite santé.

« Beechwood m'a téléphoné », démarra abruptement Nape-Smith, qui jeta un œil rapide sur les chaussures de Harker. « Un problème avec votre pied ? »

Harker s'éclaircit la voix et dit : « Oui.

– Dans ce cas, vous feriez mieux d'enlever...

– Écoutez, il ne s'agit pas de...

– Ne discutez pas, mon gars. Je n'ai pas des yeux à rayons X. »

Harker éleva sensiblement la voix pour expliquer : « Je ne suis pas ici pour mon pied.

– Quoi ?

– C'est un accident qui remonte à très longtemps. Je suis ici pour vous poser des questions.

– Des questions ? Quel genre de questions ? »

Harker présenta sa carte professionnelle à Nape-Smith, qui l'examina, fronça les sourcils, la lui rendit, et attendit.

– Des questions au sujet d'un meurtre, asséna résolument Harker.

– Un meurtre ? » Nape-Smith lança un regard noir. « Le meurtre de qui ?

– Vous ne la connaissez pas.

– Dans ce cas, que diable ...

– L'un des témoins est votre patient.

– Je ne vois toujours pas ce qui...

– Foster. Raymond Foster.

– Foster... Je connais Foster. Mais je ne vois toujours pas...

– J'aimerais vous poser quelques questions à son sujet.

– Vous êtes *fou* ? » Nape-Smith paraissait on ne peut plus scandalisé.

« Pas plus que d'autres, remarqua obligeamment Harker.
– Vous êtes de la police, n'est-ce pas ?
– Vous avez vu ma carte. Inspecteur.
– Et vous n'avez jamais entendu parler du serment d'Hippocrate ? Bon dieu, vous n'avez pas le droit de...
– Foutaises, rétorqua sèchement Harker.
– Quoi ?
– Nous sommes au XXe siècle... et pas en Grèce. Je me base sur la loi anglaise actuelle. Toutes ces salades sur le serment d'Hippocrate ne valent pas un clou.
– Comment osez-vous ?
– J'ose, énonça clairement Harker, parce que *je* connais la loi. Pas vous.
– Le secret médical liant un praticien à son patient est...
– Comme je l'ai déjà dit. Un tas de sornettes. Tout comme le fameux "secret" entre confesseur et pénitent. Ou parent et enfant. Pour votre gouverne, sachez que le seul secret professionnel reconnu par la loi britannique concerne les avocats et leurs clients, ou un homme et son épouse. À ce que je sache vous n'êtes pas avocat... et vous n'êtes pas marié à Foster. Alors le choix est simple. Soit vous répondez aux questions sur-le-champ. Ici, dans l'intimité de votre cabinet. Soit on attend le procès, je vous balance une assignation à comparaître et vous répondrez dans un tribunal, devant les petits journaleux avides de sensations... ou, si vous ne vous présentez pas, vous serez probablement épinglé pour outrage à la cour. Prenez votre décision, docteur. Maintenant. Vous êtes peut-être un as en matière de pilules et autres potions, mais en ce qui concerne la loi ne venez pas essayer de m'apprendre *mon* métier.
– Je... je ne...
– Oh, que *si*.
– Écoutez, Beechwood ne m'a rien dit à propos de...
– Je sais ce que Beechwood a dit. J'étais à côté de lui quand il vous a téléphoné. Il s'agit d'une enquête criminelle, docteur. Pour

——— Une confession ———

meurtre. Gardez bien cela à l'esprit avant de commencer à vous planquer derrière je ne sais quels secrets ou "serments" mythiques. »

C'était un coup de poker, et Harker le savait. Il se servait de la loi – de la loi valide et en vigueur – à ses propres fins. Jamais l'accusation n'envisagerait de recueillir la déposition d'un témoin dans le but de renforcer la crédibilité d'un autre : là était le bluff. De fait, il était hautement improbable qu'une cour d'assises accepte pareil témoignage, mais Nape-Smith ne le savait *pas*. D'où le coup de bluff, également motivé par un minimum de psychologie. Ce petit toubib prétentieux n'était pas habitué à se faire rudoyer ; il se prenait sûrement pour un dieu vivant et ne pas être traité en conséquence l'avait déstabilisé. Harker l'avait à sa merci.

Nape-Smith croassa : « Qui donc cet imbécile a-t-il tué ?

– Foster ? Personne. Mais il a été *témoin* d'un meurtre.

– Oh !

– Notre principal témoin. Appelé à subir un contre-interrogatoire. Et nous ne voulons pas qu'un procureur en fasse de la chair à pâté.

– Ce qui ne serait pas difficile, marmonna Nape-Smith.

– C'est aussi mon impression. Et je veux savoir pourquoi.

– C'est une personne instable », expliqua Nape-Smith, qui reprenait du poil de la bête et ajouta : « Il y a des gens comme ça.

– Mais il n'est pas fou. » Un soupçon de mise en garde filtrait dans sa voix. « Pas complètement timbré. Il est prof de physique. Et il connaît son sujet. Il est capable de *réfléchir*.

– Nous avons un mot pour ça. Les psychiatres...

– Les psychiatres !

– ... appellent ça la panophobie. Une peur de la plupart des choses. De presque tout.

– Conneries, lâcha exprès Harker.

– Écoutez, si vous ne voulez pas entendre...

– Il est enseignant. Il exerce en public, devant des classes. Je me suis laissé dire que, sur certains sujets, il savait capturer l'attention de ses élèves. Il voyage. Je sais de source sûre qu'il est parfaitement apte à exprimer ses opinions devant de parfaits étrangers. On dit qu'il est peu sûr de lui. Incapable d'affirmer son autorité. Ce genre de choses. Je l'ai rencontré. Et je n'ai pas eu cette impression. Pour moi, il est bourré de contradictions.

– Si vous voulez, admit Nape-Smith.

– La peur n'a rien à faire là-dedans, renchérit Harker. La timidité, d'accord – l'appréhension de l'inconnu. Mais pas la *peur*.

– Puisque vous le connaissez si bien…, commença Nape-Smith.

– Je ne le connais pas. Je l'ai à peine rencontré. J'ai parlé avec lui.

– Il vient de faire une dépression…

– Je suis au courant de ça, aussi.

– Il est perpétuellement au bord de la dépression. Il en fera d'autres.

– N'est-ce pas là que vous avez à intervenir? demanda brusquement Harker.

– Je lui prescris des pilules. Je suppose qu'il les prend. Je pars du principe que, sans ce traitement, il serait en pire état.

– Et ça vous suffit?

– Inspecteur, je ne suis pas un faiseur de miracles. Je suis médecin. Quoi que vous pensiez de moi – ou des médecins en général – je me considère comme un bon praticien. Mais il y a des choses que je ne peux pas changer. Que personne ne peut changer. La personnalité d'un être humain. »

Harker hocha la tête, l'air moyennement convaincu, et grommela : « C'est notre principal témoin. S'il est fragile, un meurtrier s'en sort impuni. »

Nape-Smith pianotait doucement d'une main sur la surface de son bureau, attendant la suite.

« Des produits dopants, lança doucement Harker.

– Vous parlez de médicaments?

– C'est l'appellation officielle.

– Je lui en prescris. Ceux dont je pense qu'ils lui sont nécessaires.

―――― Une confession ――――

– Je parle de trucs plus forts. » Le ton de l'inspecteur était plus sec et insistant. « Quelque chose qui lui donnerait du cran. Temporairement. Un truc qu'il pourrait prendre avant de se présenter à la barre des témoins. Qui lui permettrait d'affronter n'importe quel interrogatoire au monde.

– Vous êtes cinglé. » Nape-Smith semblait outré. Et ce n'était pas de la comédie.

« Ces produits existent-ils ? s'obstina Harker.

– Je ne les prescrirais à personne.

– Mais ils *existent* ?

– Oui. » Nape-Smith fit un signe de tête. Ses grands airs avaient laissé place à une rage sourde. « Sous forme injectable ou en pilules. On les trouve seulement dans les hôpitaux psychiatriques. *Pas* en pharmarcie.

– Vous pouvez en prescrire ?

– Même si je le pouvais, je ne le ferais pas.

– Un meurtrier va repartir libre. Ça ne vous...

– Écoutez ! C'est *votre* problème. Le mien est de m'occuper de mon patient. » Il poursuivit avant que Harker ne puisse l'interrompre. « Et ne recommencez pas à me parler de la loi. Dans ce domaine, *je* suis informé. Si je lui administrais ce genre de produits, je serais probablement radié de l'ordre des médecins. Je ne vous donnerai même pas le nom de ces drogues. Même pas ça.

– Et ça vous est égal que...

– Oui. Franchement, je m'en fiche. Quels que soient vos arguments, rien ne me forcera à bouleverser le cerveau de Foster pour votre profit. Parce que ce serait ça, le résultat. À moins d'un miracle, c'est ce qui se passerait *forcément*. Nous parlons du cerveau humain, mon vieux. Une mécanique extrêmement délicate. Et vous avez l'audace sans nom de suggérer que, pour ainsi dire, je l'assomme avec une massue. Que je détruise le fragile équilibre d'un innocent afin que vous remportiez un procès. »

Très solennellement, Harker demanda : « J'ai votre parole ? Vous n'exagérez pas ?

– Je n'exagère rien, inspecteur. » À présent qu'il avait pu s'exprimer, Nape-Smith se calma un peu. « Ces infâmes mixtures – ces poisons diaboliques que les chimistes inventent – ont parfois une utilité. Pour les maladies incurables... ce genre de choses. Mais ce n'est pas pour le commun des mortels, et pas pour les médecins généralistes. Ces drogues rendent fou. Une forme de folie. Avec un mauvais dosage – avec n'importe quel dosage, en fait, en l'absence de tests cliniques stricts – vous auriez votre témoin téméraire. Oh, que oui. Mais vous auriez également un psychopathe en puissance sur les bras. Une créature capable de perpétrer bien plus qu'un seul meurtre. Et il est impossible de parler d'"effet temporaire". Combien de temps ces drogues agissent-elles ? Je ne sais pas. Personne ne le sait avec certitude. Parfois pour toujours. » Puis, d'un ton pressant : « Ne continuez pas dans cette voie-là, inspecteur. Je vous donne ma parole d'honneur, vous ne pourriez que le regretter. Foster est tout ce qu'on veut, sauf un méchant homme. N'en faites pas un monstre. Pas pour les besoins d'un procès... pas même un procès pour meurtre.

– De toute façon, ça n'aurait pas marché. » Les épaules de Harker s'affaissèrent légèrement. Le ton de sa voix trahissait la proximité de la défaite. « Bon sang, c'était juste une idée comme ça. Une inspiration. Ça serait resté la parole de l'un contre celle de l'autre. Même avec un témoin solide. Quel que soit le témoin, en réalité. » Il regarda le médecin dans les yeux et, soudainement, une entente se créa entre eux. « Je vous remercie de m'avoir laissé abuser de votre temps, docteur. Disons que je voulais savoir. Je voulais être certain.

– Je suis désolé. » Il y avait un réel regret dans l'intonation de sa voix. Ils se levèrent et, alors qu'ils se serraient la main, Nape-Smith lui confia : « Je sais ce que vous ressentez. Je vois des malades incurables... et je suis impuissant. Dans certains métiers, il y a des fardeaux presque trop lourds à porter.

───── Une confession ─────

– Quelque chose de ce genre, soupira Harker. Quelque chose de vraiment proche. »

Nape-Smith avait parlé du « commun des mortels ». Et de « fardeaux presque trop lourds à porter ».

Rentré à son hôtel quatre étoiles, Harry Harker était allongé sur son lit et ruminait ces phrases au lieu de dormir. Il pensait à cela mais aussi aux « premières impressions ». Sa première impression sur Nape-Smith, par exemple. Il s'était trompé. Affreusement trompé. En dépit des apparences, ce médecin prenait son métier à cœur. Il fallait oublier le ton cassant de militaire qui l'avait initialement induit en erreur. Et se rappeler plutôt qu'un praticien consciencieux est lui-même un homme soumis au stress. Les tire-au-flanc. Les hypocondriaques. Les idiots qui se ruent chez le docteur au moindre rhume. Et, bien sûr, les malheureux atteints d'une maladie incurable. Sans oublier les horaires pénibles et le manque de sommeil qui en résulte.

Comme les flics à bien des égards. Les flics compétents qui prennent leur boulot au sérieux. Le bon grain et l'ivraie. Les brebis et les loups. Dans les deux professions, on attendait d'hommes faillibles des décisions infaillibles. Demandez – *exigez* – l'impossible... et un pauvre type en subissait les conséquences.

Harry Harker lui-même. Un curieux homme. Oh, bien sûr, un excellent flic – un excellent enquêteur – doté de toutes les qualités requises. Refus de s'avouer vaincu. Refus de toute compromission. Une détermination bien supérieure à la moyenne. Fils d'un vétérinaire, il vivait toujours dans le cottage où il était né ; là où il avait vu son père mourir, puis sa mère. Pas de sœurs. Pas de frères. Pas de tantes, pas d'oncles, et par conséquent pas de cousins. Il ne s'était jamais marié. Tout jeune, il était trop timide. Ensuite, il était trop occupé. Beaucoup de relations – des gens dont il appréciait la compagnie – mais pas d'ami véritable. Et cependant jamais seul. Le boulot, ses bouquins, sa collection

───── **John Wainwright** ─────

de disques. Il n'avait pas le *temps* de se sentir seul. Beaucoup d'hommes – la plupart – auraient trouvé pitoyable une telle vie. La plupart des hommes étaient grégaires, mais de temps à autre émergeait un solitaire. Un solitaire qui n'avait besoin de personne pour que sa vie soit accomplie. Et s'il advenait que ce solitaire soit aussi un traqueur, un chasseur d'hommes, ça donnait... Harry Harker.

CINQUIÈME PARTIE

LE JOURNAL DE JOHN DUXBURY

DIMANCHE 12 DÉCEMBRE
Ce matin je suis allé à l'église. J'ai prié. J'ai prié pour l'âme de Maude. Prié pour qu'elle trouve la paix qu'elle mérite. Au fond, c'était une brave femme. Je pense qu'elle a essayé de comprendre. Essayé de ne pas être toujours aussi partiale. Elle m'aimait. De cela je suis sûr. Les effusions sentimentales n'étaient pas son fort, mais il n'empêche qu'elle m'aimait.

J'ai aussi prié pour moi. Prié pour être courageux. J'ai besoin – un grand besoin – de courage pour affronter les mois à venir. Passer Noël. Noël promet d'être atroce. *Forcément.* Sans Maude. Sans son rire. Et ensuite...

Tout le monde affirme que le temps guérit les blessures. Je me demande. En ce moment, j'en doute. Je doute de connaître encore le vrai bonheur. Sans Maude la vie n'est rien. Elle n'a aucun sens. Tout ce pour quoi j'ai vécu et travaillé – tout ce pour quoi nous avons tous deux travaillé – est réduit à néant.

Cette maison vide. Si froide. Si morte. Pareil pour le monde extérieur. Froid et mort, comme s'il portait aussi son deuil. Comme s'il partageait ma tristesse.

Il ne faut pas t'en vouloir, Harry. C'est toi qui m'as suggéré de prendre ces courtes vacances, mais il ne faut pas t'en vouloir. J'ai accepté. Ça semblait être une si bonne idée à ce moment-là. Une idée géniale. Elle s'est amusée. Le dernier jour de sa vie, elle riait, elle était heureuse. Ne garde que ce souvenir en tête. Oublie l'accident. Oublie la chute. À part le fait que c'est allé vite. Pas comme une horrible maladie interminable. Elle t'aimait. Elle nous aimait tous les deux. Et ce fut rapide et sans douleur. Fais comme moi. Tâche de trouver du réconfort dans cette petite grâce du destin.

L'imprimerie t'appartient à présent. Je doute fort être un jour capable de me remettre à...

SIXIÈME PARTIE

LES TOURMENTS DE RAYMOND FOSTER

Martha Foster regardait son mari et se demandait ce qu'elle pouvait faire pour l'aider. L'amour. Elle était de ces gens qui croyaient ardemment au pouvoir de l'amour. L'amour universel, incluant chacun des êtres humains, toutes les créatures vivantes de la planète, et, en ce qui la concernait, l'amour que Raymond et elle partageaient. Un amour sans conditions. Pénétrant le moindre atome. L'amour... voilà tout.

Voir souffrir, c'était souffrir soi-même. Voir la douleur, c'était la ressentir. Être témoin d'une mort revenait à mourir un peu. La souffrance – sous quelque forme qu'elle se manifestât – était l'unique mal à l'œuvre sur cette terre. Que la souffrance disparaisse et le paradis existerait à nouveau.

Elle tendit doucement le bras et de sa main entoura le poing fermé de son mari.

« Chéri, dit-elle gentiment, il fallait le faire.

– Non ! » L'angoisse qui nouait sa gorge conférait à sa voix des accents rauques. « Je n'aurais pas dû parler. Je n'ai pas le droit.

– Il a tué sa femme », insista-t-elle.

Il répéta d'un ton lugubre : « Je n'ai pas le droit.

– C'était ton devoir, murmura-t-elle.

– Je ne suis pas Dieu. Cela ne la fera pas revivre. Il va souffrir. Nous avons tous une conscience. Il souffrira. Et qui suis-je pour ajouter à cette souffrance ?

– Pense à *elle*, l'exhorta Martha.

– Non, je pense à *lui*. Enfermé comme un animal. Privé d'une partie de sa vie. En plus de ce qu'il doit déjà ressentir. Et par ma faute. Parce que j'ai été faible. Parce que je n'ai pas su résister aux normes en usage dans ce qu'on nomme "civilisation". Si je pouvais seulement... »

Ses mots s'interrompirent dans un étranglement, et elle resserra sa main autour de son poing.

Ils étaient sortis de l'hôtel pour se promener. À l'intérieur des terres, loin des falaises. Ils avaient trouvé un sentier bordé d'arbres – dépendant de la commission des forêts – et, au beau milieu des bois, ils étaient tombés sur une petite aire de pique-nique avec des bancs et des tables en bois brut. Ils se laissèrent tenter par cet endroit déserté à la mi-décembre. Le coin était tranquille, sombre et empli de l'odeur des pins qui l'environnaient. Foster, les avant-bras sur la table, serrait les poings, silencieux, tourmenté par cette décision qu'il souhaitait n'avoir jamais prise.

Sur mille individus pris au hasard, aucun n'aurait compris, mais sa femme, elle, comprenait. Il y avait eu un choix. Un choix entre deux maux. Assister au meurtre d'un être humain sans rien dire ; une mort rapide et, avec un peu de chance, sans douleur. Ou envoyer un autre être humain dans une cage ; vers une mort infiniment plus lente et humiliante. Car il était bien question de *mort*. Duxbury n'était plus tout jeune, ni en grande forme. C'était un homme riche, habitué à une vie luxueuse. Choyé et dorloté par l'existence. Il ne pourrait pas survivre à vingt ans – même dix – de prison.

Foster leva la tête, les yeux vers la pénombre de la forêt de pins qui les entourait.

« Pourquoi des prisons ? gémit-il. Pourquoi des *prisons* ?

– Mon chou, nous ne sommes pas en mesure de...

– Ce sont des malades. Seigneur, n'est-ce pas évident ? Ils sont malades, pas mauvais. Aucun homme normal ne tue sa femme. Il peut la quitter. Divorcer. Pas la *tuer*. Qu'il décide de la tuer est une preuve suffisante. Il a besoin d'aide. » Il s'interrompit. Ses yeux se fixèrent sur un point bien au-delà de la cime des arbres. Il reprit : « Tu es à la barre des témoins. Et tu essayes d'expliquer

───── **Une confession** ─────

ça. Ces vérités toutes simples. Mais ils sont fous et font tout pour que tu passes, *toi*, pour un fou. Des fous siégeant pour juger un malade. Et ils appellent ça la "justice". Comprendre. Juste essayer de *comprendre*, mais ils n'*essaient* même pas.

– Tu as raison, chéri. Bien sûr que tu as raison. » Dans un geste de réconfort, elle resserra sa main autour de son poing. « Mais nous devons avoir des prisons, sinon...

– Pourquoi ? » Il se tourna vers elle, une lueur fanatique dans le regard. « C'est rétrograde. Autrefois – aux temps supposés "barbares" – ils enfermaient les hommes dans *l'attente* de la punition. *L'emprisonnement* n'était pas la punition... La punition, c'était le fouet, la mutilation... ou même la pendaison. Ils ne concevaient que ces "punitions". C'était leur conception d'un *traitement*. De nos jours, les malades n'ont plus droit à aucune sorte de soins. La prison, c'est le "traitement". Mais, bonté divine, il y a des siècles, nos ancêtres n'auraient jamais commis cette erreur. Ils en savaient bien plus *long*.

– Oui, chou, soupira-t-elle.

– Pourquoi les gens ne le *voient*-ils pas ? » Il frappa la table de son poing. « Pourquoi sont-ils si aveugles ? Enfermez un animal. Un chien, un chat. Quel qu'il soit ! Il va tourner en rond. Devenir fou. Les barreaux ne vont pas guérir sa maladie. La prison ne peut réparer un os brisé ou ôter une tumeur. Bien au contraire, la prison *empêche* le rétablissement. Il y a maladie. Quelque chose se détraque. La situation nécessite de soigner, pas d'isoler. Pourquoi n'en serait-il pas de même avec les humains ? Seigneur Dieu, pourquoi sont-ils persuadés qu'enfermer un homme malade sera plus efficace qu'enfermer une bête malade ?

– Je t'en prie, supplia-t-elle. Tu n'as rien fait de mal. Tu en es *incapable*. »

Il regarda les planches de la table devant lui, et des larmes coulèrent de ses yeux, roulant le long de ses joues.

« Je ne hais pas Duxbury, marmonna-t-il. Je ne hais *personne*. Je ne *veux* pas haïr qui que ce soit... quel qu'il soit. Il y a déjà trop de haine. Tant de haine, et si peu de compassion. Je ne le hais pas. Mais ça n'a pas d'importance. Ce que *je* voudrais n'est pas pris en considération. La société réclame vengeance. Ils me forcent à commettre des actes détestables – à dire des choses détestables – et quand j'essaie de ne pas le faire, ils m'étiquettent comme fou.

– Chéri, tu n'es pas fou. Les autres, oui, mais pas toi.

– Je ne suis *pas* fou. » Il tourna la tête et la regarda, les yeux humides. Implorant. Le cœur brisé.

« Tu n'es pas fou, chéri. »

Elle bougea la main, entoura ses épaules d'un bras. Il pencha sa tête contre sa poitrine et pleura. Elle le consola comme une mère réconforte un enfant effrayé.

Le flot émotionnel s'étant calmé, ils étaient rentrés lentement à l'hôtel. Il était à présent étendu sur le lit tandis qu'elle lui faisait la lecture. Elle lisait leur ouvrage préféré à tous deux, *Voyage avec Charley* de John Steinbeck. Un livre de toute beauté, un livre sur la beauté magnifiquement écrit. Un livre qui parlait de la nature, mais aussi de sa destruction et de l'intolérance. Ils se l'étaient lu à haute voix l'un à l'autre presque une demi-douzaine de fois, avec un émerveillement renouvelé à chaque nouvelle lecture. C'était « leur » livre ; en période de grands troubles, ses phrases et descriptions sublimes les apaisaient toujours.

Elle était douée pour lire à voix haute. Avec un peu d'entraînement, et des rôles adéquats, elle aurait pu connaître un petit succès comme actrice. Les pauses étaient aussi importantes que les mots et sa voix montait ou descendait pour donner un peu d'emphase à l'écriture du maître conteur.

Étrange que ce livre, écrit par un homme qui, dans les années 1920 et au début des années 1930, comptait parmi les membres de cette bohème type rive gauche, puisse exprimer une compassion aussi authentique ; s'amuser si ingénument de choses si simples ; traduire en mots les merveilles de la nature et la vulgarité inconsidérée du genre humain.

──────── **Une confession** ────────

    Elle lisait et peu à peu il se détendait. La tension comme la peur le quittaient. La force lui revenait. La force de ses convictions. La foi candide qui lui tenait presque lieu de religion. Il avait raison. Raison ! Et le fait que les masses humaines se complaisaient dans la guerre et les bruits de bottes – dans la vengeance et l'injustice – ne lui donnait pas moins raison.

SEPTIÈME PARTIE

LA COLÈRE DE HARRY HARKER

Harker décida de pousser l'enquête un peu plus loin. Juste un peu plus loin. Après tout, il ne s'était pas encore intéressé de près à ce Duxbury et s'y atteler était (aux yeux de l'inspecteur Harker) vraiment indispensable. « Connais ton ennemi. » Un peu, oui ! Le voir de ses propres yeux. Quelle que soit l'issue, savoir à quoi il ressemble. Et archiver son dossier pour plus tard... on ne sait jamais.

Il n'avait pourtant pas passé une bonne nuit. Harker préférait dormir dans son lit. Au diable les chambres d'hôtel et leurs grabats. Bien froids et inhospitaliers en comparaison de son appartement. Des gadgets à gogo, peut-être, mais l'impression de dormir dans une grotte taillée au carré. Le tumulte de la circulation dehors, et à l'intérieur, le sempiternel clown braillant « Bonne nuit » dans le couloir. Le bruit des portes, le fracas métallique des ascenseurs, le couinement des chariots. Le mugissement des aspirateurs. Doux Jésus ! Une grotte à Piccadilly Circus.

Tandis qu'il repoussait ses couvertures et se levait, Harker bougonna comme pour lui-même : « Ne pavoisez pas trop vite, satané môssieur Duxbury. Il doit bien y *avoir* un moyen. »

Il prit une douche, se rasa, s'habilla et gagna la salle à manger pour le petit déjeuner. Il dut patienter, pas plus longtemps qu'à l'accoutumée, mais comme il était de mauvaise humeur, l'attente lui parut plus longue. Pour la même raison, le hareng fumé n'était pas aussi savoureux qu'il aurait dû l'être, le thé pas assez chaud et les toasts à la confiture laissaient à désirer.

Il retourna dans sa chambre, fit ses bagages, prit l'ascenseur et s'acquitta de ses frais de séjour. Puis il reprit le volant de sa Fiesta, slalomant et klaxonnant jusqu'à la sortie de la ville, après quoi il appuya sur l'accélérateur en direction de sa prochaine cible.

Le protocole exigeait qu'il prévienne les autorités locales des raisons de sa visite dans leur secteur. Mais Harker jugeait capital de laisser Duxbury le plus longtemps possible dans l'ignorance. Il décida de contourner l'obstacle et de s'adresser d'homme à homme à la hiérarchie, un superintendant en chef nommé Tallboy.

Même Harker avait entendu parler de Tallboy, une véritable légende. Aux côtés de Ripley, Sullivan, Blayde et Collins, il avait par le passé fait régner l'ordre aussi bien sur les cités jumelles de Bordfield et Lessford que sur le reste du comté. Ils avaient tous traité des affaires célèbres, en restant généralement dans le droit-fil de la loi, mais pas toujours de manière très orthodoxe, et avaient ainsi écrit leur propre chapitre dans l'histoire de la police. Aujourd'hui, il ne restait plus que Tallboy. Lorsqu'il entra dans son bureau, Harker fut déconcerté par son aspect. Tallboy paraissait vraiment insignifiant. Il n'avait rien de la flamboyance à laquelle Harker s'était attendu. Rien de la superbe qu'il imaginait. Un homme typiquement « Harry Wharton » ; trop convenable *a priori* pour être réellement un dur à cuire. Toutefois, en y regardant de plus près, des signes se lisaient sur son visage ; les signes d'une vie entière de labeur excessif. Les cheveux grisonnants étaient presque blancs. Le corps maigre et nerveux, avec les épaules légèrement tombantes d'un homme plus tout jeune. Mais le regard était vif et pénétrant, la poignée de main ferme et assurée. Oui, en dépit des apparences, ce type-là était sans doute encore capable de vous protéger dans une ruelle obscure.

Une fois les présentations achevées, Harker s'assit et expliqua le motif de sa visite. Tallboy l'écouta sans l'interrompre, puis observa : « Pas une tâche très enviable que la vôtre.

– Vous connaissez ce Duxbury, monsieur ? s'enquit Harker.

– Un peu. Il est patron d'une imprimerie – avec son fils – et plutôt bien considéré.

─── Une confession ───

– C'est un meurtrier, remarqua Harker d'un ton égal.
– S'il est reconnu coupable.
– Non, monsieur. » La main de Harker se resserra imperceptiblement sur le pommeau de sa canne. « Qu'il soit ou non reconnu coupable.
– Ce n'est pas ce que dit la loi, inspecteur. »
Sciemment, Harker remarqua : « Si la moitié des histoires qu'on m'a racontées est vraie, *vous* avez fait fi de la loi plus d'une fois. »
Tallboy resta silencieux et attendit.
« Je dois en savoir plus sur lui, exposa Harker.
– Il est plutôt riche. Il vit dans une assez grande maison en dehors de la ville. À Rimstone Beat.
– Rimstone Beat ?
– Un secteur administré par deux hommes. Les agents Pinter et Stone.
– Efficaces ? demanda posément Harker.
– De qui parlez-vous, inspecteur ?
– Des deux agents. Pinter et Stone. »
Les yeux de Tallboy se rétrécirent tandis qu'il soulignait : « Vous parlez d'agents appartenant à ma division. »
Harker hocha la tête. Il s'était engagé dans cette voie et n'était pas du genre à revenir en arrière.
« Vous ne me connaissez pas bien, énonça Tallboy d'un ton faussement suave.
– J'ai entendu parler de vous.
– Apparemment, on ne vous a pas tout dit.
– Ces secteurs suburbains, expliqua calmement Harker. Ils sont habituellement réservés à des seconds couteaux. Des hommes en uniforme, mais pas des flics de première.
– Pas dans ma division.
– Si vous le dites, monsieur.
– Je ne fais pas que le "dire", inspecteur Harker. Je l'affirme.
– Oui, monsieur.

– Pinter est bon. Sacrément bon. Stone est plus âgé, mais il peut toujours aller au charbon.

– Je vous remercie infiniment, monsieur. » C'était ce qui pour lui se rapprochait le plus d'une excuse. Il poursuivit : « Vous devez bien avoir un bon policier à qui je pourrais parler. Quelqu'un qui connaît plus ou moins tout le monde.

– En uniforme ou de la PJ ?

– L'un ou l'autre. » Puis, souriant à moitié : « Je sais, monsieur. Tous sont de *bons* policiers. »

– Vous apprenez vite.

– Écoutez, monsieur. » Harker joua cartes sur table. « Duxbury a balancé sa femme d'une falaise. J'ai un témoin… et il ne vaut pas un clou. J'ai besoin de renseignements. Autant de renseignements que possible. Et il y a toujours un homme – souvent un simple policier – qui en sait plus que d'autres. Plus que *vous-même* n'en savez.

– Vous dites un policier parce que *vous* en êtes un ? » Tallboy leva un sourcil interrogateur.

« Non, monsieur. » Harker parlait très sérieusement. « Si je m'en réfère à vous, votre statut indique que vous êtes meilleur qu'un simple agent. Mais les gradés doivent se coltiner les tâches administratives. Ils ne peuvent pas être autant sur le terrain qu'ils le souhaiteraient.

– Vous avez tout compris, répondit Tallboy sur un ton un peu aigre.

– Je ne débute pas dans le métier, monsieur.

– Bon. » Tallboy avait pris sa décision. « Le sergent Cockburn. Il porte l'uniforme et, quand il n'est pas dans la rue, il est à l'accueil. Pour le moment, j'accepte que vous parliez de Duxbury comme "meurtrier présumé". Voyez Cockburn. Dites-lui que vous avez mon autorisation. Et disposez de Pinter et Stone comme vous le jugerez approprié.

– Merci, monsieur.

– Juste une chose. » Tallboy se pencha légèrement en avant. « Vous allez voir Duxbury ?

──── Une confession ────

– Tôt ou tard.
– Quand vous en saurez assez sur son compte pour le coincer, si toutefois cela se produit ?
– C'est exactement ça, monsieur.
– Je veux être présent.
– Monsieur, je ne crois pas que...
– Je ne vous demande aucune permission, inspecteur. C'est ma division. Je veux décider, savoir si oui ou non j'ai un tueur de femmes dans mon district.
– Bien sûr, monsieur. » Harker approuva de la tête. « Merci, monsieur. »

Ils s'installèrent à la cantine. Tables en Formica, chaises tubulaires, salières et poivrières en plastique, cendriers en fer-blanc, éclairage au néon, sol brillant et dans un coin le « Monstre »... un distributeur de boissons chaudes. Harker dégustait une soupe de nouilles brûlante dans un bol en plastique. Cockburn, l'uniforme déboutonné, buvait un café noir et sans sucre. Harker se demandait distraitement si les cantines de police étaient livrées en kit à monter soi-même. Elles se ressemblaient toutes, elles sentaient toutes pareil, elles paraissaient toutes confortables mais ne l'étaient étrangement que *très peu*. C'était la fin de l'après-midi et ils étaient seuls. Entre deux gorgées de café, Cockburn fumait une cigarette. Il ne connaissait pas ce type en face de lui, mais ses premières impressions étaient favorables.

« Tallboy mène bien sa barque, nota-t-il.
– Ils disent tous ça, répondit Harker.
– Mais dans son cas c'est vrai.
– Ça change agréablement des autres, rigola Harker. Mon boss ne saurait pas distinguer sa main droite de sa gauche.
– Dur, compatit Cockburn.
– John Duxbury, lança Harker, amenant résolument la conversation sur le sujet qui l'intéressait.

– Imprimeur. » Cockburn tira sur sa cigarette. « La meilleure imprimerie de Beechwood Brook. De toute la région. Il la dirige avec son fils, Harry.

– Quel genre d'homme est-ce ? s'enquit Harker.

– Marié. S'est fait tout seul. Un seul fils. Vit en banlieue en dehors de la commune, vers Rimstead.

– Mais quel genre d'*homme* est-il ? insista Harker, ajoutant : « Il n'est plus marié. Il a balancé sa femme du haut d'une falaise. »

Cockburn fit mine de siffler, mais n'eut pas l'air choqué.

« C'est la raison pour laquelle je suis ici, expliqua Harker.

– Je n'aurais jamais cru..., articula Cockburn, pensif.

– Trop sympa ? Trop bon citoyen ?

– Pas assez de cran, lâcha brusquement Cockburn.

– Bah, ils étaient seuls... du moins c'est ce qu'*il* croyait.

– Oh !

– Une petite poussée et c'est fait.

– Quand même, faut du cran. » Cockburn sirota son café. « Il arrive que des gens survivent à ce genre de chute. Et là...

– Et là, maugréa Harker, cette affaire serait sacrément du gâteau.

– Des témoins ? demanda Cockburn.

– Un seul... et il ne vaut rien de rien.

– Donc... » Cockburn haussa vaguement les épaules. « Vous essayez de savoir qui est Duxbury.

– Quelque chose comme ça.

– On dit qu'il y a des limites à tout, observa pensivement Cockburn.

– Pas de philosophie de comptoir, mon gars. Il me faut du concret.

– C'était une garce. » Cockburn changea de position, posa un avant-bras sur le dos de sa chaise, rejeta la tête en arrière et regarda le plafond. « En apparence, un couple heureux. Assez d'argent pour assister aux événements locaux. Le bal de la mairie,

Une confession

ce genre de choses. Au premier rang lors des visites royales... ce qui est rare. Ils font partie de la ville mais ne sont pas de la ville... si vous voyez ce que je veux dire.

– Non, absolument pas, grogna Harker.

– Cet endroit. Beechwood Brook. » Cockburn prit une gorgée de café et une bouffée de fumée. « C'est comme partout ailleurs. On y trouve divers groupes. Les francs-maçons. La Table ronde. Des clubs. Des associations. Ce genre de choses. Les soi-disant "notables". Un soir par semaine, un soir par mois – peu importe. Les œuvres caritatives. Tous ces rassemblements ne sont qu'une excuse pour picoler. C'est ancré dans chaque ville. Les avocats, les banquiers, les comptables, les propriétaires des entreprises les plus importantes... leurs directeurs sans doute. Duxbury ne fait partie d'aucune de ces communautés. À ma connaissance, par deux fois, on a voulu qu'il se présente aux municipales. Une fois comme juge de paix. Il a refusé.

– Pas à l'aise en société ?

– L'impression que j'ai, avança Cockburn, c'est qu'il n'y aurait pas vu d'inconvénient. À part le fait que sa moitié aurait pu ne pas être d'accord.

– La plupart des épouses seraient pourtant ravies.

– Pas elle. Elle veut – *voulait* – le garder à disposition. Au pied !

– Là où elle pouvait l'avoir à l'œil ?

– C'est à peu près ça, acquiesça Cockburn.

– D'autres femmes ? lança Harker d'un air faussement candide.

– Si elle croyait ça, elle se trompait. On finit par en savoir long sur les gens en étant sergent, mais dans le cas de Duxbury, *rien* de ce genre. Sans l'ombre d'un doute. » Cockburn s'interrompit brièvement avant de poursuivre : « Même si, il y a environ deux semaines – fin novembre –, il est venu ici, au poste de police. Un "détective privé" geignard le suivait. C'est sa femme qui le payait. Une histoire de "nid d'amour" planqué quelque part, mais c'étaient des conneries.

– Vous en êtes certain ?

– Harker, mon vieux, les maris volages ont cette *dégaine* inratable. Et ils sont nerveux. Même le salaud le plus culotté... et Duxbury n'est pas comme ça.

– Ça pourrait être le mobile que nous recherchons, argumenta Harker.

– Une fois encore... aucun cran. » Cockburn agita sa cigarette d'un air méprisant. « Duxbury est une mauviette. Une mauviette bien habillée, une mauviette élégante, une mauviette qui parle bien... mais une mauviette. On ne fait pas mieux dans le genre.

– Les mauviettes aussi peuvent commettre un meurtre », rétorqua Harker, opiniâtre.

Beaucoup d'enquêtes pour meurtre se ressemblent. Pour un certain type de meurtres. Pas les tueries sanglantes. Pas les fusillades ou les crimes à l'arme blanche. Mais les meurtres « tranquilles »... qui pourraient tout aussi bien ne *pas* en être. Formuler une hypothèse. Choisir qui croire. Puis, à tort ou à raison, dérouler l'hypothèse jusqu'à sa conclusion irréfutable. Identifier le meurtrier, puis poser des questions à son sujet. Le connaître avant de le rencontrer. Son caractère, ses forces, ses faiblesses.

« Est-ce qu'il est apprécié ? Respecté ?

– Il n'est pas *détesté*. Non... et je dirais que ceux qui le connaissent le respectent.

– Ceux qui le connaissent ?

– Il n'a pas beaucoup d'amis. Des relations, mais pas beaucoup d'amis. »

Ne se prononcer que sur des conclusions irréfutables. Atteindre une certitude absolue. Dans un sens ou dans l'autre, être sûr. Se rapprocher du suspect, sans qu'il le sache. Se constituer un réseau d'opinions – une toile de réponses fournies à des questions habilement posées – et décider du moment auquel frapper. Ce timing capital. Commencer en douceur. Amadouer. Cajoler. Puis, saisir l'aubaine – en ayant mis le maximum de chances de son côté – et fondre sur la proie.

———— Une confession ————

« Quel âge a-t-il ?
– La cinquantaine, je dirais. Peut-être un peu plus.
– Et sa femme ?
– L'enquête doit l'avoir établi...
– Je n'étais pas là. Je tâtonne.
– Exact, vous tâtonnez, mon ami. Je vais vous donner mon avis... Vous tâtonnez dans le noir. Vous aurez une sacrée chance si vous arrivez à trouver ce que vous cherchez.
– Quel âge avait-elle ? répéta Harker.
– Deux ou trois ans de moins que lui. Peut-être davantage.
– Le mariage idéal ? suggéra Harker, sarcastique.
– Qui sait ? » Cockburn ricana. « Le mien est pas mal, je me fiche des autres.
– Tallboy m'a dit que vous pourriez me renseigner.
– Seulement si vous posez des questions qui *ont* une réponse.
– Mais certainement. Duxbury a-t-il tué sa femme ?
– Y a pas de réponse. Seulement une opinion.
– Alors rendez-moi service. Donnez-moi votre opinion.
– C'est non, lâcha-t-il d'un ton brusque, avant d'ajouter : Mais ce n'est que mon avis.
– L'un de nous se trompe.
– Je ne suis pas infaillible, mon vieux. J'ai jamais prétendu l'être. »

Comme le tic-tac d'une horloge. Le même tic-tac, la même question. Mais pas *tout à fait* le même tic-tac ; chacun d'eux est une parcelle d'éternité. Et chaque question – chaque réponse – est une particule qui peut conduire à la capture d'un inconnu du nom de John Duxbury. De la patience. La patience du vrai bon boulot de la police judiciaire. Ne pas se lasser. Ne jamais s'estimer satisfait. Ne jamais y *croire* totalement avant que la vérité n'émerge, visible et nue dans la paume de la main, n'attendant plus que d'être saisie.

« Vous le connaissez ? »

– Il venait régulièrement déjeuner ici jusqu'à… laissez-moi réfléchir… jusqu'au début du mois de novembre dernier. Je ne l'ai pas vu depuis.

– Vous voulez bien me parler de lui ?

– Eh bien, je ne pense pas que cela soit mon rôle de…

– Parlez-moi de lui. » Harker posa sa carte professionnelle sur la table. « Ici. Tranquillement. »

Le directeur fronça les sourcils, soupira et s'assit en face de Harker.

Le repas avait été bon. Rien de trop élaboré, mais joliment présenté et avec le sourire. Le steak était grillé comme il faut, les frites n'étaient *pas* surgelées, les champignons sortaient peut-être d'une boîte de conserve mais étaient bien cuits, les oignons craquants et savoureux à souhait sans trop de gras, les haricots verts frais et ne dégorgeant pas d'eau. Un bon repas. Et maintenant des biscuits succulents, du beurre frais, du fromage wensleydale moelleux, du café servi dans une vraie tasse (et non dans ces espèces de dés à coudre ridicules) et de plus, du *vrai* café, avec de la *vraie* crème.

Harker avait apprécié son repas et, au moment du café, avait demandé à parler au directeur.

Celui-ci, un homme corpulent, transpirant quelque peu, vêtu d'un costume très classique approprié à ses fonctions, était venu à la table de Harker, lui demandant dans un quasi-murmure : « Vous désirez, monsieur ?

– Vous êtes le directeur de cet établissement ?

– Oui, monsieur.

– On m'a dit qu'un certain John Duxbury fréquentait cet endroit. Le fréquente encore probablement.

– Il le faisait auparavant, mais plus maintenant. Puis-je savoir pourquoi vous me posez cette question ?

– Vous le connaissez ? »

– Il venait régulièrement déjeuner ici jusqu'à… laissez-moi réfléchir… jusqu'au début du mois de novembre dernier. Je ne l'ai pas vu depuis. »

——— **Une confession** ———

À présent, le directeur, assis en face de Harker, était visiblement mal à l'aise, essuyant sur ses cuisses la moiteur de ses paumes. Et attendant la suite.

« Excellent repas, le complimenta Harker.
– Merci, monsieur.
– Duxbury. Pourquoi a-t-il cessé de venir ici ?
– Je... je ne sais vraiment pas, monsieur.
– Arrêtez de m'appeler "monsieur". "Inspecteur" suffira.
– D'accord, mons... euh, inspecteur.
– Pour quelle raison Duxbury a-t-il cessé de venir ici ?
– C'est... euh... c'est une question à laquelle il pourrait répondre mieux que moi.
– Je ne la pose pas à lui, mais à vous.
– Je... je ne sais pas, bredouilla le directeur.
– Il venait souvent, avant ?
– Tous les jours pour déjeuner. Du lundi au vendredi.
– Et subitement il arrête de venir. D'un seul coup.
– Je crains que ce soit le cas.
– Pourquoi ? » Harker porta un morceau de fromage à sa bouche et regarda le restaurateur bien en face.
« Je... euh... je ne sais vraiment pas...
– Oh, que si, vous *savez*.
– Je vous assure, inspecteur.
– Pourquoi ne vient-il plus ?
– Inspecteur, je ne veux rien dire de blessant – des choses que je ne pourrais pas réellement étayer – à propos d'un ami.
– C'était votre ami ?
– D'une certaine manière. En tout cas, c'était plus qu'un client.
– Une bonne raison pour *continuer* à venir ici.
– Je... j'imagine, oui. » De la langue, le directeur humecta ses lèvres sèches.

« Alors *pourquoi* a-t-il arrêté de venir ? » Harker avala son bout de fromage, puis ajouta : « Soit vous répondez ici et maintenant, soit je règle mon addition, je m'en vais... et vous répondrez plus tard et ailleurs.

– Écoutez, je...
– Pourquoi a-t-il cessé d'être un client régulier ?
– Je... je crois qu'il s'est senti gêné. » Les mots étaient prononcés d'une voix plaintive. « Il ne devrait pas. Ce n'était pas sa faute.
– C'était la faute de qui ?
– De sa femme.
– Mmm. » Harker approuva d'un air entendu. Comme si la réponse arrachée au directeur ne faisait que confirmer ce qu'il savait déjà. Il but une gorgée de son café et déclara : « Maintenant, voyons quelle est *votre* version de ce qui s'est passé. »

Le restaurateur lui raconta. En bafouillant et en bégayant. Harker écoutait, impassible, comme s'il connaissait l'histoire.

« Une tempête dans un verre d'eau, ou plutôt dans une tasse de thé, donc ? » Harker souriait.

« Ce n'est pas une femme commode, inspecteur.
– Une garce ?
– Euh... C'est l'épouse de M. Duxbury. Je ne voudrais pas...
– C'était.
– Je vous demande pardon ?
– Elle n'est plus sa femme.
– Oh ! » Le directeur semblait stupéfait. « Je... euh... je ne m'étais pas rendu compte qu'ils étaient au bord du divorce.
– C'est très à la mode ces temps-ci. Vous ne saviez pas ?
– Si... bien sûr. Mais je n'aurais jamais cru qu'*il* soit...
– Le genre à divorcer ?
– C'*était* une garce, murmura le directeur.
– Vous *la* connaissiez bien également ? demanda Harker l'air de rien.
– Oh, non. Je ne l'ai vue qu'une seule fois. Le jour où elle s'est plainte à cause de la tasse.
– Il vous l'a dit ?
– Quoi ?

―――― **Une confession** ――――

– Duxbury. *Il* vous a dit que c'était une garce ?
– Écoutez, je ne crois pas que… » Il jeta un œil sur la tasse de Harker. « Vous, euh… vous avez fini votre café. Un autre ?
– S'il vous plaît. »
Le patron leva la main et une serveuse arriva pour remplir la tasse de Harker.
« Je vais en prendre un aussi », dit le directeur.
Harker attendit qu'ils soient de nouveau seuls et à l'écart des oreilles des serveurs comme des autres convives, puis reprit son impitoyable interrogatoire comme si de rien n'était.
Oui, l'incident de la tasse fêlée avait été pénible.
Non, il n'avait pas revu Duxbury depuis.
Oui, Duxbury était un gentleman très calme et fort courtois.
« Timide, vous diriez ?
– Oui, je pense que le mot "timide" le décrit parfaitement.
– Cachottier ? Secret ? tenta Harker.
– Non. Ce serait exagéré de dire ça.
– Mais timide ?
– Oui, très timide. »
Le restaurateur avait insisté sur le « très ». Quel était (de l'avis du directeur) la différence entre « très timide » et « secret » ? Sans doute une question de comportement. Mais quel genre de comportement ? Eh bien, on était « secret » quand on dissimulait des choses. Mais ne pas *parler* de certaines choses, n'était-ce pas également le propre d'une personnalité « secrète » ? Peut-être, mais Duxbury n'avait jamais donné l'impression de ne pas *parler* délibérément de quoi que ce soit.
« Donc, vous parliez ?
– Oui. » Le directeur but une gorgée de café. « Quand j'avais le temps – quand il n'y avait pas trop de monde – j'allais m'asseoir à sa table pour discuter un peu.
– De quoi ?
– Oh… de tout et rien, en vérité.
– Mais plus précisément ? s'obstina Harker.

– Attendez. » Le directeur prit une serviette en papier sur la table et s'en tamponna les lèvres. « Écoutez, inspecteur. Il... il faut que je vous demande. Ces questions. Il y a bien une raison précise derrière ? »

Harker hocha la tête et remua lentement son café.

« J'aimerais connaître cette raison.

– Non. » La voix était douce, mais ferme. « J'ai entendu parler de cet établissement. Je sais que Duxbury y déjeunait. Comment je le sais ? On ne travaille pas de cette manière. Les qui, les quoi, les comment. On garde ça pour nous. Ce que j'ai appris ici – ce que je *vais* apprendre ici – ne regarde que *moi*. Personne n'en saura rien. Aucun nom ne sera mentionné.

– Certes, mais... *pourquoi* ?

– Enquête de routine. » L'expression comme le ton de Harker étaient impénétrables. « Investigation détaillée. Ne comptez pas sur moi pour vous en dire plus.

– Ah !

– De quoi parliez-vous ?

– Bah, vous savez, du temps qu'il fait.

– Me charriez pas. Vous ne parliez pas que de ça.

– Les... les actualités. Parfois d'émissions de télé. De photographie.

– De photographie ?

– Je suis un fervent photographe amateur. Ça l'intéresse aussi.

– C'est son hobby ?

– Oui. Le mien également.

– Vous vous échangiez des clichés ?

– Euh, non. Je me focalise sur les paysages.

– Et Duxbury se focalise sur... quoi ?

– Les portraits.

– Les portraits ?

– Des photos de personnes. De...

– Je sais ce que veut dire ce mot. Quel genre de portraits ?

– Seulement... *des gens*... je suppose.

– Des inconnus ?

Une confession

– C'est ce que j'ai cru comprendre.
– Des photos prises à l'insu des gens ?
– Je... je crois. Certains des meilleurs photographes...
– Ah, mais ce n'est pas son cas, n'est-ce pas ?
– Quoi ?
– C'est un amateur. Comme vous. Rien à voir avec ces "meilleurs photographes" dont vous parlez. Il ne se balade pas avec un appareil autour du cou... si ?
– Euh, non. Je n'ai jamais vu son appareil photo.
– Mais vous parliez de "photographie" ?
– Oui. » Le directeur hocha la tête.
« Il s'y connaissait ?
– Oh oui. Surtout concernant la lumière. Le contre-jour, l'éclairage indirect. Comment mettre l'accent sur les ombres. Ce genre de choses.
– Le temps de pose ?
– J'imagine que oui. Ça va de soi. Quiconque s'intéresse vraiment à la photographie...
– Il vous en a montré ?
– Quoi ?
– Certaines de ses photos.
– Non. » Le directeur sourit et ajouta : « Nous ne le faisons jamais, inspecteur. Ou du moins très rarement.
– Quoi ?
– Je ne vous parle pas de simples clichés, inspecteur. Nous envisageons la photographie comme un art. Les filtres. Le temps de développement. La composition. Nous ne considérons comme réussie qu'une photo sur dix, et encore. Nous plaçons la barre très haut. Nous encadrons celles que nous aimons – les plus réussies – sur nos murs et les conservons précieusement. En général, nous détruisons les photos ratées. Et nous ne trimballons *pas* le résultat de notre travail dans notre portefeuille pour le montrer à tout le monde. Pas plus qu'un philatéliste ou un numismate sérieux ne le feraient. »

Non sans réticence, Harker grommela pour montrer qu'il avait compris, puis revint à la charge : « Bon... vous m'avez parlé de photographie. Quoi d'autre ?

— Je vous ai déjà dit que...

— Sa femme ?

— Non. Il n'y avait pas de raison qu'il...

— Les hommes mariés évoquent généralement leur épouse. Tôt ou tard.

— Euh... incidemment, admit sans entrain le directeur.

— Duxbury l'a mentionnée. *Obligatoirement*.

— Incidemment, répéta le restaurateur.

— Bien. Qu'a-t-il dit... incidemment ?

— Pas grand-chose, franchement. J'ai cru comprendre qu'elle s'appelait Maude.

— Maude, acquiesça Harker. D'après ce qu'il a laissé entendre, d'après le ton de sa voix, qu'avez-vous pensé ?

— Que... » Le directeur agita la main. « Qu'elle le dominait, je suppose. » Il se hâta d'ajouter : « Mais c'est facile de raisonner après coup. Après le scandale de la tasse de thé.

— Oubliez cette histoire de tasse de thé.

— J'essaie. J'essaie de me montrer juste.

— Il disait du bien d'elle ?

— Je... euh... je n'arrive vraiment pas à me souvenir. »

Harker avait posé sa cuiller à café sur la soucoupe. Il s'en saisit avec une lenteur calculée et s'en servit pour tambouriner sur la table. De petits coups, au rythme sourd d'un battement de cœur. Dérangeant. Presque menaçant. Sa voix aussi changea. Un changement imperceptible. Le signe que le bavardage était terminé. Son ton s'était fait aussi tranchant que du verre cassé... et aussi dangereux.

« Maude, reprit-il posément. Pas "mon épouse". Pas "ma femme". Aucune des expressions normales qu'emploient les hommes mariés depuis un bail pour parler de leur femme. Il ne l'évoquait qu'"incidemment", comme vous dites. Vous ne

Une confession

m'avez fourni aucune réponse, cher ami. Tout ce que vous avez fait jusqu'ici, c'est esquiver mes questions. Maintenant, mettez-vous à table. Je veux savoir tout ce que vous savez *vous-même* sur John et Maude Duxbury. » Un nouveau coup de cuiller sur la table, puis : « Allons-y. »

Harker avait réservé une chambre dans un hôtel correct, sans plus. Il était arrivé tard, après le départ du réceptionniste, aussi n'y avait-il plus que le portier de nuit pour répondre à ses desiderata. Et il était loin d'être le gars le plus futé de Beechwood Brook.

Après lui avoir montré sa chambre et mis le radiateur en route, le portier de nuit hésita sur le seuil, l'air d'attendre quelque chose.

« Je voudrais que vous m'apportiez un truc costaud à boire, lui dit Harker.

– Ah, je ne crois pas que ce soit possible, monsieur. » Le type avait des problèmes de végétations ; on eut dit que sa voix devait se frayer un passage à travers plusieurs épaisseurs de papier buvard pour se faire entendre.

« Qu'est-ce que vous voulez dire par là ?

– Le bar est fermé, monsieur. Depuis plus d'une heure. Tout le monde est parti.

– Je viens juste d'arriver. Je reste pour la nuit. Je suis un client.

– Ouais. Mais le bar est fermé, et tout le monde est parti.

– *Vous* n'avez pas une clé du bar ?

– Non, monsieur.

– Je veux un double whisky, dit sèchement Harker. J'ai bossé comme un cinglé. Je veux un reconstituant... un double whisky.

– Ils sont tous partis...

– Le directeur aussi ?

– Non, monsieur. Il habite ici.

– Allez le chercher.

– Il n'appréciera pas d'être dérangé de la sorte.

– Bon Dieu ! rugit Harker. Il ne gère pas seulement cet hôtel pour son propre profit. Vous allez m'amener soit un double whisky, soit le directeur… à vous de décider. »

Son double whisky fut servi à Harker.

Comme le portier le lui apportait, l'inspecteur grommela à son attention : « Mon mignon, retiens bien ceci. Les gens qui viennent ici connaissent les règles du jeu. Il y a *toujours* de l'alcool pour les clients. La loi l'exige. Je sais, tu t'attendais à une gratification. Avec un dessous-de-table, tu n'aurais pas discuté. Eh bien, sache que *moi*, je ne touche pas de pots-de-vin, donc je ne vois pas pourquoi *toi* tu en aurais. Ce que tu récolteras, c'est la plus grande engueulade de ta vie si jamais tu ne rappliques pas sur-le-champ au cas où j'ai besoin de te sonner avant la fin de ton service. »

Le portier de nuit s'empressa de filer.

Harker s'affala dans un fauteuil, sirota son whisky et se rendit bientôt compte qu'il s'était mal conduit. Il avait passé sa rage sur un bon à rien qui ne pouvait pas se défendre… et ça ne lui ressemblait pas.

Mais, bon Dieu, cette enquête prenait des allures de croisade solitaire. Ce directeur de restaurant ! Il l'avait pressé comme un citron – il l'avait presque réduit aux larmes – et tout ça pour quoi ? Duxbury avait plusieurs fois sous-entendu – et même plus – que son mariage n'était pas heureux. Mais c'était quoi, un mariage « réussi » ? N'ayant jamais été marié, et n'ayant aucune intention de l'être, Harker n'avait aucun point de comparaison. *Pourquoi* ce type considérait-il son mariage comme raté ? Le directeur ne savait pas mais – vous comprenez – il pensait que cela pourrait avoir quelque chose à voir avec les choses du sexe. Qu'est-ce que ça signifiait, bon sang ? Duxbury était-il une pédale ou quelque chose comme ça ? Seigneur, non. Rien qui puisse laisser croire ça. Euh, vous savez bien… ces histoires de frigidité.

Harker avala une nouvelle gorgée de whisky, soupira de dégoût et grogna presque.

——— **Une confession** ———

L'imbécile avait fini par répondre à ses questions. Mais ses réponses n'avaient fait qu'embrouiller encore plus le foutu truc. Un bonhomme ne balance pas sa femme d'une falaise parce qu'elle est devenue frigide. Pas à *leur* âge. Sinon, toute la fichue côte de ce pays serait jonchée de cadavres de femmes mûres s'étant brisé le cou. Cette « histoire de sexe » qu'avait rabâchée le directeur ne tenait pas debout.

« Vous voulez dire qu'il se tape une autre femme ?

– Oh, non ! » Le directeur avait semblé sincèrement choqué à cette idée. « Non. Il ne ferait pas *ça*.

– Mais s'il le fait, et que sa femme l'a appris…

– Non, monsieur. Je peux le jurer. J'en mettrais ma tête à couper. Pas *ça*.

– C'est peut-être *vous* qu'il se tape.

– Quoi ?

– S'il est homo.

– Écoutez ! Je ne suis pas ici pour me faire insulter. Vous n'avez pas le droit de…

– Vous êtes ici pour répondre à des questions, mon gars. Je suis ici pour les *poser*. Ce que vous vous contentez d'appeler une "histoire de sexe". Tâchons d'être un peu plus précis. *Beaucoup* plus précis. Vous pouvez employer des mots polissons… ça ne me dérange pas. »

Rien !

Un tas d'allusions minables, et débrouille-toi. Peut-être était-ce *elle* qui s'envoyait en l'air. Peut-être était-ce *ça*. Si tel était le cas, c'était assurément une raison suffisante pour la supprimer. Cela s'était vu par le passé… des milliers de fois.

Mais curieusement, ça ne collait pas. *Pourquoi*, Harker n'aurait su l'exprimer. Mais ça ne collait pas. Ça aurait dû – c'était après tout la meilleure explication –, mais décidément, non.

Harker posa son verre de whisky sur la table de nuit et se déshabilla pour prendre un bain.

« Ça doit *être* un fichu pédé », maugréa-t-il.

HUITIÈME PARTIE

L'EMBARRAS DE JAMES BRIGGS

Il était presque minuit et (à son avis) l'inspecteur en chef James Briggs avait passé une sale journée. Une matinée à sillonner divers secteurs, à prendre connaissance des dernières statistiques et de leurs évolutions ; à prodiguer des conseils dont il savait fichtrement bien qu'ils seraient ignorés dès qu'il aurait tourné les talons ; à débiter des encouragements convenus à l'attention de sergents et d'agents qui le tenaient pour le légume le plus creux à avoir jamais émergé du sol ; à lancer divers pétards mouillés chargés avec autant de poudre que l'on peut en trouver dans un tube de Smarties vide. Pour résumer, il s'était ridiculisé... et le savait.

Puis la paperasse. La paperasse ! Par tous les diables, la pile des dossiers criminels s'épaississait d'heure en heure. Le plus insignifiant cambriolage exigeait que l'on remplisse des formulaires et des rapports – des déclarations et des signalements – aussi interminables qu'*Autant en emporte le vent.*

Puis un repas avalé en quatrième vitesse avant une réunion des officiers supérieurs. Des suées à grosses gouttes en veillant à dire « oui » et « non » aux bons moments. Ce satané superintendant en chef qui trône là comme un pharaon d'Égypte et pose toutes les questions embarrassantes qui affleurent à son esprit tordu. Pour asséner ensuite, l'air narquois : « Ce n'est pas suffisant. Je pense que vous serez d'accord avec moi, inspecteur en chef Briggs. » Il ne lui voulait aucun mal, bien sûr, mais si ce salaud tombait raide mort demain en se rasant, il (Briggs) serait heureux de participer aux frais de sa couronne mortuaire.

Puis ce soir. Le discours qu'on l'avait persuadé contre son gré de faire à la réunion des femmes de la Townswomen's Guild[1] : *Comment se défendre d'un violeur potentiel.* Par tous les saints ! Toutes ces femmes sont aussi en sécurité qu'un blockhaus. Comment diable un aspirant violeur pourrait-il passer à l'acte quand sa cible est bien à l'abri dans une voiture de luxe ? Et quel violeur digne de ce nom *leur* accorderait sérieusement plus d'un regard ? Mais elles avaient adoré le speech. Avaient bu ses paroles. Avaient demandé force détails. Hé, peut-être bien qu'il avait réveillé chez elles quelques souvenirs du temps jadis.

Tout ça, et l'autre problème.

Pauline Briggs apparut à la porte et murmura : « Tu n'es pas fatigué, chéri ? »

Elle portait un peignoir en soie rose pâle qui lui arrivait aux chevilles avec une ceinture de la même étoffe. Le genre de tenue dont les beautés de Hollywood aimaient à se parer aux jours de gloire de l'usine à rêves. Briggs la regarda et, l'espace d'un instant, une pensée coquine lui vint à l'esprit. Sa femme appartenait à cette catégorie. Une beauté hollywoodienne irréelle. C'était une pensée toute bête, mais ce n'était pas le moment. Elle se tenait près de la porte entrouverte, attendant sa réponse.

« Si, je suis fatigué, grommela-t-il.

— Dans ce cas, pourquoi ne viens-tu pas te...

— Je ne pourrai pas dormir, répondit-il avant qu'elle ne finisse sa phrase.

— Oh, mon chou. » Elle referma la porte et se faufila délicatement dans la pièce. « Tu es malade ?

— Pas malade. Mal fichu... dégoûté, en fait.

— Un rhume ? » Elle prit gracieusement place dans le fauteuil posé sur une peau de mouton qui faisait face au sien. « Prends donc une aspirine et un grog. »

---

1. Organisation de femmes citoyennes, créée avant la Seconde Guerre mondiale et devenue une véritable institution au Royaume-Uni.

―――― Une confession ――――

Les accents traînants de sa voix de fille éduquée à l'école privée lui portaient sur les nerfs. Seigneur, est-ce que ça valait la peine ? Est-ce que ça avait un jour valu la peine ? Elle était née dans le Lincolnshire quand son père était encore sergent. Il avait ensuite atteint le rang que Briggs occupait présentement (inspecteur en chef) et Dieu seul savait quels sacrifices il avait dû consentir pour l'envoyer dans une école de filles snobinardes. La belle affaire ! À présent, elle croyait que l'argent tombait du ciel, que le thé Earl Grey était le seul qui existât et que le papier à lettres blanc et non parfumé était réservé aux gens « ordinaires ».

Mais elle était la fille du commissaire en chef adjoint, et elle était *sa* femme.

« Je n'ai pas de rhume, marmonna-t-il. Je ne suis pas malade.
– Mais... euh... quelque chose ne va pas ?
– Ouais. » Il hocha la tête. « On peut dire ça comme ça.
– Quoi ?
– En fait... » Il soupira. « En fait, je voudrais ne plus être flic.
– Ne sois pas bête, chéri. Encore quelques années et tu seras commissaire en chef adjoint. Comme papa.
– Comme papa, répéta-t-il en bougonnant.
– Qu'est-ce que tu dis ? » Son ton était devenu glacial, comme c'était invariablement le cas lorsque quelqu'un se permettait la moindre critique à l'encontre de « papa ».

« Je voudrais... » Briggs baissa la tête, épuisé, et se passa la main dans les cheveux. « Je voudrais savoir où diable se trouve Harry Harker en ce moment.
– Harker ? » Elle sourcilla discrètement, l'air confus. « L'inspecteur Harker ?
– Je suis assis sur de la dynamite. » Il ferma les yeux comme pour prier, les rouvrit, et ajouta : « Si ton père apprend ce qui se passe, il va me réduire en morceaux.
– Qu'est-ce que tu as *encore* fait ? lança-t-elle d'un ton accusateur.
– C'est cette femme Duxbury. Maude Duxbury, avoua-t-il, accablé.

— Celle qui est tombée d'une falaise ?
— Tout juste. » Il se passa une nouvelle fois la main dans les cheveux. « Peut-être est-elle tombée. Peut-être l'a-t-on poussée.
— Mais si je me souviens bien, il y a eu une enquête. C'était dans le journal. Et le verdict était...
— Les coroners ne sont pas infaillibles... ils *croient* seulement l'être.
— Mais, certainement que, si...
— L'imbécile qui prétend l'avoir vu la pousser...
— Avoir vu qui la pousser ?
— Son mari.
— Dans ce cas...
— Cet abruti a attendu trois jours avant de se manifester. Après l'enquête. Après le verdict.
— Il n'empêche que...
— Et ce n'est pas un témoin fiable. Il se *pourrait* qu'il se trompe. »

Pauline Briggs se mordit le coin de la lèvre inférieure, et rassembla les pièces du puzzle. Elle était certes une enfant gâtée — les aspects déplaisants de l'existence lui avaient toujours été épargnés — mais, à sa façon, sa cervelle d'oiseau n'en comprenait pas moins les rouages policiers. Elle savait que le nombre de coupables en liberté excédait considérablement celui des innocents en prison. Le système était ainsi, farouchement opposé à toute condamnation. À juste titre ? Peut-être. Tous les gros bonnets de la magistrature semblaient de cet avis. Ce qui faisait généralement grimper la tension de papa et, objectivement, il avait de *bonnes* raisons de s'échauffer. Il s'était épuisé à la tâche pendant des années qui l'avaient vieilli prématurément et, trop souvent, des crapules avaient quitté le banc des accusés libres comme l'air. À présent, James se rongeait les sangs de manière tout à fait déraisonnable. Et (pour autant qu'elle le sache), sans motif aucun.

« Tu as fait une bêtise, finit-elle par dire.
— Possible, admit Briggs.
— Comment ? Pourquoi ? Tu as un meurtre présumé sur les bras. Tout ce que tu dois faire...

──────── Une confession ────────

– Tu crois ? lança-t-il sèchement.
– Quoi ?
– Que j'ai un meurtre présumé sur les bras ?
– Tu viens juste de me dire que quelqu'un a vu...
– Quelqu'un *dit* qu'il a vu, corrigea-t-il. Et il ne l'a dit qu'après l'enquête. Pour le moment, ce n'est rien de plus qu'une mort brutale. Pas plus suspecte qu'un accident de la route.
– Tu es complètement cinglé ! » Elle le regarda, incrédule.
« Pauline, mon lapin, soupira-t-il. Je n'ai pas le grade de ton père. Je n'ai pas non plus son expérience... loin s'en faut. Mais il y a une chose dont je *peux* être sûr. D'après ce qui s'est établi ces derniers temps, un juge de cour d'assises ne l'emporte *pas* plus en poids qu'un coroner. Ils sont à peu près à égalité d'influence. Voilà à quoi ça se résume. Les coroners, quand ils sortent les crocs, peuvent te déchiqueter... et si un simple flic comme moi commence à essayer de contester leur verdict, ils me mettront littéralement en pièces. Donc, pour l'instant, le verdict est "mort accidentelle". Et il le restera jusqu'à ce que je trouve mieux qu'un témoin bancal pour affirmer le contraire. C'est ce à quoi Harker travaille en ce moment.
– Harker ?
– Je lui ai confié ce qu'on peut appeler, disons, une mission itinérante. En dehors de ce district. N'importe où. Il doit découvrir s'il s'agit *oui* ou *non* d'un meurtre. Je ne sais pas où diable il est. Je ne sais pas ce qu'il fabrique. La seule chose que je sais avec certitude, c'est que mon avenir – *notre* avenir – repose entre ses mains.
– Oh, mon dieu ! murmura-t-elle.
– Je ne crois pas qu'il me déteste, remarqua Briggs d'un air songeur. Ou du moins, pas complètement.
– Pour... pourquoi serait-ce le cas ? bégaya-t-elle.
– Quoi ?
– Te détester ? Pourquoi *quiconque* te détesterait-il ? Tu n'es pas...

– Tu ne me détesterais pas, toi ? cracha-t-il avec amertume.
– Je ne vois pas ce que tu veux dire.
– Inspecteur en chef Briggs... grâce à "papa".
– Tu n'as pas le droit de...
– Oh, par pitié ! » Il balaya l'air de sa main et son inquiétude se mua en colère. « Devant combien de personnes suis-je passé ? Je ne devrais pas avoir ce grade. Je n'ai pas l'expérience requise. Je n'ai pas les capacités, je n'ai même pas l'*âge*. Je suis ce que je suis en raison de *qui* je suis. Le gendre du commissaire en chef adjoint. C'est *toi*, la raison. Si j'avais épousé quelqu'un d'autre, je serais toujours en train de régler la circulation. Je le sais. Tout le monde le sait. Le fichu superintendant en chef le sait *et* en est indigné... qui pourrait le lui reprocher ? Tout le monde en est indigné. Bon Dieu, à leur place, *je* le serais tout autant. Seigneur, parfois je suis dans ce bureau et je pourrais en vomir. Le népotisme poussé à l'extrême. » Sa colère retomba et, d'une voix cassée, il conclut : « Ça ne marche pas comme ça. Ça ne *devrait* pas marcher comme ça. »

Ses yeux brillaient des larmes qu'elle ravalait quand elle lâcha dans un souffle : « Je... je ne savais pas que c'était si difficile pour toi.

– Ça l'est. » La colère l'avait quitté. Ne restait plus que la haine de soi. « J'ai fait avec jusqu'à présent. Jusqu'à ce que cette histoire surgisse. Maintenant... Dieu seul sait ! »

Avec beaucoup d'hésitation, elle proposa : « Tu veux que j'en parle à...

– Non ! » Un seul mot sec et n'autorisant aucune réplique. Il inspira profondément, puis déclara d'une voix plus posée : « Si nous coulons, nous coulons. Pas de bouée de sauvetage paternelle... merci beaucoup. Mais si j'arrive à m'en tirer... »

Il n'acheva pas sa phrase.

Elle dit : « Oui, chéri. Je comprends. »

Et ce n'était pas loin d'être la vérité.

NEUVIÈME PARTIE

LA TECHNIQUE DE WILF PINTER

L'agent de police Wilfred Pinter, matricule 1404, se partageait le secteur de Rimstone Beat avec son collègue l'agent Stone. Leur tandem fonctionnait bien. C'était un progrès considérable par rapport à la triste époque où Karn faisait équipe avec Pinter. Karn était une véritable plaie. Un fainéant. Il avait l'art d'esquiver à la fois le travail et les responsabilités, si bien que, lorsqu'il s'était fait virer et remplacer par Sammy Stone, Pinter n'avait pas versé de larmes. Stone était plus âgé et on l'avait placé là pour qu'il accomplisse tranquillement les dernières années d'une classique carrière de dur à la tâche. Il suivait les règles à la lettre. Il ne faisait pas de miracles. Mais c'était un bosseur, qui connaissait son métier et faisait sa part de boulot. Pinter était satisfait.

Wilf Pinter. Un homme marié à son job, parce que désormais il ne voyait plus qui ou quoi d'autre épouser. Sa femme, Hannah, était morte. C'était comme si c'était hier. Ce serait toujours comme si c'était hier. Toutes ces histoires sur le temps qui guérit les blessures... Des foutaises! Ces derniers jours passés avec la mère de Hannah. Attendre. Prier. Savoir qu'elle va mourir, ne pas vouloir qu'elle parte mais, s'il le faut vraiment, souhaiter que sa mort soit aussi rapide et indolore que possible. Ensuite? Deux inconsolables, seuls. Une mère et un mari. Une veuve et un veuf. La mère de Hannah avait traité Wilf comme son propre fils et Wilf ne se considérait plus comme simple gendre. Elle avait vécu à la maison lors de la dernière phase de la maladie de Hannah et était restée après sa mort. Une femme bien, qui rendait à Pinter l'amour immense qu'il avait donné à sa fille. Plus qu'une « gouvernante ». Une mère de substitution. Rien n'avait eu besoin d'être arrangé. Cela s'était passé naturellement. Pour tous les deux.

L'épreuve avait vieilli Pinter. Il faisait dix ans de plus que son âge. Souriait rarement. Poli mais réservé, d'une courtoisie qui tenait un peu les gens à distance. Le drame l'avait toutefois transformé en un policier très singulier. Entièrement dévoué à sa tâche, rien d'autre ne l'intéressant plus dans la vie. Il était flic... point final. Hormis pendant son sommeil, il se concentrait exclusivement sur sa mission à Rimstone Beat. En fait, les seules heures où il n'était pas en service étaient celles consacrées au sommeil. Le reste du temps, en uniforme ou pas, il s'obligeait à se focaliser sur les quelques kilomètres carrés dont lui et Sammy Stone avaient la responsabilité. C'était un truc. Une astuce. Ainsi, son esprit restait constamment occupé et – comme il l'avait appris – on ne peut penser qu'à une chose à la fois. Donc, penser à Rimstone Beat. *Jamais* à Hannah.

Tallboy lui avait téléphoné la veille.

Connaissant son homme, Tallboy lui avait simplement dit : « Un certain inspecteur Harker va vous contacter. Il veut savoir tout ce que vous avez à lui dire sur Duxbury. »

Pinter avait répondu « Oui, monsieur » et s'était mis au boulot.

Le prêtre. Une petite rencontre en apparence fortuite. Des questions sur les projets de l'église pour Noël qui approchait. Un petit tour à l'intérieur de cette même église, histoire d'exprimer son admiration pour les aménagements dont le religieux était le plus fier. D'autres questions sur le nombre de personnes attendues à cette occasion, par rapport à l'assemblée habituelle. Les fidèles, et ceux qui venaient seulement à Noël, à Pâques et à Thanksgiving. Un bref échange sur les mérites comparés de l'enterrement et de la crémation. Une mention du dernier décès en date dans la paroisse. Maude Duxbury. Fréquentait-elle régulièrement l'église ? Et lui aussi ? Comment réagissait-il à sa perte ?

―――― Une confession ――――

Des dizaines de questions posées en douceur. Sans motif précis au premier abord, mais en réalité, il jouait une partie serrée. Le vieux truc de l'aiguille dans une botte de foin.

Un aperçu des personnalités de John et Maude Duxbury, du point de vue d'un homme à qui l'on a appris à ne penser que le meilleur de ses contemporains.

Un coup de fil à la boutique faisant office de bureau de poste et d'alimentation générale. Étaient-*ils* fin prêts pour le rush de Noël ? Quels produits leur avait-on demandé de commander spécialement pour l'occasion ? Et les alcools ? De quoi faire des affaires en or, assurément. Mais quel enfer de devoir s'occuper de la TVA pendant cette période. C'est déjà assez compliqué le *reste* de l'année. Comment les petites entreprises qui n'emploient pas un comptable à temps plein arrivent à s'en sortir, ça relève du miracle, vraiment. L'imprimerie de Duxbury, par exemple. Il a de l'argent, oui, mais l'argent entraîne des responsabilités, et certaines ne compensent pas toujours les inconvénients.

Encore et toujours et comme un champion de patins à glace. Effectuer des figures apparemment sans plan préétabli, poser obliquement des questions qui seront oubliées presque aussitôt la réponse donnée.

Le médecin local qui effectuait des visites à domicile. Ils avaient dépassé la relation docteur-patient lors de la maladie, puis la mort de Hannah. Lorsqu'ils se rencontraient, ils passaient volontiers un moment ensemble. Quoi de plus naturel donc que de lui demander comment Duxbury prenait la mort de sa femme ?

Les patrons des deux pubs du coin. Avec eux, pas de questions directes. Ni même détournées. À peine un brin de causette, les potins du moment, dont le principal était bien sûr la chute fatale de Maude Duxbury. La chute, plus des considérations diverses sur John et Maude Duxbury. Les habitués avaient parlé. Les patrons avaient écouté. Pinter, quant à lui, avait joué les innocents et, les patrons de pub étant ce qu'ils sont, cela avait été comme recueillir l'eau d'un robinet qui fuit. Un jeu d'enfant.

Ça, c'était hier.

Aujourd'hui, Pinter visait des personnes plus proches des Duxbury. La femme qui venait chaque jour faire le ménage chez eux. Elle avait une forte tendance à cancaner et révélait ainsi moult secrets. « N'allez pas croire que je dis que c'était une mauvaise femme. Paix à son âme. Mais elle n'avait pas la moindre idée de comment tenir une maison. » Affecter une légère surprise. Un poil d'incrédulité, même. « J'ai une clé, vous savez. J'entre avec. À 8 heures du matin. Elle n'était jamais levée avant 9 heures. Parfois plus près de 10. » Là, suggérer que les Duxbury se couchaient tard ; que lui (Pinter) avait déjà vu de la lumière aux fenêtres bien après minuit. « C'était pas elle. Lui travaille tard dans son bureau. Biberonne en douce. Une fois ou deux, je l'ai trouvé endormi sur place. Son "cabinet", je crois qu'il dit. Vous comprenez... il avait souvent un coup dans le nez. » John Duxbury ? Impossible, pas John Duxbury ? « Je sais. On ne dirait pas à le voir, mais c'est la vérité. Il tient une espèce de journal. Un machin qui fait des pages et des pages. Il le garde dans le tiroir du haut de son bureau. »

Un chercheur d'or tombant sur une mine. Suffisait juste de la laisser parler. Elle était experte en la matière, particulièrement si l'interlocuteur était un homme. Certaines femmes sont ainsi. N'importe quel bonhomme, et elles peuvent jacasser des heures entières. Suffit de ponctuer d'un signe de tête approbateur de temps à autre et de remplir les blancs en chuchotant n'importe quoi. Ensuite, il n'y a plus qu'à ramasser les pépites.

Ce soir-là, Pinter était retourné dans l'un des pubs où il était passé la veille. Il avait commandé une bière, et s'était assis à la table où le jardinier de Duxbury buvait son dernier verre de la journée. Ils étaient dans leur coin. Des hommes assez semblables. Taciturnes, et plus portés à écouter qu'à causer.

Le jardinier était du genre robuste. Le visage buriné et les épaules tassées par sa profession. Le regard franc, choisissant

― Une confession ―

soigneusement ses mots avant de parler. Un type solide, et tout le contraire de cette pipelette de femme de ménage.

Pinter le salua d'un air grave et le jardinier grogna vaguement en esquissant un demi-sourire en retour.

Pinter savoura sa bière, puis entama la conversation : « Un vrai temps pour jardiner.

– Y a de quoi faire. »

Sans mot dire, Pinter approuva d'un signe de tête et laissa s'installer un moment de silence.

Puis : « Vous pensez qu'il va vendre la maison ?

– Duxbury ?

– Ça paraît bien grand pour un homme seul.

– Je suppose.

– À moins, avança Pinter, qu'il ne songe à se remarier.

– C'est un peu tôt pour ça.

– Je ne voulais pas dire qu'il avait quelqu'un en vue. »

Silence et lampées de bière.

Le jardinier s'essuya les lèvres du revers de la main, et lâcha : « Il fera peut-être des travaux.

– Vous croyez ?

– Pour vivre dans une partie seulement. Et laisser son fils occuper le reste.

– Possible, convint Pinter.

– Je le vois pas se remarier.

– Mmm. » Puis Pinter mentit : « Je me suis laissé dire qu'il n'allait pas fort.

– Le choc, j'imagine.

– Sûrement.

– Ils étaient proches.

– Ah.

– Il erre comme une âme en peine. Il ne sait plus où il en est.

– Comme vous dites, c'est un peu tôt. »

Autour d'eux bourdonnaient les conversations des autres buveurs, les rapprochant dans une étrange intimité.

Dehors, il pleuvait et de nouveaux clients entraient, puis secouaient l'eau de leurs impers comme des chiens mouillés qui s'ébrouent. Poussée par le vent qui soufflait en rafales, la pluie fouettait les vitres – comme autant de roulements de tambour annonçant un malheur.

Ils buvaient lentement. Pas mécontents de leur compagnie réciproque, mais pas davantage pressés de déranger le cours des choses en parlant trop.

Le jardinier finit par lancer : « Il devrait sortir un peu plus.

– Duxbury ? » Pinter faisait comme s'il avait presque oublié le sujet de leur conversation.

« Il traîne trop dans cette maison.

– Le jardin est pourtant assez grand.

– Presque un hectare. » Une gorgée de bière. « Ça ne l'intéresse pas.

– Jardiner ?

– C'est juste un endroit pour boire le thé en été.

– Elle, je l'ai vue plusieurs fois dans le jardin, avança Pinter.

– Pour couper quelques fleurs, c'est tout. Aucun des deux s'y est jamais intéressé. »

Pinter attendit un moment avant de lancer : « Un peu d'air frais lui ferait du bien.

– C't'aussi mon avis.

– À sa place, renchérit Pinter, j'irais dans mon jardin. Comme thérapie. Ou pour bavarder avec vous, peut-être.

– Non. » Le jardinier fit à son tour une longue pause avant d'ajouter : « Il va nulle part sans sa voiture. Les gens ont oublié comment on marchait, de nos jours.

– Vous faites donc tout le boulot ?

– Il paie bien. Je fais de mon mieux.

– Il a de la chance.

– C'est comme ça. »

Le jardinier extirpa une pipe en cerisier roussi de la poche de sa veste. L'objet était à moitié rempli de tabac carbonisé. Il passa

―――― Une confession ――――

la flamme d'une allumette sur la surface noircie, et souffla un nuage de fumée du côté de Pinter. L'odeur était infernale.

« Du fait maison ?
– Meilleur que ce que vous achetez.
– Plus fort.
– Faut s'habituer. »

Ils restèrent assis là pendant presque une autre demi-heure. En silence, hormis quelques brèves mentions du temps qu'il faisait, de Noël qui approchait, du vandalisme en ville... Rien d'autre sur les Duxbury. Puis Pinter finit son verre et se leva.

« J'ai mon compte pour ce soir, dit-il.
– Ouais. » Le jardinier hocha la tête.
« Je vous souhaite une bonne nuit.
– Bonne nuit. »

Plus tard, vêtu de son uniforme, au volant de sa basique petite voiture de police, alors qu'il traversait les villages endormis qui formaient Rimstone Beat, Pinter réfléchissait et essayait de comprendre.

Pourquoi les Duxbury ? Pourquoi John Duxbury ? Tallboy ne lui avait rien dit... sauf que cet inspecteur allait le contacter. Mais *pourquoi* les Duxbury ?

Un couple sympathique. Friqué, mais sans ostentation. Pas très sociable. Quoi de mal à ça ? La femme de ménage ? Il pouvait oublier pratiquement tout ce qu'*elle* avait raconté. C'était une commère de village qui ne manquait jamais de pimenter au maximum ses ragots.

John Duxbury ? Il se comportait de manière un peu étrange. Mais, Seigneur, lui (Pinter) s'était aussi conduit de « manière un peu étrange » après la mort de Hannah. C'est le prix à payer quand on a été heureux en mariage. Ça n'a rien de louche. C'est même courant. Il s'en remettrait. Pas complètement, peut-être, mais en partie. D'accord, il y avait peu de chances qu'il se remarie un jour. Et alors ? Lui (Pinter) non plus ne se remarierait pas. Hors

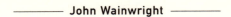

de question ! Dès que quelqu'un s'approchait d'un peu trop près, il avait presque l'impression de commettre une sorte d'adultère. La bonne personne. Tout était là. Si vous l'aviez trouvée un jour, vous aviez de la chance. Beaucoup de chance. *Deux* fois, ça n'existait pas. La vie n'était pas aussi bien faite.

Donc, pourquoi diable Duxbury ?

DIXIÈME PARTIE

LA FRUSTRATION DE HARRY HARKER

Seigneur, quelle journée ! L'inspecteur Harker ne renâclait pourtant pas à la tâche. Il pouvait passer trois jours d'affilée sans dormir en consommant force thé et clopes. Il l'avait déjà fait. Ça faisait partie du métier – un aspect que personne n'évoquait jamais – de se retrousser les manches pour se colleter avec des hordes de salauds et de menteurs patentés. Avec les grosses affaires – les braquages, les arnaques de haut vol, les meurtres –, il y a un handicap de départ. Une fois l'alerte donnée, les méchants ont une longueur d'avance. *Ils* savent où ils vont. *Vous* devez deviner, et parfois vous commencez par vous tromper.

Mais c'est ainsi, ça fait partie des règles du jeu de la traque. Et vous disposez d'une véritable machine. Une centaine d'hommes pour faire du porte-à-porte... avec des chances d'en tirer *quelque chose*. Un délit de grande envergure ? Génial. Collez un superintendant – voire un superintendant en chef – à la tête d'une petite armée. Mettez en place une cellule de crise. Faites appel à l'ordinateur de la police. Faites *activer* les choses. Il y a assez d'hommes et de matériel pour passer au crible toutes les ruelles obscures du monde. Vous finirez bien par trouver de la *lumière* quelque part. Sans oublier les indics toujours prompts à palper quelques billets en échange de tuyaux. Vous avez les liaisons radio et téléphoniques. L'argent et les heures de travail investis n'ont aucune espèce d'importance.

Mais ça !

Une enquête pour meurtre, nom d'un chien. Un seul homme. Un pauvre inspecteur... hors de son secteur, qui plus est. Et peut-être n'était-ce même pas une enquête pour meurtre. Cet abruti de Foster. Cet espèce de Candide qui ne pourrait même pas proférer un mensonge. Qu'en était-il ? Que diable *pouvait*-il en être ? Et pourquoi, bon Dieu, ce crétin ne s'était-il pas contenté d'observer les oiseaux dans le ciel avec ses fichues jumelles ? C'est ce qu'il était supposé faire. Pourquoi ne regardait-il *pas* les oiseaux ?

Certains de nos policiers sont, en réalité, fantastiques. Dans leur immense majorité, ils sont comme l'inspecteur Harker. Ils ont leurs mauvais jours. Ils peuvent devenir irritables et susceptibles. Ils ont des doutes ; de sérieux doutes là où ils avaient auparavant d'absolues certitudes. Un sentiment d'impuissance les envahit alors. Qui sape leur énergie et casse leur moral. « Au diable tout ça », se disent-ils. « Un crime a été commis – ou l'a *peut-être* été. Qu'est-ce que ça change ? Résoudre l'énigme. Rassembler toutes les pièces du puzzle. Parfait. Et puis quoi ? Un autre crime s'est déjà produit. Puis un autre. Et encore un autre. C'est comme la Longue Marche chinoise. C'est sans fin. À peine un soldat est-il mort que quatre autres l'ont déjà remplacé. Pareil avec la criminalité. Pas le temps de flairer un meurtre qu'un autre vous tombe dessus aussi sec. Vous croyez que c'est un gag ? Regardez les statistiques qui n'arrêtent pas de grimper. Ces ordures sont plus rapides à se développer que nous à les mettre hors d'état de nuire. »

Une ville étrange. Un temps pourri. L'enquête la plus absurde qu'on puisse imaginer. Et qui diable interroger sans que Duxbury finisse par avoir la puce à l'oreille ?

Harker gara sa Fiesta et fit un tour du côté des bâtiments de l'imprimerie Duxbury. Toute de pierre grise et terne du Nord, gorgée d'une eau de pluie qui, à l'un des angles, gouttait à travers un chéneau en mauvais état. Une construction sans prétention, typique de la vieille architecture industrielle. *Apparemment* solide. *Apparemment* indestructible. Cette vue n'améliora en rien l'humeur de Harker.

―――― Une confession ――――

Il caressa l'idée de tout plaquer. Laisser tomber. Faire ses bagages, rentrer et dire à Briggs de se sortir seul de son pétrin. Qu'est-ce qu'*il* devait à Briggs, d'abord ? Inspecteur en chef ! Il ne ferait même pas un bon boy-scout.

Et pourtant...

Inoffensif. C'était ça le pire. Puisqu'il avait trouvé le moyen de sauter les échelons pour grimper dans la hiérarchie, pourquoi ne se contentait-il pas d'être un idiot de premier ordre et de faire avec ? Pourquoi devait-il reconnaître à demi-mot qu'il n'était bon à rien ? Une solution facile ? Intelligente ? Si ça se trouve, il riait constamment dans ses moustaches en se fichant bien de tout le monde.

C'était possible. Ça s'était déjà vu. « Je ne sais pas faire, s'il vous plaît, aidez-moi. » Bon sang, ce petit numéro était un tel classique que tous ces bougres qui ne *voulaient* pas bosser recouraient régulièrement à *cette* combine. Et lui (Harker) s'était fait rouler plus d'une fois. Au début, quand il n'était encore qu'un simple agent de police. Par exemple, après un carambolage – un accident mortel de la route – lorsqu'il fallait remplir en trois exemplaires un dossier épais comme le pouce à transmettre au procureur. Oh, oui. Il s'était bien fait avoir. Par des collègues larmoyants qui lui refilaient de sacrées corvées. En le suppliant. Et cette bonne poire de Harker devait tout reprendre de zéro.

Était-il toujours une bonne poire ? Le type qu'on envoie systématiquement au charbon parce que personne d'autre ne veut descendre à la mine ?

Bon Dieu, il ne manquerait plus que *ça* !

Et ainsi de suite, tout au long de cette horrible journée. L'humeur de Harker n'en finissait pas de changer. Colère. Exaspération. Haine de soi. Désespoir. Rancune teintée de pitié à l'endroit de Briggs. Rage contenue à la pensée de la faiblesse de Foster.

Tout cela ne le menait nulle part. Hormis interroger des gens qui ne connaissaient Duxbury que de nom, ou qui ne le connaissaient pas du tout. Kiosquiers. Patrons de pub. Buralistes. Il pensa même un moment téléphoner au journal local, mais c'eût été stupide. Les choses étaient déjà assez compliquées sans se coller sur le dos un reporter fourrant son nez partout.

Il finit par se rabattre sur la cantine de la police où il s'épancha auprès d'un Cockburn sarcastique.

« Vous disiez que vous alliez réussir, lui fit remarquer, narquois, le sergent.

– Je n'ai jamais prétendu pouvoir décrocher la lune.

– Ou marcher sur l'eau.

– On peut résumer la chose ainsi.

– Vous avez vu le fiston ? demanda Cockburn.

– Le fils de Duxbury ?

– C'est un type bien.

– Apparemment, son fichu père aussi, renifla Harker.

– L'autre jour, vous aviez l'air certain du contraire.

– Ouais. » Cette fois, Harker rigola, un peu honteux. « On va dire que c'est la ménopause du mâle.

– Allez voir le jeune Harry Duxbury, dit Cockburn d'un ton grave.

– Pour incriminer son propre père ?

– Vous n'êtes pas encore en train de crier au meurtre.

– Affirmatif, mais s'il y a *eu* meurtre…

– C'est un risque, admit Cockburn.

– Calculé ? » Harker était à présent aussi sérieux que Cockburn. « C'est ce que je ferais, répondit Cockburn.

– N'empêche, c'est un sacré risque. »

Cockburn expliqua posément : « Il a été bien élevé. On lui a appris à respecter les flics. C'est devenu rare, ces temps-ci.

– Les flics ! » s'exclama Harker. Dans sa voix, l'amertume le disputait au dégoût.

« Fallait choisir un autre métier, mon gars. » La réplique de Cockburn était des plus classiques. Il ajouta ensuite, d'un ton plus compatissant : « Un jour à la fois. Prenez les choses comme elles viennent. Vous devriez savoir, depuis le temps.

------- **Une confession** -------

– Mon paternel était vétérinaire, confia Harker d'un air pensif. Comme James Herriot. Dehors par tous les temps. Jour et nuit. Ça a fini par le tuer. Trop de travail. Mais il était heureux. Jusqu'au dernier jour. Son corps n'en pouvait plus et son cœur a lâché. Mais – comme je viens de le dire – il était heureux. Il *accomplissait* quelque chose. Il n'a pas passé sa vie à tourner en rond dans un cercle vicieux. Comme nous. Comme vous et moi. Flic, c'était un bon métier, dans le temps. Stable. Respectable. Le genre de boulot dont les gens rêvaient, avec une bonne retraite au bout. Bon Dieu, ça pourrait *encore* être un bon boulot, s'il n'y avait pas tant d'incapables dans la place. Comme l'inutile qui m'a envoyé sur cette mascarade. Comme les tarés de commissaires qui pensent qu'ils peuvent se balader dans la cage aux lions sans se faire bouffer.

– Vous n'allez pas bien, nota Cockburn.

– J'en ai ma claque, admit Harker.

– Écoutez. » Cockburn abattit son index sur la table en Formica. « Je vais appeler le jeune Duxbury. Il me connaît. Je vais vous organiser un rendez-vous avec lui, à son bureau. Sans lui dire de quoi il retourne au juste. Seulement que vous aimeriez bien le voir... pour mettre au clair quelques points concernant la mort de sa mère. De la routine. À 5 heures demain, ça vous va ?

– Pourquoi pas ? soupira Harker.

– Parfait. » Cockburn hocha la tête d'un air convaincu. « Il vous sera utile. Amenez la conversation où il faut... vous en tirerez quelque chose. »

Harker décida de se coucher tôt. À 10 h 30, il était dans son lit, à l'hôtel, un grand verre de whisky posé sur la table de nuit. En rentrant du commissariat, il était passé par un kiosque à journaux encore ouvert et avait acheté un livre, juste histoire de pouvoir mieux fermer les yeux. C'était le bouquin adéquat pour achever une journée pitoyable. Une histoire de détective privé américain où le héros partage son temps entre dégainer son flingue et déboutonner son pantalon. Du porno soft et sanglant débité par un quelconque idiot à l'imagination débridée.

Après avoir souffert pendant une vingtaine de pages, Harker expédia le livre sur la moquette en bougonnant : « Bon Dieu ! Il devrait faire *mon* boulot. »

ONZIÈME PARTIE

LES RÉMINISCENCES DE HARRY DUXBURY

Certains hommes donnent une immédiate impression d'honnêteté. Elle émane de la fermeté de leur poignée de main, de leur abord authentiquement chaleureux et de leur voix sûre et posée. À les voir, quiconque sachant jauger ses semblables comprend qu'aucun trait négatif n'entache leur personnalité. Ils ne jouent pas non plus un rôle ; il existe une sincérité si naturellement profonde qu'elle ne saurait être imitée par aucun acteur au monde.

Harry Duxbury avait cette sincérité.

Il indiqua à Harker un siège d'aspect confortable avec un dossier en cuir et lui dit : « Je vous en prie, asseyez-vous, inspecteur. » Puis, s'adressant à la secrétaire qui venait d'introduire Harker dans le bureau : « Joyce, apportez-nous du café, s'il vous plaît. Et aucun appel tant que l'inspecteur Harker sera là. »

« Le sergent Cockburn m'a téléphoné », reprit-il en s'installant sur un autre siège, identique à celui occupé par Harker. « C'est très aimable à vous de venir me voir, plutôt que mon père. Il n'a pas encore surmonté le choc.

— Ah... euh... oui. »

Harker félicitait silencieusement Cockburn. Le sergent lui avait ingénieusement déverrouillé une porte... le reste dépendait à présent de l'habileté de Harker. La porte *pouvait* être ouverte. Gentiment. En douceur. Assez pour que l'on puisse voir ce qui pouvait se trouver derrière.

« C'est à propos de quelques petites choses, entama Harker. De légers détails que le coroner aimerait éclaircir. » Il sourit. « Les coroners sont une espèce étrange.

– Ils ne font que leur travail. » Duxbury retourna son sourire à Harker.

« Votre mère. » Harker fit une légère pause pour s'éclaircir un peu la voix. « Lui arrivait-il d'avoir des étourdissements ? Des pertes de connaissance ? Ce genre de choses ?

– Non. » Duxbury secoua lentement la tête, et ajouta : « Pas que je sache… et je suis sûr que cela aurait été signalé. »

Harker sortit un carnet de la poche intérieure de sa veste et y inscrivit quelques notes au stylo avant de reprendre.

« Quand elle descendait un escalier, elle se tenait à la rampe ?

– Non. En fait, elle était remarquablement en forme pour son âge.

– Des maladies ces dernières années ?

– Non. Un petit rhume de temps à autre, c'est tout. Rien de plus.

– Sujette au vertige ?

– Non. » Il précisa : « Je suppose que nous le sommes tous plus ou moins. Mais je ne l'ai jamais entendue s'en plaindre, ni même mentionner que le vide l'effrayait. »

Le café arriva. La secrétaire, Joyce, le servit sur une petite table pliante qu'elle plaça entre les deux sièges.

« Merci », lui dit en souriant Duxbury, avant de se tourner vers Harker : « Servez-vous, inspecteur. Il y a de la crème et du sucre. Et les biscuits sont plutôt bons. »

Tous deux se redressèrent sur leurs sièges pour se servir. La secrétaire sortit. Harker mit à profit ce laps de temps pour réfléchir à ses prochaines questions et jeter un œil autour de lui. Tout était de bonne qualité, les solides meubles de bureau, la moquette aux motifs discrets… Rien de superflu. Lumineux et aéré. Le bureau était à l'image de son occupant. Propre. Honnête.

Il se cala dans son siège et lança : « Certaines personnes… » Il s'interrompit brièvement avant de poursuivre : « En hiver, quand les trottoirs sont gelés. Ou qu'il y a beaucoup de neige. Certaines personnes marchent normalement. D'autres avec beaucoup de

──── **Une confession** ────

précautions. Elles ont peur de tomber en glissant. Comment marchait votre mère ?

– Normalement. » Il esquissa une moue, puis continua : « Avec bien plus d'assurance que mon père. C'est lui qui, comme vous dites, avait peur de glisser à chaque pas.

– Le chemin au bord de la falaise, dit Harker. Vous l'avez vu ?

– Non. » Duxbury secoua la tête. « Père a téléphoné, bien sûr. Je suis allé directement à l'hôtel. Et j'y suis resté quasiment tout le temps. »

Harker précisa : « C'est un chemin ordinaire. Moins d'un mètre de large. De la terre battue. Un peu boueux s'il pleut, et il avait plu.

– Oui. C'est ce que père a dit. Et que c'était glissant.

– Ce point précis, énonça lentement Harker, est l'un de ceux que nous devons déterminer. Le chemin était glissant, mais pas *tant* que ça. »

Duxbury attendit.

Harker reprit : « Votre mère avait le pied ferme. Votre père, non. » Il hésita, comme si poursuivre l'embarrassait, puis se lança : « Serait-il possible – je dis bien "possible" – qu'*il* ait glissé, lui, et qu'en essayant de se rattraper il ait déséquilibré votre mère ?

– C'est... possible. » Duxbury pesait soigneusement ses mots. « Mais je ne crois pas que cela se soit passé comme ça. »

Harker leva un sourcil interrogateur.

Duxbury expliqua : « Il a témoigné lors de l'enquête. Je ne pense pas qu'il mentirait sous serment.

– Sous le coup de la panique, peut-être ? suggéra aimablement Harker.

– C'est pourquoi je dis que c'est possible... mais peu probable. »

Harker hocha la tête, satisfait. Cet homme était *vraiment* honnête. La plupart des gens se seraient un minimum indignés. Auraient été outragés même. Laisser entendre que le père d'un homme avait peut-être menti sur la manière dont sa mère avait trouvé la mort était délicat, mais ce grand type un peu dégingandé se montrait suffisamment réfléchi pour affronter l'éventuelle vérité et répondre très sincèrement.

Ils se turent un moment pour boire leur café, puis Harker entreprit de faire prendre un peu plus à la conversation la direction qu'il voulait lui donner.

« Parlez-moi de votre père, demanda-t-il d'un ton neutre.

– Pardon ? » Duxbury parut troublé.

« Quel genre d'homme est-ce ?

– C'est un bon père. Depuis toujours. Il a fondé cette entreprise à partir de rien. Ça représente bien le genre d'homme qu'il est.

– Travailleur ?

– Cela va sans dire.

– Sympathique ?

– Trop parfois. Jusqu'à confiner à la faiblesse. »

Harker sourit, l'air de ne pas comprendre.

« Écoutez, inspecteur. » Duxbury reposa sa tasse sur la table. « Cette imprimerie est une entreprise familiale typique. Père a voulu qu'il en soit ainsi. Et le veut toujours. Mais il va trop loin. Il a tendance à considérer chaque employé comme s'il faisait véritablement *partie* de sa famille. » Duxbury haussa les épaules, comme pour signifier qu'il lui avait fallu s'adapter. « Cela comporte des avantages, bien sûr. Il n'y a jamais de disputes. Le travail est très rarement bâclé. Les gens que nous employons, s'ils connaissent leur métier, restent avec nous. Des années. Nous avons ici des employés qui ont démarré juste après l'école... et qui partiront sans doute à la retraite sans avoir travaillé pour une autre maison. » Il se pencha, se resservit du café, tout en poursuivant : « Ça, c'est le bon côté de l'affaire, mais il y a un aspect moins reluisant. » Il mit du sucre dans son café, ajouta une noisette de crème, et mélangea en se redressant. « C'est dans la nature humaine, je suppose, mais certains de ces gars s'imaginent qu'ils ne peuvent *pas* être virés. Ils parlent à père comme à un égal – ils *me* parlent d'égal à égal – et ça ne pose pas de problème, mais... C'est difficile à expliquer. Je ne veux pas

——— Une confession ———

qu'on me lèche les bottes... seulement qu'on comprenne qu'il s'agit de *notre* entreprise. Nous avons les reins solides, mais ces temps-ci... » Il but une gorgée de café. « Même les bonnes boîtes ferment. Subitement. Sans prévenir. Si *nous* faisons faillite, *nous* allons souffrir. Les ouvriers compétents – ce n'est que mon avis, bien sûr – ne resteront pas longtemps sans boulot. Mais *nous* serons dans le pétrin.

– Ils ne s'en rendent pas compte ? relança Harker pour encourager Duxbury à parler.

– Certains, si, mais la plupart, non. Je peux vous donner deux exemples. Un type dénommé Evans. Chez nous depuis environ deux ans. En novembre dernier – le 3 novembre – je faisais l'inventaire et le compte n'y était pas. Ça ne collait vraiment pas. Alors je me suis renseigné. Evans nous volait depuis... »

Il raconta l'histoire d'Evans et de la confrontation avec John Duxbury. Sa voix s'était faite âpre et dure, comme s'il en voulait toujours à son père de ne pas avoir appelé la police.

On était encore loin du bord d'une certaine falaise, mais ce qu'il entendait répondait aux vœux de Harker. Une digression, certes. Mais qui dévoilait un peu la personnalité de John Duxbury. Un homme faible, peut-être ? Ou trop bon pour être honnête ? Un homme qui voulait à tout prix être populaire ? Harker était flic, donc suspicieux de nature. Il savait que les anges véritables sont rares en ce monde. Ils n'atterrissent pas sur terre par paquets de douze. Coupez-leur les ailes. Démontez leurs auréoles. Vous aurez parfois le choc de votre vie.

« ... Il aurait dû vous appeler, conclut Duxbury. C'était du vol caractérisé.

– Qu'est devenu Evans ?

– D'après ce que j'ai entendu – la semaine dernière, je crois – il a quitté la région. Il s'est trouvé une place dans le sud du pays. Vers Plymouth ou quelque part dans ce coin. Bon débarras.

– Et l'autre exemple ? enchaîna Harker.

– Quoi ?

– Vous avez parlé de deux exemples.

– Oh, ça ? » Duxbury sourit et but une gorgée de café. « Ce n'est pas du même ordre, bien entendu. Je voulais parler du fait – c'est l'autre exemple – que les employés croient souvent que les commandes *nous* tombent du ciel. Eux font le boulot. Du bon boulot. Mais nous devons nous mettre en quatre pour décrocher des contrats. Les gros éditeurs londoniens. Surtout ceux qui se spécialisent dans le "beau livre". Ils payent bien mais, naturellement, ils se montrent très sélectifs. La compétition est rude. C'était, euh, quand ça déjà ? dit-il en se penchant pour consulter un agenda posé sur le bureau. Ah oui. À la mi-novembre. Le 16 novembre. Un mardi. Père a dû descendre jusqu'à Saffron Walden pour rencontrer un des éditeurs d'une firme londonienne. » Il referma l'agenda et le reposa. « J'appelle ça "faire l'article", et c'est parfois indispensable. Un aspect du métier totalement inconnu des gens qui travaillent au magasin. Mais sans lequel ils n'auraient plus de boulot.

– Il a décroché ce contrat ? demanda Harker en souriant.

– Je pense que oui. Nous devrions en avoir confirmation d'ici deux semaines.

– Donc, en dépit de ses failles, il est bon en affaires.

– Il est patient. Bien plus que je ne le suis.

– Vous ne seriez *pas* allé jusqu'à Saffron Walden ?

– Si, bien sûr que si, répondit vivement Duxbury. C'est un bon hôtel, le Saffron. J'étais prêt à l'accompagner, mais il a préféré s'y rendre seul.

– Pourquoi ?

– Je... euh... j'ai tendance à être très direct. Parfois trop.

– En fait, il connaît également *vos* faiblesses ?

– J'imagine, répondit Duxbury dans un petit rire. Je n'avais pas envisagé les choses sous cet angle. C'est un drôle d'oiseau, parfois. »

Harker termina son café et posa la tasse sur la table avant de reprendre.

―――― Une confession ――――

« J'ai l'impression que nous nous sommes éloignés du sujet, dit-il d'un ton désolé paraissant sincère.
— Je suis désolé. C'est autant ma faute que la vôtre.
— Mais pas du tout. » Harker jeta un œil sur son calepin ouvert, avant de lancer : « Votre mère.
— Oui ?
— Je suis obligé de vous poser certaines questions. Comme je vous l'ai dit, les coroners...
— Pas de problème.
— Dépressive ? demanda doucement Harker.
— Pardon ?
— Les femmes d'un certain âge... elles peuvent être sujettes à des épisodes dépressifs.
— Pas ma mère.
— Vous l'auriez su ? Vous le *sauriez* ?
— J'en suis sûr. Je connaissais très bien ma mère.
— Donc, nous pouvons éliminer le... euh... suicide ?
— Absolument.
— Et même pour... euh... » Il simulait à merveille l'embarras. Il se passa même l'index sur la bouche. « Pour d'autres raisons ?
— Inspecteur, je vous en prie, ne me posez que les questions que vous devez me poser.
— Vous savez, réitéra Harker l'air gêné, les mariages ne durent pas toujours. L'un ou l'autre des...
— Elle n'avait pas de liaison, rétorqua Duxbury d'un ton catégorique.
— Ah !
— Mon père non plus.
— Ça... euh... ça arrive pourtant, marmonna Harker. Et parfois les conséquences sont tragiques.
— Pas *mes* parents.
— Merci. » Harker griffonna quelques mots dans son carnet. Puis, sans relever la tête, demanda : « Comment était-elle ?
— Mère ?

― 211 ―

– La connaissiez-vous aussi bien que vous connaissez votre père ? questionna Harker en relevant les yeux.
– Naturellement.
– Je demande, car vous travaillez avec votre père, bien sûr. Ici. Tous les jours.
– Je la connaissais aussi bien que je le connais.
– Comment était-elle ?
– Elle est morte, répondit Duxbury d'une voix atone.
– Certes. Ce qui rend difficile tout point de vue objectif.
– Pas vraiment. » Duxbury fit une pause avant de continuer : « Elle avait un caractère très affirmé.
– Très affirmé ?
– Elle pouvait se montrer impossible... parfois. »
D'un froncement de sourcils, Harker afficha comme une incompréhension.
« Vous savez. » Duxbury inspira profondément. « Les gens pensaient que père était un mari soumis. En fait, non. Pas vraiment. Il avait adopté le bon comportement avec elle. Il ne s'énervait jamais. Même lorsqu'elle était vraiment insupportable, il se contentait de sourire et d'attendre sans mot dire que ça lui passe.
– Il lui arrivait d'être si difficile à vivre ?
– Elle était... » Duxbury hocha la tête. « Oui, elle était parfois vraiment terrible.
– Et votre père ne se mettait jamais hors de lui ?
– Jamais.
– Je ne me suis jamais marié, dit Harker sur le ton de la confidence. Mais je me souviens de mes parents. Normaux, je suppose. Peut-être meilleurs que d'autres. Mais il leur arrivait de se disputer. Trop de fatigue. Des sautes d'humeur. Rien de catastrophique. Pas de bagarres. Pas de vaisselle cassée. Mais – de temps à autre – ils avaient des engueulades épiques.
– Qui n'en a pas ? s'amusa Duxbury. Ben et moi – Ben est ma femme –, nous nous disputons par moments comme des chiffonniers... puis on rit. Ça fait aussi partie de la relation amoureuse.

———— Une confession ————

– Vos parents, eux, ne se disputaient jamais », souligna Harker. Le ton était posé mais net.

Le sourire de Duxbury s'effaça. Il lâcha : « Ce qui veut dire qu'ils n'étaient *pas* amoureux ?

– Juste une idée, fit Harker, l'air dégagé.

– Il a cinquante ans. Mère n'était pas beaucoup plus jeune.

– Le soufflé de la passion était retombé ?

– En partie, forcément. » Il ajouta : « N'est-ce pas ainsi que ça doit se passer ?

– On dit aussi qu'il est possible de bien vieillir.

– Pas ma mère, j'en ai bien peur.

– Non ?

– Je crois qu'en secret, elle détestait vieillir. Autant qu'elle détestait l'idée de tomber malade. Elle avait aussi cette obsession de la "malpropreté", comme elle disait.

– Ah. » Harker attendit.

« Ce n'était pas juste le désordre. Vous savez, celui d'un vrai foyer, d'une maison où on vit. Elle allait plus loin. Beaucoup plus loin. C'était presque une phobie. La propreté ! » Il eut un petit sourire triste. « En comparaison, une salle de chirurgie paraîtrait crasseuse.

– Et en vacances ? demanda innocemment Harker. Les hôtels ?

– Ils ne partaient jamais en vacances. Pendant dix ans – plus, même – ils n'ont jamais dormi ailleurs que dans leurs lits. Je... euh... j'imagine que son caractère ne faisait qu'empirer avec l'âge. Cette obsession de "la propreté". Cette dernière fois. Ce dernier week-end... » Il s'interrompit, s'éclaircit la gorge et se renfrogna. « C'était mon idée. Si je n'avais pas insisté... Je sais que c'est idiot. Mais je me sens coupable.

– Ce n'est pas votre faute s'ils sont allés se promener sur le bord de cette falaise.

– Il n'empêche que... »

Ils firent silence un instant, comme en hommage à la défunte Maude Duxbury.

« Votre père ne s'en formalisait pas ? reprit Harker.
– De quoi ?
– De ne jamais prendre de vacances.
– Il avait cette entreprise. C'était sa vie. Tout ce qu'il a toujours souhaité.
– Mais quand même... » Harker n'acheva pas sa phrase.
« C'est un homme singulier. » Plutôt que répondre à l'interrogation implicite, Duxbury avait maintenant l'air de penser à haute voix. « Unique en son genre. Il ne se plaignait jamais. Il n'attendait pas grand-chose de la vie. Je dirais qu'il était... placide. C'est le terme qui le dépeint le mieux. Placide. Et plus encore. Il ne semblait jamais déçu. Ni enthousiaste. Ni en colère. Ni *rien*.
– Il était heureux ?
– Je suppose qu'il l'était, répondit Duxbury d'un air songeur. En tout cas, il n'était pas *mal*heureux. Ni accablé.
– Ou alors il ne le montrait pas, comme le reste.
– Je... euh... je pense que c'est le fin mot de l'histoire. Tout le monde ressent quelque chose. Ressent des émotions, d'une manière ou d'une autre. Père aussi, j'imagine. *Forcément.* Simplement, il a cette capacité extraordinaire de ne rien dévoiler. »
Duxbury avait parlé au passé. Puis au présent. La différence n'échappa pas à Harker. Une différence subtile, inconsciente. Parfois Duxbury s'exprimait comme si son père aussi était décédé. Au passé. Puis il se ressaisissait et revenait au présent ; comme s'il se rappelait soudain que son père était toujours en vie.
La teneur de l'entretien avait changé. Ils s'étaient rapprochés. La distance avait cédé place à une espèce d'intimité. Une relation qui dépassait de loin l'échange de propos entre un policier et un inconnu. En réalité, Harker ne ressemblait pas à un officier de police. Le costume en tweed, la canne, le fait qu'il boitait. Sa façon de parler. Doucement, comme sur le ton de la confidence. Pas un mot plus haut que l'autre. Pas d'emphase. Mais un intérêt sincère pour son interlocuteur. Affirmer à ce stade qu'ils étaient

―――― Une confession ――――

déjà amis – et même bons amis – n'était pas exagéré. En apparence... et sans doute plus qu'en apparence. Harker était arrivé où il le voulait, et Duxbury l'y avait aidé en effectuant la moitié du chemin. Comme si le plus jeune des deux avait eu besoin de quelqu'un à qui parler. À qui se confier. Quelqu'un en qui il pouvait avoir confiance.

Harker dans le rôle du confident modèle, de l'oncle préféré.

Et pourquoi pas ?

Duxbury subissait le contrecoup d'un choc émotionnel. Il avait besoin de soutien. Quelque chose – quelqu'un – qui puisse l'aider à encaisser l'épreuve.

Il baissa les yeux, s'absorba un moment dans la contemplation de la moquette, puis murmura : « Je ne crois pas qu'ils s'aimaient.

– Ce n'étaient plus de jeunes tourtereaux, objecta gentiment Harker. Les gens de cet âge se livrent rarement aux effusions en...

– Non ! » Duxbury coupa net Harker, releva la tête et le dévisagea. Son regard était empreint de tristesse. « Rien à voir avec l'âge. Je me souviens, quand j'étais gamin. Les gosses remarquent ce genre de choses. Ils ne sont pas censés le faire, mais ils le font. Peut-être ne savent-ils même pas ce qu'ils remarquent. Mais quelque chose *cloche*. On ne riait pas beaucoup à la maison. Pas de blagues entre eux, pas de plaisanteries en famille... L'inverse de Ben et moi. Que de la politesse superficielle. Pas de rires. Pas d'amour.

– Mais ils... euh... ils ne se disputaient pas en tout cas.

– Non. On ne se dispute pas avec un fauteuil. Ou avec un abat-jour. C'est là. C'est utile. Ou décoratif. Ou les deux. Mais vous ne le détestez pas plus que vous ne l'aimez. Ça fait juste partie du décor. De la maison. »

Harker avança : « Vous êtes sûr que vous ne vous faites pas des idées après coup ?

– Oh, *je* les aimais, poursuivit Duxbury d'un ton triste et lointain. Je les aimais tous les deux. Mais je n'arrivais pas à comprendre pourquoi eux ne s'aimaient pas.

– Et vous, ils vous aimaient ?

– Bien sûr. » Duxbury paraissait étonné que la question fût même posée. « Surtout père. Comme je l'ai déjà dit, il n'était pas du genre démonstratif. Il ne l'est toujours pas d'ailleurs. Rien de précis, mais même tout gamin, je savais. C'était évident. Depuis toujours. Nous étions *à l'aise* ensemble. Plus comme des copains que comme un père et son fils. C'est toujours le cas.

– Mais vous n'avez jamais été aussi proche de votre mère... c'est ça ? demanda Harker.

– Il y a toujours eu une espèce de – comment dire ? – une espèce de... nervosité. » Il baissa d'un ton. Il critiquait sa mère, et sa mère venait de mourir de mort violente. Cependant, il poursuivit : « Je vous parle beaucoup plus facilement que je ne pouvais lui parler. Elle savait toujours tout mieux que les autres... vous voyez le genre. Je... euh... je ne crois pas qu'elle le faisait exprès. C'était seulement sa manière d'être. Mais, non, en effet, je n'ai jamais été aussi proche d'elle que je l'étais de mon père.

– Et maintenant elle est morte, dit doucement Harker.

– Je... » Il avala sa salive. « J'aurais aimé faire plus d'efforts. Je regrette de ne pas avoir essayé de comprendre davantage.

– Comprendre quoi ?

– Que... » Il se tut un moment, manquant de mots. Il se mordit la lèvre inférieure, puis murmura : « Comprendre que c'était une femme très malheureuse. Je pense que c'est le fond du problème.

– Malheureuse ?

– Je l'ai déjà dit. Ils ne s'aimaient *pas*. Leur mariage n'était qu'un faux-semblant. Des années durant. Année après année. Faire éternellement semblant d'être heureux en ménage. C'était *inévitable* qu'elle soit malheureuse.

– La timidité, peut-être ? avança Harker. Peut-être l'avez-vous crue malheureuse alors qu'elle n'était que timide.

– Elle n'était pas timide, répondit fermement Duxbury. Lorsqu'il nous arrivait à l'occasion de recevoir – ou d'être reçus –, elle s'amusait. » Il eut une hésitation, puis se décida : « Elle aimait

—— Une confession ——

particulièrement la compagnie des hommes. Comprenez-moi bien, je ne parle pas de flirter. Rien de ce genre. Mais plutôt une... une espèce de rébellion contre père. Quelque chose comme ça.

– Et votre père ? Lors de ces réceptions ?

– Pareil que d'habitude. Il n'a jamais changé d'un iota. Impassible. Renfermé.

– Mais votre mère ne se montrait pas aguicheuse ?

– Jamais de la vie. » La réponse ne laissait aucune place au doute. « Je ne suis plus un enfant. Je l'ai vue. Je l'ai observée. Les discussions amicales... elle adorait. Pas les habituels papotages entre femmes. L'art de la conversation. Père ne pouvait pas être un interlocuteur. Ou ne le *voulait* pas. Ce n'était pas plus que ça. Elle devenait une autre femme. Pleine de vitalité. Vivante. Elle riait, même. Mais dès que nous remontions en voiture – ou que le dernier invité était parti –, c'était comme si on avait actionné un interrupteur. » Puis il jeta d'une voix où le désarroi le disputait à la colère : « Mais pourquoi diable ont-ils eu un jour l'idée de se marier ?

– Les gens commettent parfois des erreurs, tempéra Harker.

– Je sais. Mais *quelle* erreur. » Il y eut une pause – une longue pause – puis il murmura : « Le plus étonnant, c'est qu'ils ne se soient pas entretués.

– Tant de haine ? » Harker savait qu'il marchait sur des œufs.

« Pas d'*amour*. Même pas de respect mutuel. Rien !

– Cela vous aurait-il surpris ? avança prudemment Harker.

– Quoi ?

– Si l'un des deux avait tué l'autre. » Il se hâta de préciser : « Je ne parle pas de choc. Bien sûr que vous auriez été choqué. Mais auriez-vous été *surpris* ? »

Une ride barra le front de Duxbury que la question avait conduit à de sombres pensées. Harker l'observait, se demandant jusqu'où il irait.

« Je ne crois pas. » Duxbury s'exprimait avec lenteur, comme si on lui arrachait les mots de la bouche. « Comme vous dites...

j'aurais été sous le choc. Mais pas surpris. Pas *vraiment* surpris. »
Un long soupir, puis : « Je ne vous apprends rien. Il est arrivé que des gens tuent pour beaucoup moins que ça.

– Pour beaucoup moins que ça, en effet », convint Harker... qui décida d'en rester là.

La conversation se poursuivit encore pendant peut-être une demi-heure. Harker était suffisamment avisé pour s'éloigner du bord du gouffre. Il en avait déjà appris davantage qu'il n'aurait osé l'espérer. Il aimait bien cet homme. Il aimait bien Harry Duxbury et s'attristait de la peine qu'il allait probablement lui infliger avant la fin de l'enquête. Car l'enquête allait se poursuivre. Il le *fallait*. Le puzzle se reconstituait. John et Maude Duxbury étaient à présent plus que des noms. C'étaient maintenant de vraies personnes... toutes deux apparemment capables de commettre un meurtre.

Quand Harker fut sur le départ, ils échangèrent une poignée de main et Duxbury dit : « S'il y a quoi que ce soit d'autre – des informations que le coroner souhaite obtenir –, surtout n'hésitez pas.

– Merci. » Puis, presque comme une réflexion après coup : « C'est plus que probable. »

DOUZIÈME PARTIE

LA TÉNACITÉ DE HARRY HARKER

Il y avait une lueur d'espoir. Une éventualité. Hautement improbable, une chance sur mille, mais *réelle*.

Il y avait ça, plus l'instinct, et l'instinct était important. Très important. Demandez à n'importe quel bon policier, il vous dira qu'il *sait*. Ne lui demandez pas comment, car cela il *l'ignore*. Comment le dompteur dans la cage aux fauves sait-il qu'un félin habituellement discipliné est sur le point de mordre ? Comment un marin aguerri sait-il, sans l'aide du moindre outil, que le temps se gâte ? Comment le fermier sait-il, rien qu'en prenant une poignée de terre entre ses doigts, que la récolte va être meilleure ou pire que l'an dernier ? L'expérience ? Oui, bien sûr, mais l'expérience poussée à un niveau tel qu'elle dépasse l'expérience même. C'est un sens supplémentaire. Une certitude absolue. Et c'est ce qui sépare les bons des très grands professionnels.

Harker savait. Harker en aurait mis sa tête à couper.

Une fois sorti du bureau de Duxbury, il retourna à sa voiture et réfléchit à ce qu'il allait faire.

Rimstone n'était pas facile à dénicher, mais il trouva le village qui donnait son nom au secteur, et avec lui son poste de police qui se signalait à tous par son enseigne lumineuse bien visible. Pinter était là et Harker se présenta. Il l'invita dans un petit bureau chauffé au gaz où les deux policiers discutèrent de ce qu'il convenait de faire.

Pinter lui raconta tout ce qu'il avait appris depuis que Tallboy lui avait téléphoné. Harker écouta, approuvant çà et là d'un hochement de tête satisfait, mais sans l'interrompre.

« Et voilà tout pour le moment, conclut Pinter. Le chef m'a demandé de fouiner un peu. M'a prévenu que vous alliez sans doute me contacter. Sans m'en dire plus.

– Un meurtre », répondit Harker d'un ton neutre. Et définitif.

Pinter eut l'air intéressé, mais pas surpris.

« Ça n'a pas l'air de vous faire tomber de votre chaise », nota Harker, sec et sarcastique.

À quoi Pinter rétorqua : « Un superintendant en chef téléphone à un agent de village. Il ne lui donne aucun détail ou presque, mais il veut que ce dernier file un coup de main à un inspecteur d'un autre district. Ça ne doit pas être une simple infraction au Code de la route.

– Quel petit futé, sourit Harker.

– Ça veut dire également que soit vous n'êtes pas sûr de votre coup, soit vous n'avez pas de preuve.

– Je suis sûr.

– Sa femme est tombée d'une falaise, observa Pinter d'un air songeur. Ou alors elle n'est *pas* tombée d'une falaise.

– Vous avez des observations à faire ? l'encouragea Harker.

– Qui n'a *pas* des envies de meurtre, parfois ? lâcha Pinter d'un ton grave. Quand ma femme est morte, j'aurais pu assassiner Dieu lui-même. Tout le monde ressent ça… à un moment ou un autre. Pour la plupart des gens, ça ne dure pas. Mais certains agissent avant que l'envie leur passe.

– Oh, vous êtes fort savant.

– C'est vous qui m'avez demandé.

– Mmm… et Duxbury ?

– Il est comme tout le monde. Pas mieux que moi. Ni pire.

– Et sa défunte femme ?

– Je n'étais pas marié avec elle.

– Vous ne vous mouillez pas.

– Je ne fais pas de suppositions. Je me suis renseigné comme on me l'a demandé. Vous en savez maintenant autant que moi.

– Cette histoire de journal intime ? s'enquit Harker. Vous croyez ce que dit la femme de ménage ?

―――― Une confession ――――

– Elle exagère, répondit Pinter. Mais je ne pense pas qu'elle mente délibérément.
– Ce mot, "journal". Ça peut être n'importe quoi.
– Un truc beaucoup plus consistant qu'une liste de rendez-vous. C'est l'impression que j'ai eue.
– Oui, mais comme elle en rajoute… »
Pinter approuva d'un mouvement de tête.
Harker continua : « Ça pourrait valoir le coup de regarder ça de plus près.
– Ça pourrait aussi être une perte de temps. Personne ne va écrire dans son journal qu'il a tué quelqu'un.
– Exact. » Harker se frotta le menton, puis eut une autre idée : « Il y a un type dénommé Evans. Il a travaillé pour la boîte de Duxbury jusqu'au début du mois de novembre. Il s'est fait virer parce qu'il volait. Il a quitté la région et il est maintenant quelque part dans le Sud. J'aimerais savoir où précisément… sans que Duxbury ou son fils ne l'apprennent. Vous croyez pouvoir m'obtenir son adresse ?
– Je m'en occupe, promit Pinter.
– Super. » Harker se leva en s'aidant de sa canne. « Demain. Disons à 5 heures de l'après-midi. Au commissariat central.
– J'y serai. »

Tallboy était encore au bureau, finissant une longue journée de tâches administratives. L'énorme pile de paperasse déposée tous les matins dans son bac de dossiers entrants révulsait ce flic attaché au concret, mais le métier étant ce qu'il était pour un haut gradé comme lui, le moindre truc en provenance de Beechwood Brook devait porter sa signature personnelle.
Il indiqua une chaise à Harker, fit jouer ses doigts légèrement engourdis et se pencha en arrière.
« Du nouveau ? demanda-t-il.
– Ce n'est peut-être qu'une fausse impression, avança prudemment Harker.

– Qu'est-ce que ça veut dire ?

– Ça veut dire, répondit Harker, que vous avez un meurtrier dans votre secteur. Et ça veut aussi dire qu'il a de bonnes chances de s'en tirer.

– J'aimerais plus de précisions », dit Tallboy.

Harker lui raconta. Tout. Les quelques rares faits avérés, et la montagne de quasi-certitudes impossibles à prouver. Tallboy l'interrompait de temps à autre pour lui poser une question judicieuse, à laquelle Harker répondait de manière tout aussi judicieuse.

« C'est bien de le savoir, en tout cas, affirma-t-il quand Harker eut achevé son récit. *Nous* savons, mais comme lui ne sait *pas* que nous savons, il remettra peut-être ça un de ces jours.

– On ne peut pas se contenter de ça, monsieur.

– De mon point de vue, il *faudra* pourtant s'en contenter. »

Très posément, Harker annonça : « Je vais l'interroger.

– Pour le pousser à bout ? Une pointe de sarcasme perçait dans la voix de Tallboy.

– Le démolir, dit calmement Harker. Devant son fils.

– À quoi bon ?

– De mon point de vue... » Le regard de Harker s'était fait dur et inflexible. « Chaque homme a une réputation. Duxbury comme les autres. Un type bien. Quelqu'un de vraiment honnête. Un citoyen honorable... Jamais de la vie ! C'est un meurtrier. D'accord, on ne peut pas le prouver devant un tribunal... du moins pas encore. Mais *si* nous n'y arrivons pas, alors je détruirai sa réputation auprès de la seule personne dont il respecte l'opinion.

– Est-ce notre rôle ? demanda doucement Tallboy.

– Je le ferai avec ou sans votre bénédiction, monsieur.

– Je vous le redemande : est-ce notre rôle ?

– Il s'agit de justice, gronda Harker. Au diable les bouquins de droit. Au diable les tribunaux. Selon *moi*, nous sommes là pour réprimer les malfaisants. Je ne ferai rien d'illégal – je tiens trop à ma retraite – mais je ferai en sorte que la loi me donne les coudées assez franches pour qu'il en vienne à souhaiter *avoir*

―――― Une confession ――――

commis une erreur. Qu'il en vienne à n'avoir plus qu'un séjour à l'ombre à craindre.
— Et s'il nie tout en bloc ?
— Je le traiterai de menteur. Je trouverai des centaines de façons de lui dire qu'il ment.
— Et s'il *persiste* à nier ?
— Je ferai venir Foster. Je les confronterai. Je me débrouillerai pour que l'un des deux craque.
— D'accord, soupira Tallboy. Le flic qui poursuit une obsession... Il y a *toujours* un moyen.
— Monsieur. » La voix de Harker se radoucit légèrement. « Un meurtrier isolé contre un flic isolé. À part dans les mauvais polars, c'est une conjecture rarissime. Mais cette fois, c'est *exactement* ce qui se passe. Et c'est le meurtrier qui est en train de gagner. Il m'a conduit dans une impasse. Je n'ai pas d'autre issue que de faire demi-tour et de rentrer chez moi, et ça, c'est hors de question. Ma seule option... me forcer un passage au travers de ce cul-de-sac, et ramener ce salopard. Que j'y arrive ou pas, bon Dieu, je vais essayer ! »

Tallboy hocha lentement la tête. Il approuvait, non sans réticence.
« Dans l'immédiat, qu'allez-vous faire ?
— Je vois Pinter ici, demain. À 5 heures.
— Et puis ?
— Je vois John Duxbury.
— Avec Pinter ?
— Avec Pinter, et avec le fils Duxbury, Harry.
— *Et* avec moi », énonça Tallboy d'un air sévère.
Harker hocha la tête.
« À quoi bon ? s'enquit une nouvelle fois Tallboy.
— Je ne sais pas. » Harker fit une petite grimace navrée. « Je sais seulement qu'entre-temps je vais vérifier tout ce que j'ai appris à son sujet. Chaque fichu détail. Il n'est pas parfait. Il y a forcément une faille.
— Une brèche au fond de l'impasse ? sourit Tallboy.

– S'il y en a une, je la trouverai. »

Cette fois, Tallboy approuva.

« Vous pouvez me rendre service, dit encore Harker. Un mandat de perquisition me serait utile.

– Pour quel motif ?

– Suspicion de meurtre.

– Bon Dieu, mon vieux, vous n'espérez tout de même pas...

– C'est ce dont il s'agit, insista Harker. Je veux entrer *dans* la maison. Pas devoir poireauter sur le pas de la porte. Il me faut une autorisation légale. Pas question de bluffer. Je veux avoir toute autorité pour lui *dire*... pas lui *demander*. Et une fois à l'intérieur, je veux pouvoir chercher des éléments. Ce "journal intime" en particulier.

– Vous pensez que le journal est important ?

– Je vous le dirai quand je l'aurai lu.

– C'est un peu léger, inspecteur.

– Oui, monsieur, reconnut Harker.

– Nous... » Tallboy hésita un instant, puis continua : « Nous avons un magistrat très compréhensif. »

Harker attendit la suite.

Tallboy conclut l'entretien : « Vous aurez votre mandat. Essayez juste de ne pas *trop* me ridiculiser. »

La veille n'avait pas été une journée facile pour Harker. Il s'était quelque peu apitoyé sur son sort. Et n'avait pas été loin de rentrer chez lui, la queue entre les jambes.

Mais c'était hier, quand il lui avait semblé que sauver la tête vide de Briggs était la finalité de cette enquête et son but *principal*. Et surtout, c'était avant son entrevue avec Harry Duxbury et sa discussion avec l'agent Pinter.

Harry Duxbury et Pinter avaient changé la donne. Grâce à eux, il voyait désormais les choses sous un tout autre angle et se souciait comme d'une guigne de Briggs – à présent, il s'agissait d'une affaire personnelle.

——— Une confession ———

Harker remplit le réservoir de sa Fiesta et fonça jusqu'à l'hôtel. Raymond et Martha Foster étaient dans leur chambre, mais pas encore couchés. Ils étaient en train de lire. Voyant Harker débarquer, ils levèrent tous deux les yeux, affichant le même regard inquiet.

« Je... je croyais que... », commença Raymond Foster.

Sa femme parla en même temps : « Inspecteur, je vous en prie, ne pourriez-vous pas...

– Fermez-la, tous les deux. » Harker boitilla jusqu'au lit, où il s'assit. Puis, pointant un doigt autoritaire sur Foster, il le tança : « C'est la dernière fois que je pose la question. Vous êtes *certain* ?

– Évidemment que je suis certain, gémit Foster. Mais je ne veux pas...

– Ça n'a aucune espèce d'importance, coupa Harker.

– Si, c'est *très* important. » Le ton de la femme rivalisait avec celui de Harker. « Si vous croyez...

– Ne vous mettez pas en travers de mon chemin. L'un ou l'autre. » Il les fixa l'un après l'autre d'un air menaçant. « Essayez seulement, et je vous écrase. Vous pouvez peut-être continuer votre mignonne petite existence en vous accommodant d'un meurtre. Pas moi. Je suis ici pour obtenir confirmation. Une *fichue* confirmation.

– Je ne mens pas, murmura Foster.

– Et vous ne faites jamais d'erreur ?

– Pas cette fois. Il l'a poussée. Je le jure... il l'a poussée par-dessus le bord de la falaise.

– Vous pourrez prêter serment ?

– Si... s'il le faut. Mais...

– À la barre des témoins ?

– Oh, mon Dieu !

– *À la barre des témoins ?* rugit Harker.

– Si... s'il le faut.

– Ce ne sera pas nécessaire. » D'un ton méprisant, il cracha : « Je ne vous collerais même pas – aucun de vous deux – à la barre des témoins pour prouver que deux et deux font quatre.

— C'est vraiment ignoble de...

— La ferme, madame. Estimez-vous heureux que *quelqu'un* soit là pour s'occuper des prédateurs pendant que vous dégustez vos galettes végétariennes. »

C'était de l'esbroufe, bien entendu. Comme il l'avait dit, il s'agissait d'obtenir « confirmation ». Donc, flanquer la trouille de sa vie à cet enfoiré de mauviette. Lui faire croire que son petit univers lui tombait sur la tête. S'il s'en tenait toujours à sa version des faits, alors il n'y avait plus le moindre doute.

Harker reprit sa Fiesta pour la lancer vers le sud en maintenant un bon 90 kilomètres-heure. Repensant aux Foster, il se disait qu'être flic était au fond un sale métier. Des gens corrects. Idiots, mais innocents. Ridiculement honnêtes. Mais ça faisait partie du job de devoir parfois jouer les grosses brutes pour s'assurer de cette honnêteté.

Il prit la direction de Leeds, la « ville des autoroutes », avec son dédale de ponts et de voies souterraines. Une succession de tunnels lumineux débouchant soudainement à l'air libre, plus haut que les toits des maisons, avant de replonger dans les profondeurs éclairées au néon. Des dizaines de panneaux de signalisation. Des centaines, même ! Si vous avez le malheur d'en rater un, vous prenez une fichue mauvaise route et vous voilà perdu. Il faut suivre les panneaux bleus. Ils vous assurent d'être toujours sur le réseau autoroutier, le seul où l'on trouve des stations-service ouvertes toute la nuit.

Arrivé sur la M1, il ralentit un peu. On était en décembre et il y avait du givre. Il dut affronter des averses intermittentes et de la neige fondue. Les sableuses n'étaient pas encore passées, aussi pouvait-il y avoir risque de verglas. Le verglas. Cette saleté qui donnait l'impression que la route n'était que mouillée, alors qu'elle était aussi dangereuse qu'une piste de ski. Il savait où il allait, mais il voulait y *arriver* sain et sauf.

Au sud de l'embranchement 15, il bifurqua vers la station-service, se gara et boitilla jusqu'au restoroute. Un bol de soupe

——— Une confession ———

chaude et des petits pains pour un prix dérisoire. Une poignée de jeunes routiers jouant aux cartes autour d'une table ; oubliant pour un moment les vibrations de leurs camions avant de repartir pour la nuit dans le bruit de leurs habitacles. Des adolescents blêmes et renfrognés attendant devant une tasse de thé froid que quelqu'un veuille bien les emmener dans son véhicule. Ce goût étrange et métallique dans la bouche propre aux heures précédant l'aube.

Harker s'assit, étira ses membres raidis, et son humeur (une fois de plus) changea. Oh, bien sûr, cela tournait à un affrontement direct avec John Duxbury, mais cela en valait-il la peine ? Deux hommes d'âge mûr ne s'étant même pas encore rencontrés. Il y avait des chances que Duxbury n'ait même jamais *entendu* parler de l'inspecteur Harker. Qui était le foutu dindon de la farce, au fait ? Duxbury, bien au chaud dans son lit ? Ou lui (Harker), qui s'épuisait sur les routes depuis des heures et n'était encore qu'à mi-chemin et tout ça pour quoi ? Une nuit sans dormir et des heures à conduire pour buter contre un mur de plus au fond d'une impasse, puis refaire la route en sens inverse. Qui diable *était* le couillon ?

Un meurtre ? Et alors ? Des meurtres sont commis tous les jours. D'une semaine à l'autre et d'une année sur l'autre. Certains ne sont même pas reconnus comme tels. On ne les soupçonne pas... ou ils sont insoupçonnables. Quelle fichue différence avec le meurtre de Maude Duxbury ? Une femme poussée du haut d'une falaise. La belle affaire ! Des gens chutent tout le temps des falaises. Beaucoup en décèdent. À croire que c'est la raison même de l'existence des falaises. Elles sont là pour qu'on puisse en tomber. Pour qu'on puisse s'en faire précipiter.

En ce cas, pourquoi diable s'acharnait-il (Harry Harker) jusqu'à l'épuisement ?

Une affaire « personnelle » ?

Oui, c'était ça. D'homme à homme, et non pas d'homme à machine comme habituellement. L'équivalent d'un championnat de boxe entre poids lourds. Un meurtre. Le top du top. Nul besoin de ces gadgets dont disposent les services de police. Là, ils ne présentaient aucun intérêt. Là, c'était Harker contre Duxbury. Une affaire personnelle, donc. Ce serait bien le diable s'il se laissait berner par un imprimeur dans un bled paumé. C'*était* hors de question !

Il regarda la carte routière qu'il avait emportée et, après avoir décidé de son itinéraire, la replia, attrapa sa canne et regagna sa voiture en boitant.

Il quitta l'autoroute et roula vers l'est. L'A422, puis à droite et au sud de Bedford. L'A603 le conduisit à l'A1, où il bifurqua vers le sud. Puis il prit à gauche et s'engagea sur des petites routes. Roulant plus doucement, il passa Edworth, Hinxworth et Ashwell. Il suivait maintenant les panneaux indicateurs et non plus la numérotation des routes. Ensuite, vers l'est, il suivit l'A505 et, au sud de Royston, il prit à droite sur la B1039. Il avait été bien avisé de faire le plein à la station-service. De curieuses routes sinueuses. De curieux villages perdus et encore endormis. Barley et Great Chishill. Wendens Ambo ensuite, sous la M11, puis passer Audley End. Il roulait en troisième la plupart du temps et il avait mal à la tête et aux yeux. Ce serait mieux au retour. Toutes les stations-service seraient ouvertes, il pourrait emprunter de meilleures routes et conduire plus facilement.

L'aube s'était levée lorsqu'il arriva à destination. Dans un bourg dont l'économie s'était autrefois construite sur une fleur sauvage de Grèce, introduite dans la région par Thomas Smith, secrétaire d'État du roi Édouard VI. Une localité historique, à l'étroite rue principale bordée de bâtiments pittoresques. Et une ville peu pratique pour les automobilistes, les obligeant à tourner un moment avant de trouver une place de stationnement. Une fois sa voiture garée, il coupa le moteur, abaissa son dossier et s'octroya un petit somme, en attendant que le nombre de piétons dans les rues lui confirme que la ville s'était réveillée.

─── **Une confession** ───

Il descendit alors de voiture, puis marcha, la jambe raide, jusqu'à la grand-rue où il trouva l'hôtel principal. Il y montra sa carte professionnelle, on répondit à ses questions. On le laissa se rafraîchir et on lui servit un excellent petit déjeuner.

Puis il repartit vers Beechwood Brook... sans avoir rien appris de plus que ce qu'il savait déjà en arrivant.

Après un long bain chaud, il se rasa, enfila une chemise propre, changea de chaussettes et de sous-vêtements, et se sentit aussi en forme qu'un homme de son âge pouvait l'être après une nuit blanche et 650 kilomètres de route. Il arriva à 5 heures au commissariat de Beechwood Brook, où l'agent Pinter l'attendait.

« C'est tout ce que j'ai pu récolter. »

Pinter, l'air déçu, lui tendit une carte postale. C'était une vue de Plymouth Hoe, avec une oblitération du même endroit.

L'agent expliqua : « Evans a envoyé cette carte à son ancienne propriétaire. Pas d'expéditeur, et elle ne connaît pas son adresse.

– Pourquoi rester en contact, dans ce cas ? s'étonna Harker en retournant la carte.

– Il lui doit de l'argent. Elle n'espère pas le récupérer, aussi envoie-t-il une carte pour qu'elle ne s'énerve pas trop vite. En tout cas, c'est ce qu'*elle* pense.

– Et vous, qu'en pensez-*vous* ?

– Je pense qu'ils ont couché ensemble de temps en temps, et que c'est sa façon de lui dire : "Bye-bye, mon chou."

– Mais pourquoi l'envoyer ?

– Il lui *doit* du fric.

– C'est un crétin, marmonna Harker.

– Et sans aucun goût, de surcroît.

– Pas très gentil, ce que vous dites là, sergent.

– Je sais, inspecteur. » Pinter esquissa un sourire. « Le patron nous attend. »

Ils parcoururent des couloirs, frappèrent à la porte et entrèrent dans le bureau de Tallboy. Il les attendait, les salua juste d'un signe de tête avant de prendre une feuille de papier soigneusement pliée sur son bureau et de la tendre à Harker.

« Votre mandat de perquisition », dit-il sans ambages.

Harker prit le mandat et le fourra dans la poche de sa veste, avec la carte postale.

« Asseyez-vous... tous les deux. » La sécheresse du ton de Tallboy s'accordait à l'uniforme de superintendant en chef qu'il portait. Il attendit que les deux policiers se soient installés avant de poursuivre : « Messieurs. Quelques détails à régler avant de nous rendre à Rimstone. »

Harker ne pipa mot.

Tallboy s'adressa à lui : « J'arrête tout si j'estime que vous allez trop loin. Compris ?

– Non, monsieur, répondit tranquillement Harker. *Pas* compris.

– Vous dites que c'est un meurtrier.

– Je *sais* que c'est un meurtrier.

– *Je* vous dis, moi, que nous n'avons pas de preuves.

– Là-dessus, nous sommes d'accord, bougonna Harker.

– Donc, pas de rentre-dedans.

– Un meurtre... mais pas de rentre-dedans ? » Harker se moquait ouvertement.

« Si je dis "ça suffit", on arrête, jeta Tallboy.

– Monsieur le superintendant Tallboy. » Harker parlait d'une voix ferme et assurée. Il fixa avec détermination le regard tout aussi dur de Tallboy. « Un meurtre a été perpétré dans *mon* district. Ce qui – je ne crois pas devoir vous le rappeler – me confère le droit absolu d'interroger qui je veux, quand je veux, dans *n'importe quel* district. Votre grade ne s'applique qu'à *votre* district. Vous pouvez donner des ordres aux hommes de *votre* division. Pas à moi. Vous pouvez seulement me conseiller. Je tiendrai compte de vos conseils. Mais je veux bien être pendu si j'obéis aux ordres – si on me dit ce que je dois faire ou comment le faire – de qui n'a pas l'autorité requise pour me les donner. À

——— **Une confession** ———

l'agent Pinter ici présent, vous pouvez dire "ça suffit". Pas à moi. En ce qui me concerne, vous êtes un spectateur dans cette affaire. Je n'enfreindrai pas la loi, mais s'il faut faire du rentre-dedans, je le ferai. Un peu que je le ferai ! Et vous ne m'en empêcherez pas, parce que vous n'en avez pas le *pouvoir*.

– Vous êtes un homme courageux, lui dit Tallboy, la voix grave.

– Peut-être.

– Ou complètement insensé.

– Peut-être aussi.

– Je *suis* connu pour m'être parfois écarté des règles.

– Je sais, monsieur, répondit poliment Harker. Il nous arrive à tous d'oublier. »

Pinter regardait tour à tour les deux hommes. Il savait qu'il venait d'assister à une petite bataille entre deux géants. Tallboy n'avait rien d'un jobard. Son passé – sa réputation – suffisait à effrayer la plupart des sergents. Et pourtant cet inconnu – ce Harker – l'avait purement et simplement défié. Calmement et sans en faire toute une histoire, il avait remis Tallboy dans les clous... et tous les trois le savaient.

Un silence suivit l'échange. Tallboy alluma une cigarette. La flamme de son briquet ne vacilla pas. La fumée de tabac monta, tout aussi droite et régulière.

Posément, il dit : « 19 heures, inspecteur. Chez Duxbury. Je me suis arrangé pour que son fils, Harry, soit présent. Je vous retrouve là-bas tous les deux.

– D'accord, monsieur. » Harker se leva. « Je prendrai le sergent Pinter dans ma voiture. »

TREIZIÈME PARTIE

LE CALVAIRE DE JOHN DUXBURY

Pinter fit remarquer : « C'est un bon chef, inspecteur. »
« Vraiment ? » Harker s'avança légèrement dans son siège, autant que la ceinture de sécurité le lui permettait, pour mieux voir, à travers le balayage des essuie-glaces, le peu qu'éclairaient ses phares dans la bruine. « Passé un certain grade, ils sont tous bons. Inutiles, mais bons. »

– On peut compter sur lui en cas de coup dur. » Pinter tenait à s'assurer que Harker n'ait pas une mauvaise impression de Tallboy. Harker émit un vague grognement. Pinter compléta : « Je suis bien placé pour le savoir. Il m'a tiré d'affaire plus d'une fois. »

Harker se concentrait sur sa conduite. La voiture roulait sur d'obscures routes de campagne, et la bruine était aussi dense que du brouillard.

« Il a repris le flambeau de Blayde.
– Qui diable est Blayde ?
– Le superintendant en chef Blayde. »

Harker mentait en prétendant ignorer qui était Blayde. L'homme était légendaire et même lui, Harker, naturellement prompt à déboulonner les légendes, connaissait et admirait les prouesses du superintendant en chef Robert Blayde. Mais pour l'heure, Harker n'oubliait pas sa situation : un inconnu en terre inconnue. Bien loin de son terrain de jeu. Qui était son ami ? Qui était son ennemi ? Et surtout, qui était son ennemi déguisé en ami ? Le mieux était de ne faire confiance à personne.

Ils demeurèrent silencieux jusqu'à leur arrivée à la maison. Une Rover était garée sur l'herbe de l'accotement, devant l'allée, où Harker reconnut une Volvo qu'il avait déjà vue sur le parking de l'imprimerie. Il gara sa Fiesta derrière la Rover.

Tallboy sortit de la Volvo et les trois hommes se réunirent sur l'herbe détrempée.

« Tout est au point, inspecteur ? » s'enquit Tallboy auprès de Harker qui ne répondit pas. Tallboy poursuivit : « Son fils est là. Il l'était déjà quand je suis arrivé. »

Ils traversèrent la route pour s'engager dans l'allée, puis Tallboy appuya sur la sonnette.

Harry Duxbury ouvrit la porte, accueillit Tallboy comme un ami, et se recula pour laisser passer les autres.

Comme Harker entrait le dernier, le fils Duxbury lui dit en souriant : « Je ne pensais pas vous revoir si vite, inspecteur.

– Certaines démarches sont nécessaires. » L'expression de Harker ne trahissait aucune émotion, mais il s'exprimait comme s'il présentait des excuses. « Nécessaires, mais pas toujours agréables. »

Le salon était aussi immense que somptueux. Il était meublé d'un divan assez large pour quatre personnes assorti de quatre fauteuils, d'un bon nombre de chaises droites et d'ottomanes ainsi que d'une demi-douzaine de tables basses de diverses tailles. Un tel mobilier était indispensable pour que la pièce ne paraisse pas trop nue, tout comme les tapis de style persan et, devant les fenêtres, les longs rideaux allant du sol jusqu'au plafond. Une grande cheminée imitant le style néoclassique des frères Adam abritait un large foyer où brûlaient des bûches et des galettes de charbon. La pièce était également équipée de longs et bas radiateurs. Deux luminaires jumeaux à quatre lampes étaient suspendus au plafond et six appliques accrochées aux murs. Sans tout cela, ainsi que d'autres arrangements accessoires, la pièce aurait semblé vulgaire et par trop surdimensionnée.

Harker prit place dans un fauteuil à droite de la cheminée. John Duxbury, installé dans celui de gauche, lui faisait ainsi plus ou moins face. Tallboy et Harry Duxbury se partagèrent le sofa,

—————— **Une confession** ——————

chacun à une extrémité. Pinter s'assit dans un troisième fauteuil, entre le sofa et John Duxbury.

Un peu maladroitement, Duxbury lança : « Chris a appelé. Il m'a fait part de votre désir de me voir.

– Chris ? répéta Harker, feignant l'étonnement.

– Chris Tallboy. » Il était plus enrobé que costaud. Bien rasé. La peau presque luisante, une impression qu'accentuait sa calvitie pratiquement complète. Sa voix était agréable. Amicale. Il avait l'air d'avoir *appris* à se montrer charmant en toutes circonstances. « Le superintendant en chef Tallboy et moi nous connaissons bien. Nous avons le plus grand respect l'un pour l'autre.

– Je n'en suis pas à connaître les superintendants en chef par leurs prénoms, répondit Harker. Est-ce que "Chris" vous a expliqué les raisons pour lesquelles je voulais vous voir ?

– Je lui ai dit. » C'est Harry Duxbury qui avait répondu. « Je lui ai expliqué que c'était au sujet de l'accident de mère. Il ne semble pas y avoir d'autre raison.

– Est-ce pour ça que vous êtes ici ? demanda Duxbury.

– Oui, la mort de votre épouse, acquiesça évasivement Harker.

– Et vous êtes venus à trois ? » Duxbury sourit à chacun. « Un superintendant en chef. Le policier local. Et vous, un inspecteur. Cela veut dire que vous vous posez de sérieuses questions. » Il soutint le regard de Harker avant d'ajouter : « À quel propos, je me demande.

– À propos de certains points, répondit calmement Tallboy.

– Vous portez votre uniforme, Chris. Dois-je en déduire que cette visite est "officielle" ?

– Je le crains.

– Je croyais que nous avions tout clarifié hier. » Harry Duxbury posa sur Harker un regard où se mêlaient tristesse et déception. « Pour ne *pas* affecter encore davantage papa.

– Pas tout, répondit Harker. Vous ne pouviez pas. Vous n'étiez pas là quand ça s'est produit.

– Quand elle est tombée de la falaise ? intervint John Duxbury.

– Quand elle est morte.
– C'est bien ce que je dis. Quand elle…
– Il n'y avait que vous et elle, l'interrompit doucement Harker. Vous êtes donc en mesure de me raconter des choses que personne d'autre ne sait.
– Bien sûr. » Duxbury hocha la tête, affable. « Et bien sûr, je le ferai.
– Était-elle morte ? » Harker était pressé d'en finir avec les fausses amabilités. « Lorsqu'elle s'est écrasée sur les rochers, était-elle morte ?
– Je… je ne sais pas vraiment. » La brutalité de la question rendit Duxbury livide.
« Vous avez regardé en bas ?
– Oui. Bien sûr que j'ai…
– Bougeait-elle ?
– Non.
– Elle était juste étendue là ?
– Ou… oui.
– Aucun bruit ? Pas de gémissements ?
– Non.
– Rien ?
– Non… rien.
– Écoutez, je pense que… » Le ton de Harry Duxbury trahissait à la fois la colère et l'inquiétude. « Je suppose que vous êtes obligé d'agir ainsi, mais…
– C'est indispensable, lui expliqua Tallboy. Il n'y a pas de façon polie de poser ces questions. »
Harry Duxbury soupira profondément mais se tut. Harker l'ignora et poursuivit.
« Vous vous souvenez des Foster ?
– Les… euh… les…
– Les Foster ? Ils séjournaient dans le même hôtel que vous.
– Ah, oui. » Duxbury acquiesça d'un mouvement de tête. « Un jeune couple. Lui… euh… il me reprochait de fumer.

─── Une confession ───

— Les deux versions ne concordent pas, lâcha Harker d'un ton neutre.
— Les deux quoi ?
— Leur version et la vôtre.
— Je... je ne vois pas comment...
— Ils se passionnent pour l'observation des oiseaux.
— Les Foster ? Oui, je me souviens. Il m'en a touché quelques mots.
— Ils ont vu ce qui est arrivé. » Il avait l'impression de faire avancer un animal craintif avec un bâton. « Ils étaient sortis... pour regarder les oiseaux. Ils étaient dans un abri improvisé et avaient des jumelles. Ils ont vu ce qui s'est passé.
— Oh !
— Vous et votre épouse. Ils pouvaient vous voir parfaitement. Ils ont vu *exactement* ce qui s'est passé. »
Harry Duxbury s'exclama : « Dans ce cas, pourquoi diable n'ont-ils rien *fait* ?
— Quoi par exemple ? » Harker posa un regard las sur le jeune homme.
« Eh bien, ils auraient pu... ils auraient pu... » Il s'interrompit et fit un grand geste des mains. Comme un pêcheur exagérant la taille de sa prise. « Ils auraient pu faire *quelque chose*.
— Descendre ? Pour vérifier si elle était encore en vie ?
— Oui, s'empressa-t-il de répondre. Ils auraient pu faire ça.
— Votre père ne l'a pas fait.
— Il... Il n'est plus tout jeune. Il n'a plus l'énergie qu'il...
— On parle quand même de *sa* femme.
— D'accord ! D'accord ! Mais ils auraient pu... crier. Montrer qu'ils étaient là.
— Votre père ne l'a pas fait non plus.
— Quoi ?
— Crier.
— S'il était seul – s'il croyait l'être –, à quoi bon ?
— Il n'a pas crié à l'attention de votre mère. Pour voir si elle était toujours vivante et éventuellement en mesure de lui répondre.

– C'est bon, Harry. » Duxbury se passa la main sur son crâne chauve. « Ils n'auraient rien pu faire. » Puis, s'adressant à Harker : « Pourquoi n'ont-ils pas été appelés pour l'enquête ?

– Ils l'auraient été, si nous avions su.

– Si vous aviez su ? répéta Duxbury, intrigué.

– Vous les avez rencontrés, fit Harker avec une moue. Ils sont d'une discrétion qui confine à l'invisibilité.

– Vous êtes allés les trouver... après l'enquête.

– Ils sont venus *nous* trouver.

– Ah !

– Ils nous ont raconté leur histoire. Vous aussi. Et elles ne concordent pas. »

Un nouveau « Ah ! » sortit de la bouche de Duxbury. Ses épaules s'affaissèrent. « C'est la *vraie* raison de votre présence. Ces divergences.

– En quelque sorte », admit Harker. Puis, presque négligemment : « Vous dites qu'en réalité vous *avez* crié ?

– Non. J'étais seul, en tout cas je le croyais. À quoi cela aurait-il servi de...

– Mais, votre femme ? Vous ne l'avez pas appelée ?

– Non.

– Pourquoi pas ?

– Elle était morte. » Ses yeux s'embuèrent, mais pas jusqu'aux larmes. « Quand quelqu'un est mort, on le sait.

– Un diagnostic à distance ? » Le ton de Harker était chargé de sarcasme. Sans pitié.

« Bon sang, inspecteur, on le *sait*.

– *Vous* le saviez. » La repartie fusa, instantanée. Harker laissa passer un temps puis, d'une voix radoucie, ajouta : « Vous le saviez, sans aucun doute. »

Pinter écoutait, tournant la tête vers chaque interlocuteur de cette conversation qui n'en était plus vraiment une. L'échange de propos tournait insensiblement à un véritable *interrogatoire*. Pinter se rappelait d'une machine qu'il avait un jour vue en

―――― **Une confession** ――――

action. Un instrument pour évaluer la résistance du métal à la traction. On attachait les deux extrémités d'un bout de métal à des espèces de mâchoires. On mettait la machine en route. Alors, lentement – si lentement que c'en était invisible à l'œil nu – les mâchoires s'écartaient l'une de l'autre. Un compteur mesurait la force exercée, qui augmentait graduellement... Et brutalement, le métal s'étirait, s'amincissait et cédait. D'un seul coup. En moins d'une seconde, dans un craquement si inattendu qu'on sursautait. L'instant d'avant, rien ne bougeait. Puis un morceau de métal apparemment solide – de l'acier, peut-être – se déchirait comme une feuille de papier. Incapable de résister à la force de la machine. Sa puissance. La contrainte inouïe sur la structure du métal.

L'équivalent de cette machine était à l'œuvre dans cette pièce. L'aiguille du compteur avait commencé à grimper au-dessus du zéro. Mise à rude épreuve, la matière tenait bon pour le moment, mais cela ne durerait pas.

John Duxbury se leva de son siège. Brusquement. Comme si une force l'en avait éjecté.

« Du whisky, annonça-t-il. J'aimerais bien boire un verre de whisky. Qui d'autre ? Chris ?

– Non merci.

– Inspecteur ? »

Harker fit non de la tête.

« Agent Pinter ?

– Non merci, monsieur.

– Harry, tu en prendras bien un, n'est-ce pas ?

– Oui, s'il te plaît, accepta Harry Duxbury, la bouche sèche. Un double, avec un peu d'eau.

– Dieu merci. J'ai cru un instant que j'allais devoir boire seul. Ce qui aurait été...

– Pendant que vous êtes debout, apportez-nous donc votre journal, lança Harker.

– Mon... euh... mon quoi ?

– Votre journal intime. » Harker glissa la main dans la poche intérieure de sa veste.

« Nous avons un mandat de perquisition, expliqua Tallboy d'un air contrit.

– Nous pouvons le chercher nous-mêmes. » Harker déplia le papier. « Dans chaque tiroir. Dans chaque placard. Sous chaque tapis, si nécessaire. » Il tenait le document entre les doigts et l'agita en direction de Duxbury. « Ce serait bien plus facile – beaucoup moins de désordre – si vous nous l'apportiez sans faire d'histoires.

– On... on me traite comme un criminel. » Duxbury parlait d'une voix étranglée, mais sans paraître pour autant indigné. « Comme un criminel », répéta-t-il. Personne ne lui répondit, et il demanda : « Puis-je savoir pourquoi ?

– Contentez-vous d'apporter ce journal, répondit Harker.

– Mais c'est très... c'est très personnel, bredouilla Duxbury.

– Apportez-le, c'est tout.

– Des pensées intimes. Des réflexions. Ce n'est pas juste un simple...

– Nous n'allons pas le publier.

– Mais quand même... » Duxbury déglutit. « Personne n'était supposé le lire jusqu'à...

– *Je* vais le lire.

– John. » La voix de Tallboy se faisait pressante. « Allez chercher ce journal. Vous y êtes *obligé*. Vous n'avez pas le choix. Apportez-le.

– Il y a quatre livres en tout, marmonna Duxbury. Cinq, en fait. J'ai commencé le cinquième. J'étais en train d'écrire quand...

– Apportez seulement celui en cours, dit Harker. S'il couvre les deux derniers mois – environ – ça devrait faire l'affaire pour le moment.

– Je n'ai *pas* le choix ? demanda Duxbury à Tallboy.

– Non. »

Duxbury secoua la tête et quitta la pièce d'un pas pesant.

——— **Une confession** ———

« Qu'est-ce que c'est que cette histoire ? grinça Harry Duxbury.
– Nous allons lire le journal de votre père, lui répondit Harker.
– Mais *comment* savez-vous...
– Les ficelles du métier. » Harker esquissa un sourire pincé. « Nous avons appris qu'il tenait un journal, donc nous voulons le lire, tout simplement.
– Et qu'attendez-vous de cette lecture ?
– Aucune idée... tant que nous ne l'aurons pas lu.
– Vous n'êtes pas ici pour... » Harry Duxbury prit une cigarette dans une boîte, l'alluma et toussa un peu : « Vous n'êtes pas ici en raison de simples "divergences".
– Ce sont d'importantes divergences, précisa Tallboy d'un ton aimable.
– Que voulez-vous dire par là ? »
Tallboy cherchait les mots adéquats, mais Harker répondit avant qu'il ne les ait trouvés.
« Si je ne me trompe pas, si les Foster ont bien vu – et je pense que c'est le cas –, votre père est un meurtrier. »
C'était dit. Le mot était lâché. « Meurtrier ». Pinter en avait le souffle coupé. Il jeta un œil à Harry Duxbury et vit ses narines se dilater, ses mâchoires se contracter et son visage devenir livide. Il vit aussi la désapprobation assombrir le visage de Tallboy. Ce Harker ne ménageait pas ses coups. Quels que soient le rang ou l'aisance sociale. Il n'en avait rien à fiche.
Harry Duxbury prenait de profondes inspirations. Comme quelqu'un qui s'apprête à monter sur scène et cherche à évacuer le trac. Pourtant (et ceci étonna Pinter), il ne manifestait aucun désaveu outré. Aucune colère. Aucune indignation.
Tallboy aussi avait remarqué cela, et son air réprobateur se mua en mimique d'incompréhension. Ou de perplexité. Il regarda Harker, et vit un homme pas du tout ému par ce qu'il venait de déclarer. Un homme calme et déterminé qui semblait s'être *attendu* à l'absence de réaction du fils de celui qu'il venait indirectement d'accuser du plus grand crime qui soit.

Personne ne parlait. Ils attendaient. Harry Duxbury tirait nerveusement sur sa cigarette. Harker pianotait des doigts sur le pommeau de sa canne. Tallboy et Pinter se demandaient ce qui allait encore bien pouvoir sortir du chapeau.

Duxbury réapparut dans le salon. D'une main, il tenait le verre destiné à son fils. De l'autre, un livre ouvert sur lequel il maintenait du pouce un deuxième verre, vide celui-là. Il avait coincé sous son bras une bouteille de whisky Black and White pas encore ouverte. Il tendit son verre à Harry Duxbury et déposa la bouteille près de son siège avant de remettre le livre à Harker.

« Harry est arrivé avant que je termine la dernière entrée. » Le verre à la main, il retourna s'asseoir et prit la bouteille. « L'entrée d'aujourd'hui. On ne peut pas être plus à jour. »

Le journal était un in-quarto à couverture rigide. Recouvert de toile rouge, avec de fines lignes sur les pages et pas de marges. Pas un vulgaire cahier bon marché. Et seulement un « journal » parce qu'il l'avait *voulu* ainsi. Les jours et les dates, soulignés, figuraient en majuscules, et l'écriture était parfaitement lisible. C'était celle d'un homme accoutumé à se servir d'un stylo.

Harker feuilleta l'ouvrage jusqu'à la date du dimanche 31 octobre, et commença à lire.

Duxbury ouvrit la bouteille de Black and White, remplit la moitié de son verre et en but une grande gorgée. Le silence continua de régner jusqu'à ce que Harker relève le nez de sa lecture.

« La photographie », lança-t-il d'un ton interrogateur.

Duxbury parut déconcerté.

« J'aimerais voir quelques-unes de vos photos, précisa Harker.

– Quelles photos ?

– Celles que vous prenez.

– Je suis désolé. Je ne prends pas de photos. » Un faible sourire. « Je ne possède même pas un appareil digne de ce nom.

– Le directeur du restaurant...

––––––––– **Une confession** –––––––––

– Ah, *lui*. » Duxbury agita son verre d'un geste légèrement condescendant. « C'est son hobby. Il aime en parler. Je le laisse faire. J'écoute... c'est tout. C'est parfois intéressant.
– Éclairage. Mise au point. Temps d'exposition, énuméra doucement Harker.
– Oui, *il* s'y connaît très bien.
– Pas vous ?
– Seulement quelques trucs que j'ai appris de lui.
– Il pense que vous êtes un spécialiste.
– Oh, j'en doute fort.
– Il *dit* que vous êtes un spécialiste, insista Harker.
– Pas du tout.
– Un spécialiste des portraits, réitéra Harker.
– Quoi ? » Duxbury avala un peu plus de whisky.
« Vous vous focalisez sur les portraits. Il s'en tient aux paysages. C'est ce qu'il m'a dit.
– Il vous a fait marcher, inspecteur. Je ne connais pas le moindre...
– Il y a moyen de tirer ça au clair. » Harker se tourna vers Pinter : « La maison entière, agent. Tous les tiroirs. Tous les placards. Si c'est verrouillé, forcez-les. Rassemblez toutes les photos que vous pourrez trouver, et...
– Non ! » Duxbury sourit faiblement, vaincu. « Ne cassez rien, agent Pinter. » Il chercha dans une poche de son pantalon un trousseau de clés et en sélectionna une. « En bas, le tiroir de droite de mon secrétaire. Dans mon bureau. C'est là que se trouvent les prétendues "photos". Pas la peine de démolir de bons meubles. »
Comme Pinter se levait pour prendre le trousseau de clés, Harker ajouta : « Prenez aussi l'appareil.
– Inspecteur, *je* n'ai pas pris ces photos. Je ne saurais même pas comment faire.
– Ce n'est pas ce qu'on m'a dit.
– Je me fous de ce qu'on *vous* a dit. » Le soudain accès de colère disparut en un clin d'œil pour laisser place à un nouveau sourire.

Navré, cette fois. « Je suis désolé. Vous faites votre boulot. » Puis, l'air sombre : « Vous allez comprendre de quoi *je* parle. Jamais je n'aurais pu prendre ces photos. »

Harker fit un signe de tête à Pinter, qui sortit de la pièce. Harker retourna à sa lecture du journal. Harry Duxbury écrasa ce qu'il restait de sa cigarette dans un cendrier. Le visage de Tallboy restait vide de toute expression. Une fois encore, personne ne prononça un mot avant que Pinter ne réapparaisse. C'était le numéro de Harker, et de lui seul.

Les photographies, chacune sous plastique transparent, composaient un album soigneusement assemblé. Elles dévoilaient une série de culturistes, le corps brillant d'huile, dans des poses étudiées pour mettre leur musculature en valeur. On les avait méticuleusement découpées dans des magazines. Certaines étaient en couleurs. D'autres en noir et blanc. La plupart des modèles portaient de minuscules cache-sexes. Trois d'entre eux étaient nus.

Harker feuilleta rapidement l'album avant de le laisser tomber au pied de son siège.

« Satisfait ? demanda Duxbury.

– Des portraits, oui... en un sens, observa Harker, pince-sans-rire. »

Harry Duxbury s'exclama : « Pour l'amour du ciel, papa ! Pourquoi...

– Ce n'est pas un crime. » Duxbury porta de nouveau son verre à sa bouche. « Elles ont été publiées pour que les gens les regardent. »

Il sortit de sa poche sa pipe et sa blague à tabac. Bourra l'instrument, craqua une allumette et entreprit de remplir la pièce d'une fumée âcre. Son verre dans une main, sa pipe dans l'autre, il se rencogna dans son fauteuil avec un air de tranquille défi.

Harker lisait toujours le journal. Un passage le fit sourire d'un air narquois, mais il ne s'interrompit pas.

Enfin, il leva les yeux et dit : « Cette histoire de lettre anonyme. On dirait que ça vous a ébranlé.

——— **Une confession** ———

– Vous n'auriez pas été ébranlé à ma place ?
– C'est pour ça qu'on les envoie, nota Harker.
– Quoi ?
– Pour ébranler les gens. » Harker tira de sa poche la carte postale signée Evans. « Pourquoi ne pas en avoir parlé à la police ? s'enquit-il d'un air dégagé.
– C'est ce qu'il cherchait.
– Evans ?
– Oui, c'est la raison pour laquelle il l'a envoyée. En espérant qu'il y aurait des poursuites. Ce qui aurait engendré de la mauvaise publicité.
– Vous n'avez pas conservé cette lettre.
– Non. Pourquoi l'aurais-je fait ?
– Bizarre. » Harker tapotait sur une page du journal avec le coin de la carte postale. « Un détective privé vous suit. Vous foncez au poste de police vous plaindre auprès de l'agent en service. *Lui* est informé du contenu de la lettre du privé. Pourtant, vous êtes un grand ami du superintendant ici présent. Mais vous ne *lui* parlez pas de cette lettre. Même pas comme ça en passant.
– Qu'aurait pu faire Chris ?
– La même chose que ce que l'agent de police a fait avec le privé. Flanquer une trouille bleue à Evans. Pas besoin d'engager des poursuites judiciaires.
– C'est si facile de savoir comment agir après coup. » Il y avait comme du mépris dans son ton.
« Ou bien il y a une autre raison. » Harker lui tendit la carte postale. « Elle a été envoyée par Evans. C'est bien son écriture ? »
Duxbury approuva de la tête.
« Si on peut qualifier *ça* d'écriture.
– Il n'est pas très instruit.
– Mais il est capable d'écrire. Vous le dites vous-même dans votre journal. En revanche, son écriture... Vous vous souvenez, quand nous étions gamins ? Quand nous apprenions à écrire ? Sur des cahiers quadrillés. Chaque lettre remplissait un carré entier.

Nous n'écrivions pas réellement. Nous *dessinions*. » Il jeta un œil sur la carte postale. « Comme là-dessus. Certaines personnes "dessinent" toute leur vie. Tracent laborieusement chaque lettre. Sans aucun style. Sans rythme. Sans rien. » Il s'attarda un moment sur la carte. « C'est la chose la plus facile au monde à imiter. À contrefaire. Je pourrais avoir écrit ceci. Tout le monde pourrait. *Vous* pourriez.

– Qu'est-ce que c'est censé signifier ?

– Eh bien… » Il laissa tomber la carte sur l'album de photos. « Partons d'une hypothèse. Rien de plus… Une hypothèse. Vous avez écrit vous-même cette lettre anonyme, puis vous l'avez envoyée…

– Pourquoi diable ferais-je…

– … à votre femme. Elle engage alors un détective pour vous coller au train, et vous le traînez au poste de police le plus proche. Jusqu'ici, tout va bien. Vous rentrez chez vous. C'est l'occasion de provoquer une grosse scène de ménage. Votre épouse est manifestement dans son tort, vous pouvez la blâmer à votre guise… Le journal indique d'ailleurs que vous vous êtes un peu emporté. » Tous attendirent qu'il poursuive. « Mais surtout, vous prenez soin de ne pas aller *trop* loin. De ne montrer la lettre à personne. Il vous faut éviter toute confrontation avec Evans. Parce qu'alors, votre combine aurait pu dérailler. Et vous pourriez vous retrouver marron. Donc, vous détruisez la lettre pour pouvoir continuer à jouer le rôle du pauvre innocent accusé à tort.

– Pourquoi ? » Duxbury avala une gorgée de whisky. La pipe entre les dents, il remplit de nouveau son verre. Puis il reposa la bouteille à ses côtés et lâcha sa pipe. « Pourquoi diable ferais-je une chose pareille ?

– Les gens font parfois des choses étranges, lui répondit Harker d'un ton badin. Par exemple, collectionner des photos de types musclés. »

Harker était en train de gagner. Lentement mais sûrement – à l'image de ces mâchoires mesurant la résistance du métal – il

───── **Une confession** ─────

accentuait la pression sur Duxbury... et si cette pression augmentait encore, Duxbury allait craquer. Pinter le sentait. C'était comme un long cri silencieux d'angoisse. Comme le métal qu'il avait vu un jour se déchirer.

Idem pour Tallboy. Il avait bien trop d'expérience en tant que flic pour ne pas avoir noté les signes. Le whisky comme potion magique pour se donner du courage. L'incapacité de Duxbury à nier franchement. Au lieu de quoi, il répondait par d'autres questions, du style « Pourquoi aurais-je fait cela ? ». Pendant ce temps-là, Harker construisait patiemment son mur, brique après brique. À l'aide d'éléments qu'il n'avait pas au départ. Mais Duxbury lui en fournissait quantité. La façon dont il avait réagi en était un. Son sentiment de culpabilité aussi. Oui, les éléments s'empilaient, et parmi eux le journal de Duxbury. Et (il fallait lui reconnaître ce talent) Harker était un maître dans l'art de construire un raisonnement.

Harry Duxbury se tenait raide comme un piquet. Ce père dégarni, presque chauve. Cet homme qu'il croyait si bien connaître. Qu'*était*-il en réalité ? Le mot « meurtrier » avait été prononcé. Un mot horrible. Un mot terrifiant. Un mot que l'on n'employait pas pour qualifier les gens normaux. Les gens bien. Les... Mon Dieu, son père n'était pourtant pas un imbécile. Il devait forcément *savoir*. Cet interrogatoire en règle – cette intrusion dans les recoins les plus secrets d'une vie – n'avait rien à voir avec une enquête de routine. Fichtrement rien à voir avec un *accident*. Alors, pourquoi ne se défendait-il pas ? Pourquoi ne leur renvoyait-il pas leurs mensonges à la figure ? Pourquoi restait-il là dans son fauteuil à fumer la pipe et s'imbiber de whisky, pendant que ce Harker perpétrait sur lui un « meurtre » à *sa* manière ?

« Ce journal intime. » Harker leva les yeux et sourit à son adversaire. Pas d'un sourire amical. Pas même faussement amical. Mais le sourire du dentiste qui vous assure que vous n'allez rien sentir, sachant fichtrement bien que vous allez déguster. « Ce n'est pas *vraiment* un journal, n'est-ce pas ? Cela tient plutôt d'un testament à l'attention de votre fils. Vous n'êtes pas d'accord ?

– C'est un journal, dit Duxbury d'un ton plat.

– C'est aussi un journal, convint Harker.

– Vous l'avez lu – vous êtes en train de le lire –, c'est un *journal*.

– Un prétexte, continua tranquillement Harker. Des justifications, supposément d'une génération à la suivante.

– Supposément ? » Duxbury cessa de fumer sa pipe pour s'abreuver de whisky. « C'est votre spécialité, n'est-ce pas, inspecteur ? Vous *supposez* ?

– Je fais marcher mon imagination, sourit encore Harker. J'examine les choses sous tous les angles possibles. Et j'en tire des conclusions.

– Des squelettes sortis d'un placard, vous voulez dire », railla Duxbury.

– Les squelettes ne se trouvent pas dans les placards, mais dans les cimetières. » Il eut un petit rire, comme s'il s'était agi d'une blague entre initiés. « Les fossoyeurs. C'est nous. Nous déterrons les squelettes... et les vers avec. Vous nous payez pour ça. Les contribuables. Avec taxes et impôts. *Vous* nous payez, mais vous ne pouvez pas nous empêcher d'agir. Nous sommes comme le monstre du docteur Frankenstein. Vous nous avez créés, mais vous ne pouvez pas nous contrôler.

– Le monstre était une créature pathétique.

– Peut-être bien, mais indestructible.

– Par pitié ! s'exclama Harry Duxbury.

– Votre fils semble tendu. Inquiet, peut-être. Voire effrayé. Le fils à qui vous "parlez" dans votre journal.

– Et c'est mal ?

– Non, c'est admirable, admit Harker. Enfin, si c'était *seulement* à votre fils.

– Votre imagination vous joue encore des tours.

– Oh, non. C'était aussi destiné à votre femme. À quiconque avait envie de regarder. Le journal n'était pas sous clé. Il était là

─── **Une confession** ───

pour être lu. Apparemment adressé à votre fils, mais en réalité *conçu* pour votre femme.

– Pourquoi diable aurais-je...

– Ça saute aux yeux. À chaque page. À chaque entrée. » Les mots de Harker claquaient comme un fouet. « Il suffit de lire entre les lignes. Pour comprendre ce que vous dites *réellement*. "C'était une mégère... mais je l'aimais. Impossible à vivre, une source d'embarras, une garce méchante et égoïste... mais je l'aimais. Ne suis-je pas un homme bon ? Ne suis-je pas un saint ? Avez-vous déjà rencontré quelqu'un d'aussi persécuté que moi ?" Voilà ce que vous dites, Duxbury. Voilà ce que vous martelez sans cesse à vos proches.

– Elle est morte, dit doucement Duxbury.

– Bien sûr qu'elle est morte. Elle était impossible à vivre. »

Harry Duxbury retenait sa respiration. Tallboy et Pinter s'étaient légèrement penchés en avant. Ce n'était pas *tout à fait* l'acte d'accusation. Mais on en était proche. Et sacrément *proche* ! La réaction d'un homme innocent ? Indignation ? Colère ? Offuscation ?

Duxbury enleva sa pipe de sa bouche, avala du whisky et resta silencieux. Harker lui laissa du temps. Assez – plus qu'assez – pour bien assimiler sa dernière remarque. Pour comprendre ce que cela signifiait. Pour qu'il dise *quelque chose*. Mais Duxbury serra sa pipe entre ses dents et ne dit rien.

« Elle l'a lu. » Harker avait adopté un ton plus doux. « Elle l'a lu, parce qu'il était *prévu* qu'elle le lise.

– C'est possible. » La voix était éteinte. Sans expression.

« Une façon de vous venger. Qu'elle paye à son tour pour avoir fait de *votre* vie un enfer.

– Elle est morte. » Il répétait encore ces trois mots comme s'ils avaient le pouvoir de tout justifier, de tout excuser.

« Elle est morte, reprit Harker. Penchons-nous sur le jour de sa mort. Pourquoi cette balade le long de la falaise ?

– Nous étions en vacances. Pourquoi pas ?

— Je connais ce chemin. En été, il est assez sûr. Mais en hiver, surtout s'il a plu, il est boueux. Plein de gadoue. Très glissant.

— Nous ne le savions pas.

— Vous n'étiez pas des adeptes des virées en plein air. Ni l'un ni l'autre.

— Non. » Duxbury continuait de boire.

« Revenons au journal. » Harker posa un doigt sur les pages ouvertes. « Vous vous étiez disputés la nuit précédente.

— Ce n'était pas *si* exceptionnel.

— Mais le matin venu, vous vous promenez ensemble. Comme deux amoureux.

— Vous avez lu le journal... pas *vraiment* comme des amoureux.

— Mais ensemble.

— Oui.

— La dernière promenade de sa vie.

— Ça l'est devenu.

— Pourquoi ? demanda posément Harker.

— Quoi ?

— Pourquoi cette promenade est-elle devenue la dernière de sa vie ?

— C'est une question stupide, inspecteur.

— Pas de problème... donnez-moi une réponse stupide.

— Elle a glissé. Elle est tombée de la falaise. Elle s'est tuée.

— Et vous n'avez pas essayé de la sauver ? De la rattraper tandis qu'elle tombait ?

— Je n'ai pas eu le temps.

— Mais vous avez eu le temps de rester sur place à la regarder ?

— J'étais sous le choc.

— Sous le choc ? Ou vous vouliez être certain ?

— Je ne comprends pas.

— Être certain qu'elle ne souffrirait plus ? Que ses souffrances avaient pris fin ?

— Paraboles. » Il secoua sa tête embuée de whisky. « Voilà que nous parlons par paraboles.

——— **Une confession** ———

– Je vous cite. » Harker lut à voix haute quelques lignes du journal : « Elle était libre... La fin de sa triste vie... Ces dernières années, sa vie avait dû être un enfer. » Il leva les yeux. « Pour résumer, ses souffrances étaient terminées. *Quelles* souffrances ?

– Je... je ne me souviens pas...

– Il s'agit de vos pensées, pendant que vous la regardiez en bas de la falaise.

– J'étais toujours en état de choc. Elle venait de...

– Pas quand vous avez écrit dans votre journal. Vous étiez ici, dans cette maison. De retour chez vous. L'enquête était close. Toujours sous le choc, peut-être. *Vaguement* choqué. Mais vous écriviez en toute conscience. Donc... *quelles* souffrances ?

– Je ne sais pas. Comment diable saurais-je une chose pareille ? » Il vida son verre, déposa sa pipe refroidie sur un cendrier, et entreprit de se resservir du whisky. « Vous allez me le dire. Dites-le-*moi*, vous. C'est vous le voyant. Vous connaissez toutes les réponses. Alors dites-le-moi... Dites-le-nous à *tous*.

– Je pense pouvoir le faire, répondit doucement Harker.

– Allez-y donc. Faites comme bon vous semble. » Il agita son verre. « Dites ce que vous avez à dire. Vous avez un public. Profitez-en. »

« Il y a trente ans. Peut-être un peu plus, ou un peu moins, mais disons trente. Dans ces eaux-là. » Il commença lentement. Avec précaution. Comme s'il narrait un conte de fées à un petit groupe d'enfants impatients de l'entendre. Et tous écoutaient. Même John Duxbury tentait de reprendre ses esprits et de comprendre. « Un jeune couple amoureux. Très amoureux. Il était ambitieux. Il avait entièrement planifié leur avenir, et se savait capable de réussir. Elle était fille unique. Un peu rebelle. Elle savait ce qu'elle voulait. Et le disait. Des deux, c'était elle la personnalité dominante. Rien d'excessif, bien sûr. Pas à l'époque. Et de toute façon il ne s'en apercevait pas, tant ils étaient amoureux.

« Un joli couple. Innocent. Ils étaient bien ensemble. Et ça leur suffisait. Un couple solide. Pas de flirt. Pas de "période d'essai". Mais l'amour tel qu'il est dépeint dans les romans à l'eau de rose. Dans *Goodbye, Mr Chips* de James Hilton. Ils se baladaient à vélo dans les Yorkshire Dales. Ils écoutaient des disques de jazz. Peut-être allaient-ils également au cinéma. Ils se tenaient la main. Ils s'embrassaient, à la limite. Je pense qu'ils s'embrassaient, mais rien de plus. Ils étaient amoureux. Ne vous méprenez pas là-dessus : ils *étaient* amoureux. Éperdument. Et de manière très candide. »

Les avant-bras de Duxbury reposaient sur les accoudoirs de son fauteuil. Son verre penchait un peu. Il avait la tête baissée, le menton touchant sa poitrine et, malgré les effets de l'alcool (ou *à cause* d'eux), regardait fixement un point très éloigné dans l'espace... ou dans le temps.

« Ils se marièrent, continua Harker. Contre l'avis de ses parents à elle. Qui sait ? Peut-être les parents savaient-ils. Il se peut qu'ils aient deviné. Son père, peut-être. Mais nous ne parlons pas de l'époque actuelle, où tout peut être abordé. Ce n'était pas le temps du libertinage, de l'échangisme ou autre. Non, nous parlons d'une époque – il n'y a pas si longtemps – et d'une classe sociale où certains sujets étaient tabous. Ne *pouvaient pas* être abordés. Donc, les parents de Maude n'avaient qu'une option : désapprouver. Manifester leur désaccord en arguant de motifs risibles et sans importance. Ce qui n'eut pas d'effet. Ils s'aimaient, ils se sont mariés.

« Leur lune de miel. Peu importe où ils l'ont passée. Ou combien de temps elle a duré. En tout cas, ils étaient tous deux vierges. » Harker fit une pause savamment calculée avant de reprendre, avec une pointe de tristesse dans la voix : « Je ne me suis jamais marié. Je ne peux pas parler par expérience. Je peux seulement raconter ce qu'on m'a dit. À savoir qu'une lune de miel peut facilement tourner au désastre si les partenaires n'ont aucune pratique. Une farce grotesque, à vous briser le cœur. Ce

——— Une confession ———

genre d'épisode arrive à des tas de gens normaux. Ils ressentent un embarras immense. Presque de la honte. Mais ils dépassent ce stade. Et plus tard, ils peuvent même en rire.

« Quant aux deux jeunes qui nous intéressent, *ils* n'ont jamais pu en rire. Jamais ! Parce qu'au cours de leur lune de miel, ils firent une découverte. Il était impuissant. Totalement, complètement impuissant. Et c'était irrémédiable. Oui, je sais, on dit que cela se produit parfois. Chez les jeunes mariés. L'homme couche pour la première fois avec une femme, et c'est celle qu'il aime. Ça peut engendrer une impuissance temporaire. Peut-être ont-ils pensé qu'il s'agissait de cela... au départ. Mais non. C'était permanent. Pour *toujours*. Ils ne connaîtraient jamais les joies charnelles du mariage. Impossible. Et quand *ce* constat s'est imposé à eux, les choses ont changé. »

Tallboy se rendait compte qu'il assistait à quelque chose qui se rapprochait de la magie. Cette histoire. Ça allait dans le mille chaque fois. Mais comment ? Déduction inspirée ? Une tactique policière que même *lui* n'avait jamais vue à l'œuvre ? Dieu seul savait, en tout cas c'était suffisamment véridique pour abattre au bélier les rares remparts entourant encore Duxbury. Accusant les coups, l'homme qui avait mis Harker au défi de raconter son histoire respirait comme quelqu'un qu'on vient de sauver de la noyade. Il haletait, péniblement, comme si ses poumons menaçaient de lâcher.

Et Harker continuait.

« Un enfant naquit. Un fils. Pas *son* fils, à l'évidence. Le fruit d'une liaison, sans doute. Peut-être même une liaison arrangée. Pour certaines femmes, enfanter est une *nécessité*. Sinon elles se sentent incomplètes. C'est d'ailleurs une raison de se marier. Une des raisons. Quoi qu'il en soit, elle mit un fils au monde. L'homme considérait l'enfant comme *son* fils. C'était, vous comprenez, la preuve aux yeux du monde qu'il était capable d'être père. Son secret était désormais enterré. Même si son fils, sa "preuve" aux yeux du monde, ne ressemblait physiquement à aucun de ses parents.

« L'homme n'avait pas d'arrière-pensées. Il accepta le fils sans restriction. Il adore son fils. Il lui a donné tout ce qu'un père peut donner à son rejeton. Il évoque d'ailleurs ses sentiments dans son journal. Il écrit : "J'ai un bon fils. Un fils super. Un fils très sage et avisé." Ce ne sont pas des paroles en l'air. Ce sont des mots qui viennent du cœur, à l'attention du seul être humain que cet homme aime réellement. »

Harker se tut. Il fit une longue pause, comme s'il rassemblait ses pensées pour la suite. Ou comme s'il n'arrivait pas à inclure certains détails dans son récit. À moins qu'il n'ait pas voulu abuser des spéculations. Son auditoire resta muet et attendit.

Finalement, il parla de nouveau : « Les mariages tournent mal. Beaucoup de mariages. Parfois pour des vétilles. Parfois pour des raisons plus importantes. Généralement il s'agit d'un lent et long processus de désintégration. Mais, et quoi que l'on puisse penser à la quarantaine et dans la fleur de l'âge, l'impuissance dès la jeunesse n'est pas chose anodine. Il y a un mariage jamais consommé. Jamais consommé et, comme elle s'était mariée contre l'avis de ses parents, l'orgueil de cette femme l'a contrainte à garder le secret. À garder *ça* pour elle. Car, en réalité, elle avait épousé un eunuque.

« Le reste n'est qu'une mascarade. De normalité. De respectabilité. Un mari qui n'en est *pas* un. Un fils qui n'est *pas* celui de l'homme que tout le monde prend pour son père. La pression devint bientôt intolérable. Quel qu'ait été son caractère par le passé, elle s'est progressivement laissé envahir par l'amertume. Elle est devenue aigrie. Sa personnalité s'est modifiée. Quand son fils s'est à son tour marié, elle a d'emblée détesté son épouse. Elle ne pouvait *pas* s'en empêcher. Cette femme plus jeune qu'elle – une inconnue – était *véritablement* mariée, elle. Heureuse en mariage. *Complètement* mariée. Pour parler tout à fait honnêtement, je crois que les sentiments de cette femme – sa souffrance – se situent bien au-delà de la compréhension de n'importe quel homme. »

──── **Une confession** ────

Harry Duxbury gémit : « Ça veut dire que... », mais Tallboy lui toucha le bras de la main et le fit taire.

John Duxbury pleurait. Immobile, les yeux toujours fixés sur un point dans l'espace, les joues ruisselantes de larmes qu'il ne cherchait plus à retenir. C'était un homme brisé. Définitivement détruit. Mais Harker n'en avait pas encore fini.

« L'homme, poursuivit-il. Le mari. L'autre moitié de cette longue vie de faux-semblants. Lui aussi portait sa croix. Une lourde croix qu'il n'a jamais osé partager, même avec sa femme. Surtout pas avec sa femme. Comme je l'ai déjà dit... Nous parlons ici d'une classe sociale où la "respectabilité" compte plus que tout. Une société désuète, qui s'accroche toujours à une morale victorienne. Il est impuissant. Mais peu à peu il découvre qu'il est également autre chose. Quelque chose de bien pire à ses yeux.

« Il est homosexuel. Dieu seul sait ce qu'il a ressenti quand il a compris *cela*. La honte. Le mépris de soi. Savoir qu'avec un homme, il pourrait ne *pas* être impuissant. Parce qu'il aimait toujours sa femme. Ça, je n'en doute pas une seconde. À sa manière strictement platonique, il l'aimait toujours. Et donc il dut à son honnêteté – et à son sens de l'humour – de ne pas avoir cherché à coucher avec des hommes plutôt qu'avec *elle*. Pour s'en assurer, pour s'éloigner de toute tentation éventuelle, il refusa systématiquement de rejoindre les divers clubs exclusivement masculins dont il aurait pu faire partie. Comme une loge maçonnique. Ou la Table ronde. Tout cela était exclu. Ce qu'il était – ce qu'il a dû admettre qu'il était – l'effrayait trop. Le terrorisait. Qui sait ? Peut-être est-ce un plus lourd secret à porter que l'autre. Plus intime, en tout cas.

« Pensez-y une seconde. Un homme qui se croit anormal. Ignoble. Infâme. Bestial. Il doit vivre avec cette idée. Il souscrit même à cette idée... un tout petit peu, et dans le plus grand secret. Des photos d'hommes. D'hommes beaux. D'hommes désirables. Il les découpe dans des magazines et les range dans un album qu'il cache dans son secrétaire. Pour les regarder, vous comprenez. Rien de plus. En fait, c'étaient ses pin-up à *lui*... aussi inaccessibles que les images de femmes dénudées pour un homme normal. »

Pinter voulait que ça s'arrête. Pour un peu, il aurait prié pour que ça cesse. Cette mise à nu de l'âme d'un homme qu'il avait respecté. Personne n'avait le droit de faire à un autre être humain ce que Harker infligeait à Duxbury. Personne ne pouvait se prendre ainsi pour Dieu. Personne !

Tallboy se demandait également quand cela prendrait fin. Quand, et non pas *comment* : cela s'achèverait par l'effondrement intégral de Duxbury. De cela, il était certain. L'homme s'effritait déjà comme un bâtiment assiégé autour duquel Harker disposait soigneusement des charges d'explosif. Et quand il appuierait sur le détonateur...

Les tactiques d'interrogatoire n'avaient aucun secret pour Tallboy. Il les avait pratiquées des centaines de fois. Mais jamais de la sorte. Jamais de manière aussi destructrice que *ça*. En fait, ce à quoi il assistait n'avait rien d'un interrogatoire au sens propre du terme. Pas de questions. Pas d'investigation. Seulement une « histoire » narrée posément et sans émotion aucune. Mais c'était infiniment plus efficace que n'importe quel questionnement. Infiniment plus ravageur. Infiniment plus cruel.

« Le mariage, poursuivit posément Harker. Quel mariage peut résister à ce type de pression ? De pression mentale, j'entends. C'est un peu comme si le cerveau de l'homme, et celui de la femme étaient passés au broyeur. L'opération *devait* produire une forme de folie. Le pourrissement de sentiments jadis sincères.

« La première à perdre la tête fut la femme. Elle développa de l'aigreur. Du mépris. Du dégoût. Peut-être pas de la haine, mais une forme singulière de répugnance. Pour ce mari qui à ses yeux n'était même pas un *homme*. Elle ne se souciait guère de l'humilier. En fait je ne crois même pas qu'elle *pensait* l'humilier. C'était devenu sa manière d'être. Sa façon de vivre. Et, pendant

―――― **Une confession** ――――

longtemps, le mari s'est accommodé de la situation. Un genre de mortification, peut-être. Il s'était comme retiré en lui-même. Il passait des heures chez lui, isolé dans son bureau. À ruminer. Le cœur brisé, sans doute, mais incapable d'envisager une issue. De son côté, elle s'était réfugiée dans les chimères des romans à l'eau de rose. Aucun des deux n'essayait de comprendre l'autre, parce qu'aucun des deux ne *pouvait* comprendre l'autre. Il n'y avait plus rien entre eux. Ce premier amour – ces excursions dans les Yorkshire Dales –, voilà tout ce qu'il en restait. »

Harker déplaça sa canne. Elle était à côté de lui, il la fit passer entre ses genoux. L'embout en caoutchouc était posé devant ses chaussures, ses mains sur le pommeau. On eût dit qu'il était monté en chaire. Cette attitude délibérément accusatrice... Mais si tel était le cas, tristement accusatrice. Il n'y avait aucune joie dans l'intonation de sa voix. Aucune satisfaction. Quelqu'un devait se charger d'une tâche ingrate, et le hasard avait voulu que ce soit *lui*. Malencontreux hasard. Mais le boulot *devait* être fait.

« Nous en arrivons maintenant au journal, soupira-t-il. Dans cette histoire – cette histoire que vous m'avez demandé de raconter –, l'homme tient un journal intime. Un journal ordinaire dans lequel il commence par consigner occasionnellement ses pensées. Ce journal n'est pas caché. Pourquoi le serait-il ? C'est le reflet de sa vie, destiné à être lu – avec curiosité ou nostalgie – par son fils lorsque lui-même sera mort. Il sait que sa femme lit le journal. Comment le sait-il ? Ce n'est pas important. Peut-être l'a-t-il rangé dans un tiroir un soir et l'a-t-il retrouvé ensuite sur son secrétaire. Aucune importance. Même le fait qu'*elle* le lise n'est pas important – en tout cas au début. C'est le journal d'un honnête homme. Il n'y a rien dedans dont il ait à rougir. Rien qu'elle ne puisse voir. Une allusion à son malaise, éventuellement. Voire une allusion un peu appuyée. Et alors ? Le seul malaise évoqué est celui qu'ils partagent. Peut-être le journal est-il un moyen de lui dire certaines choses. Des choses qu'il n'ose pas lui dire en face, et auxquelles, en l'occurrence, elle ne peut répondre.

« Au début c'était ça. Mais au fur et à mesure – il n'y a pas si longtemps – il a compris quelque chose. Le journal pouvait être une arme. Eh oui, la situation s'était à ce point dégradée. Une arme ! Il a trop souvent été blessé. Il a trop souffert. Il veut qu'elle souffre aussi. Donc il se sert du journal. Il y écrit des passages conçus pour faire mal. Des passages dont il sait qu'elle les lira. » Harker s'interrompit un instant, puis reprit avec minutie. « Comme l'histoire de cette lettre anonyme l'accusant, lui, d'entretenir une liaison extraconjugale. Une lettre qu'il a envoyée *lui-même*. Pourquoi ? Élémentaire. Pour lui faire croire qu'il n'est impuissant qu'avec *elle*. Qu'*elle* est coupable. Qu'il est ce qu'il est – comme il est – seulement avec *elle*.

« Il y a cet autre passage. Avant celui de la lettre anonyme. À propos d'un voyage d'affaires. À l'hôtel Saffron. C'est un extrait très détaillé. Sur une femme. Pas de la simple drague. Pas une grue de bas étage. Non, une veuve tout ce qu'il y a de bien, relativement aisée, environ le même âge que lui. Elle séjournait à l'hôtel la même nuit que lui. Elle faisait une escale sur sa route vers la côte sud. Ils se sont plu. Ils ont couché ensemble. Le journal livre des détails, mais strictement rien de grivois. »

Harker jeta un œil en direction de Duxbury et dit : « Je pourrais conclure ici, Duxbury. Je connais la fin. Quelqu'un doit la raconter. Soit vous, soit moi. Je suis beau joueur, je vous laisse le choix. »

Duxbury releva la tête. Son visage ravagé et ses joues trempées de larmes dévoilaient les émotions qui le dévastaient. Il renifla, vida son verre et le posa sur le tapis.

« Beau joueur ? croassa-t-il.

– Vous n'avez plus aucun secret, énonça doucement Harker. Aucun.

– Qui êtes-vous ? *Qu'êtes*-vous... ? marmonna-t-il.

– Un policier, répondit simplement Harker. J'inspecte, je vérifie des choses. Tout ! Je me renseigne sur des gens. Je tire des conclusions... les seules conclusions qui collent aux faits. Qui correspondent exactement à ce que j'ai examiné.

───── Une confession ─────

– Racontez. » Duxbury ferma les yeux un instant. « Allez-y. Vous avez tout bon jusqu'à présent. Racontez le reste. »

Il posa les coudes sur ses genoux, se pencha en avant et se couvrit le visage de ses mains.

Harker reposa un moment ses mains sur le pommeau de sa canne, et poursuivit.

« Ce passage dans le journal intime. Sur l'hôtel Saffron. C'est un mensonge. Un mensonge bien raconté et très bien ficelé. Je le sais. J'ai pris mon petit déjeuner à l'hôtel Saffron ce matin. Harry Duxbury m'avait parlé du rendez-vous de son père. Un détail, mais qu'il fallait éclaircir. Je devais vérifier qu'*il* avait bien séjourné dans cet hôtel. Un endroit charmant. Excellent petit déjeuner. J'ai posé des questions, on m'a répondu. J'ai vu le registre. Il y figure. Il y a passé une nuit. Personne d'autre que lui n'y était à cette date. Aucune femme. Personne ! Personne n'a séjourné là durant les trois jours ayant précédé son arrivée. Et personne pendant la semaine qui a suivi. C'est un hôtel touristique, "saisonnier". Sur une période de dix jours, seul John Duxbury y a passé une nuit. J'ai vérifié et re-vérifié avec le personnel. Que John Duxbury. La femme du journal intime n'existe pas. N'a jamais existé.

« Mais cette mention dans le journal avait un but. Elle a rempli sa fonction, et a été suivie de la fausse lettre anonyme. Telle était la situation, l'état du mariage des Duxbury quand John et Maude Duxbury ont passé leur dernier week-end ensemble. Qu'est-il arrivé pendant cet ultime week-end ? Quelles humiliations, quelles blessures se sont-ils infligées l'un à l'autre au cours de leur dernière nuit ensemble ? Je ne sais pas. Une seule personne *sait* cela. Ce que je *sais*, c'est qu'un meurtre a suivi.

« Une petite reconstitution, peut-être. Cette balade sur la falaise. Ils croyaient être seuls. Cette portion dangereuse du sentier, et une chute presque inévitablement fatale. Une poussée, une seule… peut-être suivie de regrets. Oh oui, je crois que vous avez regretté, Duxbury. Avant même qu'elle ne s'écrase au pied de la falaise. Mais c'était trop tard. C'est pour ça que vous êtes resté là. À regarder. À espérer qu'elle ne soit *pas* morte. Probablement avez-vous envisagé de sauter aussi. De faire coup double. Trop tard, bien sûr. Comme tant de ceux qui tuent. Dommage... Une fraction de seconde trop tard.

« Les choses ont suivi leur cours. L'enquête. Le verdict. Sans même essayer, vous aviez presque réussi le crime parfait. Sauf qu'on vous avait vu. Foster avait tout observé avec ses jumelles. Un homme timoré. Un idiot. Mais qui, finalement, a raconté ce qu'il a vu. C'est pourquoi *je* suis là, Duxbury. C'est pourquoi j'ai passé tout ce temps à parler. J'ai parlé assez longtemps. C'est votre tour à présent.

– Papa. » Harry Duxbury se leva, puis s'agenouilla à côté de l'homme et lui entoura l'épaule de son bras. Il souffla : « Papa. Dis à ce sale menteur qu'il a tort. Renvoie-lui ses mensonges en pleine face. Dis-lui qu'il n'est qu'un...

– Non ! » Duxbury releva la tête, regarda l'homme qu'il connaissait comme son « fils », et bien que son visage fût horriblement déformé par la douleur, sa voix, quoique douce, était ferme. « Il a *raison*. Sur toute la ligne ! Le mariage. L'hôtel Saffron Walden. La lettre. Même ce satané journal. Il n'y a pas une seule erreur dans ce qu'il a dit.

– Tu... tu...

– Je l'ai poussée. » Un profond soupir accompagna ces trois mots d'aveu. « Avant même qu'elle ne bascule, je regrettais déjà. Mais c'était trop tard. »

Le jeune homme enfouit son visage dans l'épaule de John Duxbury, et ses sanglots le secouèrent tout entier.

L'on entendait le doux cliquetis d'une horloge ponctuer le silence. Le cri d'une chouette résonna derrière les murs de la maison. Puis Tallboy parla.

« Finissez-en, inspecteur, grommela-t-il.

Harker se leva avec raideur et secoua la tête.

« Vous êtes là pour ça, lâcha-t-il sans ambages.

―――― **Une confession** ――――

– Quoi ? » Tallboy paraissait presque effrayé.

« J'ai fait mon boulot. » Harker referma le journal intime et le laissa tomber sur le siège qu'il venait de quitter. « Le reste... c'est votre affaire. Ou, si vous manquez de courage, l'agent Pinter sera aux ordres.

– Bon sang, mais vous ne pouvez pas...

– Je *peux*. » Harker dévisagea un moment le superintendant, puis déclara : « N'essayez pas de convoquer Foster comme témoin. Ça ne marchera pas. N'essayez pas de m'appeler, *moi*. Je vous enverrai au diable... en ces termes exacts. Toutes ces médailles et ces décorations. Ces courbettes et ces compromis, "oui-monsieur-bien-monsieur", tout ce qu'on vous inculque chaque jour de votre vie. Tout cela implique que vous pouvez prendre des décisions. Allez-y. Prenez une décision. Vous connaissez la vérité. Faites avec. Essayez de réunir des preuves. Ou bien mettez-vous la vérité où je pense, pour ce que j'en ai à faire. J'ai ma dose. Je dois rendre des comptes à un inspecteur en chef. Lui aussi, c'est un bougre d'indécis. Il croira tout ce que je lui dirai... à moins d'entendre d'abord votre version. »

Harker tourna le dos et quitta la pièce en boitillant.

QUATORZIÈME PARTIE

LA SORTIE DE L'IMPASSE

« Je n'aime pas du tout, lança Briggs, me les faire bouffer par des superintendants en chef que je ne connais pas. Et où diable étiez-vous depuis votre départ de chez Duxbury ?
– Dans mon lit, bâilla Harker. Où je vais retourner dès que vous l'aurez fermée. »
Briggs jouait au chef, sans grand effet. Il ne faisait qu'afficher davantage son caractère peureux, et Harker le savait.
« Dans votre lit ? » Briggs lui jeta un regard furieux. « Je vous ai envoyé...
– Je vous répète ce que j'ai dit à l'autre, le coupa Harker d'un air las. Mettez-vous la vérité où je pense.
– Vous avez osé dire *ça* à un...
– Je suis enquêteur. J'ai les responsabilités qui vont avec. Quand j'atteindrai *votre* grade – qui est aussi le *sien* –, alors j'endosserai *ces* responsabilités. Non pas, s'empressa-t-il d'ajouter, que ça risque de se produire. J'ai mon mot à dire là-dessus. Mais, comme vous venez de me le rappeler, vous m'avez "envoyé". Eh bien, je suis de retour.
– Vous... vous vous foutez vraiment de tout, n'est-ce pas ? balbutia Briggs.
– Pas de tout. Pas de ce qui est important.
– Un meurtre, par exemple ?
– Tallboy a-t-il évoqué un meurtre ?
– Non. » Briggs se calma un peu. « Il m'a dit que vous...
– Alors, pourquoi aborder le sujet ?

– Harry. » Sa pseudo-colère se changea en supplique. « Vous savez ce que je dois savoir. La raison pour laquelle je vous ai envoyé sur cette affaire. Alors, par pitié, *dites-moi*.

– Foster est un homme d'une grande probité, énonça Harker d'un ton neutre.

– Ce qui veut dire…

– Mais même les honnêtes hommes peuvent se tromper.

– Vous êtes donc en train de me dire que…

– Vous avez un verdict. Les coroners n'aiment pas que les flics les contredisent. Combien d'autres verdicts vous faut-il ?

– Écoutez, si Foster décide de maintenir sa plainte…

– Foster ne pourrait même pas maintenir une clé dans une serrure.

– Harry… *je vous en prie !* »

Harker contempla l'homme qui lui faisait face, sans rien dissimuler de son mépris. Pourquoi diable *aurait*-il dû mettre sa tête sur le billot pour ce gradé de pacotille ? Qu'il reste assis derrière son luxueux bureau. Qu'il *mérite* son salaire, pour changer. Ou alors qu'il souffre.

« Ne me refaites jamais le coup du "S'il vous plaît, Harry", Briggs, grogna-t-il. Vous m'avez demandé de trouver la vérité. Je l'ai trouvée, mais elle reste ici. » Il pointa son front du doigt. « Vous êtes satisfait du verdict que vous avez déjà ? Très bien. Je n'irai pas me plaindre. Vous voulez un meurtre en règle dans vos archives ? Même chose. Ça me convient. Mais ne vous avisez jamais plus de me prendre pour votre conscience. Plus jamais ! Jouez à pile ou face. Tirez les cartes. Lisez dans le marc de café. Je m'en fous complètement. Prenez juste *votre* décision tout seul.

– Harry, vous ne pouvez pas…

– Regardez seulement. » Harker se leva de son siège. « Et c'est "inspecteur Harker", *monsieur*. »

Il boita jusqu'à la porte, qu'il referma doucement derrière lui.